悦书坊

向继东 主编

你会不会出事

姜贻斌 著

山西出版传媒集团　北岳文艺出版社
·太原·

图书在版编目（CIP）数据

你会不会出事 / 姜贻斌著. — 太原：北岳文艺出版社，2024.10. —（悦书坊 / 向继东主编）. — ISBN 978-7-5378-6945-4

Ⅰ. I247.5

中国国家版本馆 CIP 数据核字第 202456KH52 号

NI HUI BU HUI CHUSHI
你会不会出事

姜贻斌　著

出品人 郭文礼	出版发行：山西出版传媒集团·北岳文艺出版社 地址：山西省太原市并州南路 57 号　邮编：030012
选题策划 谢放	电话：0351-5628696（发行部）　0351-5628688（总编室） 传真：0351-5628680
	经销商：新华书店
责任编辑 谢放	印刷装订：山西人民印刷有限责任公司
装帧设计 徐奎	开本：890 mm×1240 mm　1/32 字数：247 千字　印张：9.5 版次：2024 年 10 月第 1 版
印装监制 郭勇	印次：2024 年 10 月山西第 1 次印刷 书号：ISBN 978-7-5378-6945-4 定价：76.00 元

本书版权为本社独家所有，未经本社同意不得转载、摘编或复制

总序

二十年前,身居南国的林贤治兄赐我一册《2003:文学中国》,希望我为此写点文字。林兄是诗人兼学者,著述颇丰,又是眼光独到的编辑家。他选当年公开发表的作品,结集这样一本书,无论体裁和篇幅,也不论名家或凡夫俗子,只要能入法眼者即收。后来我写了篇《作家不能"生活在别处"》,载于《文汇读书周报》。令我意外的是,十多年来一直有人转载此文,使我惭愧而惶恐。检讨自己,这些年来我虽没有改变自己,却变得麻木而无奈了。

何为好作品,也许见仁见智吧。但有一点是共通的:作家必须直面真实,感受痛点与苦难。任何漠视底层的写作,要出好作品是不可能的。余华的现代经典《活着》,把底层人物的希望、痛苦、挣扎、哀伤、无奈、坚韧状写出来,令人震撼,作为长篇,短短十几万字,其人物形象之丰满,堪称典范。

中国有多少作家?至少数以十万或百万计吧。历代的文人墨客,我们能记住多少?对人类自身有关怀和悲悯的作家太少了!李白和杜甫都是伟大的诗人;但我更喜欢杜甫,更喜欢白居易。杜甫的"三吏""三别",白居易的《卖炭翁》等篇什,每读一次,都能让人扼腕猛醒。那唐王朝的繁华,其实只是"皇亲国戚们"的。"兴,百姓苦;亡,百姓苦。"这才是历史的真实……

当下，几乎众口一词叹曰："出书买书都很难啊！"是的，读书的人少了。无论在哪里，也无论老少，满眼大都看手机；偶见捧读者，也许多为摆拍。但我想，只要良知未泯，是真诚的，其作品就不怕没有读者。

"悦书坊"重名家不唯名家，只是希望作品更有特点和个性，更好读，庄重而不一定崇高，活泼而不浅陋。题材风格不限，或关怀人生与社会，或发自内心的反省与拷问，不拘一格，挥洒自如。

是为序。

向继东
2023年6月14日

目录

我们是亲戚 ………………………………………… 001
我在城里的抵抗 ………………………………… 057
雪白的月亮 ………………………………………… 102
十月怀胎 …………………………………………… 146
跟老鼠说声拜拜 ………………………………… 202
你会不会出事 …………………………………… 248

我们是亲戚

1

湘子说要到城里找事做,也不是盲目行事的。

他早已想好了,先去找一个远房亲戚,让他给自己想想办法。城里人关系繁多,给他寻个事做,不是一个非常简单的事情吗?至于做什么事,湘子倒是不怎么计较,像他这号人,不外乎是下力气的粗活吧。当然,湘子还是有个小理想的,喜欢当个保安之类——穿着整齐的深蓝色制服,系着宽大的皮带,站在宾馆或写字楼或住宅小区的大门边,既轻松又干净,还十分神气。如果村里人进城了,一不小心碰到他,那只有睁大眼睛羡慕他的分了。

那个远房亲戚是湘子的老表,姓高,比湘子大二十多岁。湘子曾经跟着爷老倌到过他家的,那已是十年前的事了。在他的印象中,老表的婆娘十分年轻,长得非常乖态,像电影演员,娇滴滴的,说起话来像唱歌,下巴上还有一粒小小的黑痣。湘子记得表嫂对他非常不错,总是叫他吃糖粒子,吃水果,总是不断地说,湘子你吃,湘子你吃。

十年了,城里的变化很大,那些高楼大厦好像老鼠生崽,一窝窝地繁殖了出来,弄得湘子不断地在怀疑自己的记忆力,哎,老子是不是走错了呢?

湘子左手提着装衣物的蛇皮袋子,右手提着布袋子,布袋子里装了十斤花生,这是见面礼。虽说都是亲戚,礼性还是要讲究的。

湘子凭着良好的记忆力，终于找到了老表的住房，住房位于樟树路上。老表家的那扇门显然换掉了，换成了阔气而冷冰冰的淡蓝色防盗门。以前是那种普通的木板门，刷了红漆的木板门显得亲切多了，好像随时欢迎客人光临。而这种冷冰冰的防盗门，有一种把客人拒之门外的感觉。湘子把两个袋子放在地上，看见门右边有一个小红点，晓得那是门铃，伸手一揿，响起了叮咚叮咚的音乐声。

有脚步声响了过来。

屋里的人却没有"打开大门迎闯王"，只是启开一个四方形的小孔，用警惕的目光看湘子。湘子也看了看她。那是一个六岁左右的细妹子。湘子上次只看到老表十岁的嫩崽——眼前的细妹子还没有出生呢——湘子咧开嘴巴讨好地笑了笑。细妹子却没有丝毫笑意，十分警觉，面无表情地说，我爸爸妈妈不在家嘞。口气像冷冰冰的防盗门，也不等他解释，迅速地把小孔叭地关闭了。

湘子大声地说，我是你家亲戚嘞，快开门嘞，我还给你们带来了花生嘞。他砰砰地拍着门，又揿了揿门铃，对方却没有任何反应。

湘子赶了一天路，肚子饿得咕咕叫，原想赶到老表家吃一餐饱的，没有想到这个细妹子拒绝开门。

湘子又大声问，那你爸爸妈妈什么时候回来？

屋里没有回答。

湘子生了闷气，娘卖胡子的[1]，我又不是坏人，你爷娘不在家，也可以让我进去坐坐吧！何况，我们还是亲戚嘞。这个细妹子怎么得了，从小就训练有素，像个特务一样，看你长大了怎么嫁人？

湘子十分无奈，提着两个袋子闷闷不乐地下楼梯。忽然一想，哎呀，不对头嘞，老表已是五十多岁的人了，哪里还有这么点点大

---

1 娘卖胡子的：方言，骂人的话。——作者注

的细妹子呢？是不是老表离了婚跟后婆娘生的呢？怎么从来也没有听他说起过呢？想想，也并不奇怪，湘子跟老表十年没有见面了，平时也没有什么联系，大约是生活起了变化吧？

是否还有一种可能，老表已经搬了家呢？

湘子有点摸不准，进退两难。如果没有找到老表，找事做就有了难处。湘子考虑再三，决定按兵不动，等等再说。如果走进这个屋子的是陌生男女，那就证明老表已经搬家了。搬就搬吧，那也可以向他们打听老表搬到了何处。湘子认为，这是一个高明之举，甚至还想到了一个成语——守株待兔。当然，他觉得自己跟那个愚蠢的农夫还是不同的，山里的野兔子说不准还来不来，而老表这只大兔子是断断跑不掉的。

湘子到街边买了两个包子，蹲在楼房下的花圃水泥围子上吃着。这个位置不错，进出的人们都在他的视线之内。尤其理想的是，老表的住房在二楼，每层楼的通道都设有窗口；所以，从他的这个角度看去，一眼可以看到老表的门口。即使不是老表而是他婆娘回来了——也许多年没有见面，双方不太认识，那也没关系——只要她站在二楼门边，那无疑就是她了。

湘子耐心地等待着，对于自己进城的命运充满了希望，同时，又隐隐地感到了某种担忧。

天快要断黑了，湘子还没有看到老表回家，也没有看见他婆娘回来。许多人家传出了切菜炒菜的声音，那些窗口上的排风扇，在飞速地旋转着，把破碎的油烟送上天空。湘子焦急起来，同时，他还担心屋里的那个细妹子。难道她的肚子不饿吗？湘子想给她买两个包子，却担心她不开门，甚至还会怀疑包子里放了闹药[1]。湘子不由得骂起老表夫妻来，你们把细妹子放在家里不管了吗？你们赚钱

---

[1] 闹药：方言，意为毒药。

赚蒙脑壳了吗?

湘子正在骂着,从大门口走进来一个女人。

女人三十多岁,穿着白色的长裙子,肩膀上挎着淡黄色的挎包,神色似乎有些苦闷。湘子仔细一看,不像老表的婆娘,这个女人虽然也乖态,却显得丰满一些,奶脯鼓鼓的。是不是十年没有见了,女人变化了呢?是不是把那粒黑痣美容掉了呢?

当然,湘子还是立即把她否定了。

他的眼珠子默默地追随这个女人。女人走进第一个门洞,然后,上楼。湘子本来对她不抱任何希望的,而那团白色却偏偏停留在二楼的那个门前——女人竟然开门进去了。

湘子顿时感到一线希望,兴奋地站起来,提着袋子匆忙地朝楼上走去。他怀疑自己的眼睛看花了,居然连老表的婆娘也认不出来了,真是该死嘞。

湘子腾出一只手激动地揿门铃,女人打开四方形小孔,问他找哪个。

他笑着说,找我老表嘞,我老表叫高成明。

女人似乎犹豫了一下,然后,打开门让他进来。女人疑惑地说,那我怎么没有见过你呢?

湘子把袋子放在地上,认真地打量这个女人,确定不是十年前看到的那个女人,明白世事有了变化。所以,他也不晓得究竟怎么称呼她,便谦卑地笑着说,哦哦,我还是蛮多年前来过的,不然,我怎么晓得你们住在这里呢?哦,我叫湘子,湘江的湘。

女人大概觉得湘子说得有些道理,让了座,又拿一次性纸杯给湘子倒水。湘子刚才吃了包子,嘴巴干得要死,仰起颈根,咕嘟咕嘟地喝光了水,说,麻烦你再倒一杯。

湘子一连喝了两杯水,抹了抹嘴巴上的水珠,问道,我明哥怎么还没有回来呢?

女人的情绪突然起了变化,脾气也随之而来。她皱着眉毛,哼一声,愤然地说,晓得他死到哪里去了?我都好久没看到他嘞。

湘子怪怨自己多嘴多舌。当然,反过来说,他如果不问老表,他的工作还是不能够解决,如果让这个女人——他也搞不清是不是老表的婆娘——给他寻事做,这个口怕是难得开嘞。

湘子近乎讨好地说,那……是不是跟我表哥联系一下?

女人埋怨说,我打过他的手机,不是关机,就是不在服务区,我也无能为力嘞。

女人的话堵住了湘子的路。他又试探性地说,那……你能够把他的手机号码告诉我吗?

女人不高兴地说,告诉你也没有用,我都打不通。

此时,湘子很想问问她,你到底是我老表的什么人?如果说是婆娘吧,她却不是以前的那个人。如果是后婆娘吧,怎么电话都打不通呢?如果说什么都不是吧,她住的这个屋子却是老表的。而且,从她对老表怨恨的态度来看,她跟老表不是一般的关系。

湘子为难了,不晓得究竟要怎样跟这个女人周旋。他望了望宽敞的房子,希望女人能够把他留下来。女人却没有这个意思,所以,气氛显得有些尴尬和清冷。

这时,细妹子从里屋走出来,皱着眉说,妈妈,我饿了。

女人扭过脸,说,好好,等妈妈洗个澡,带你出去吃饭。说罢,她站起来,不经意地瞟湘子一眼,似乎有了赶客的意思。

湘子是个灵泛人,连忙从沙发上站起来,抱歉地说,那麻烦你了。然后,提起两个袋子。他想把那袋花生留下来,这个念头只在脑壳里闪了闪就迅速地消失了。湘子愤愤地想,你一餐饭都不留我吃,我还送花生把[1]你?我送条卵把你。然后,湘子十分失落地走出来。

---

[1] 把:方言,意为给。

湘子站在楼下，恨不得朝那个女人大骂，你娘卖胡子的，亏我们还是亲戚嘞，连饭也不留老子吃，老子的肠子饿得打结巴了嘞。

湘子的如意算盘落空了，原以为，能够顺利地看到老表，受到老表热情洋溢的接待，那么，食宿钱都可以节省下来。而现在，一分钱也节省不了，老表也看不到了。湘子心里升腾起一股无名之火，看见周围无人，扬起脚，朝一钵花盆狠狠地踢去，花盆砰地倒翻在地，盛开的四季花顿时花容失色。

湘子孤独地站在热闹的大街上，怔怔地望着像水一样荡来荡去的车流人流，一时茫然无措。回去吗？回是回不去的，也不能够回去。如果回去，岂不是让人笑话吗？说你湘子是牛皮大王嘞。湘子想想，又买了两个包子，然后，找到小街上一家邋遢的店子住下。湘子问那个胖女人多少钱一晚，胖女人说十块。湘子苦苦地哀求说，我是来寻我哥哥的，我哥哥是个神经病嘞，已经出走三个月了，现在还没有看见他的尸身，所以，带的钱都快花光了。胖女人看来是个心善之人，念他可怜，把价钱降到了五块。

那晚上，湘子没有出去。城里璀璨的夜景对他没有丝毫的吸引力。原以为到城里找老表寻个事做，以后能够在城里扎下根来，现在倒好，老表的鬼影子都看不到。他想，不能够这样在一棵树上吊死。山重水复疑无路，明天去劳务市场，说不定，就是柳暗花明又一村了。仔细一想，他又不心甘就这样罢休：看到了老表的女人，却看不到老表，这怎么说得过去呢？说到底，还是那个女人不愿意帮忙。这不就是一句话吗？又不需要你费心费力。而她连这句话也不愿意说，害得老子食宿自理，前途渺茫。你如果告诉我老表的手机号码，至于是否能够找得到他，那是我的事，你为什么不说呢？你跟我老表有矛盾，有意见，有斗争，有吵闹，这都属正常，家家有本难念的经。而你，怎么把我这个亲戚也不放在眼里呢？

关键还在于，这牵涉自己进城的兆头不好，一潭清水都让这个女人弄浑了。

湘子越想越恼火,他不相信,到了老表的家,却找不到他本人。更何况,这又不是大海捞针,老表难道跑得了和尚跑得了庙?

店子薄薄的墙壁不隔音,隔壁屋里,响起了男女唱被窝戏呢呢呢的声音,一点顾忌也没有。此时,湘子的情绪更是坏透了,老子连老表都找不到,吃到肚子里的两个包子,早已不见了踪影,你们还在这里唱快活戏,真是饱汉不知饿汉饥。湘子准备往墙壁上狠狠地擂几拳,予以警告,又担心别人跑过来打他。所以,湘子就地取材,找了半张废纸,做了两个纸坨坨,把耳朵死死地堵住;然后,眼珠子望着天花板,双手枕着脑壳思索。最后他觉得,还是要从那个女人身上下手,只有通过她,才能够找到老表。

2

湘子的瞌睡半沉半浮,没有像在家里睡得那样死。

第二天清早,他起了床,来到老表住的院子旁边,看见那个细妹子背着书包在前面走。紧接着,那个女人也出来了。她换了一条淡绿色的裙子,像一根巨大的青竹子在大地上移动。湘子暗暗庆幸,幸亏自己来得早,不然,肯定碰不上。他没有惊动那个女人,准备跟踪她,看她在哪里工作。她不愿意说出老表的电话,那么,她的同事可能会告诉自己吧?

湘子忽然想起了一个词,曲线救国。

细妹子走进幼儿园的大门,母女两人招招手,然后,女人打了个的士。此时,湘子的脑壳有些蒙了,打不打的呢?打的肯定是很贵的。还没有想清楚头绪,湘子就下意识地向的士招手了。他要跟踪这个女人,这叫作舍不得崽女打不到狼——如果再到她家里找表哥，肯定是没有效果了，说不定连门也不会开的，那也太没有意思了。况且，他脸皮还没有厚到那种程度。的士没有开多远，女人下车了，湘子也马上下车，栽着脑壳，紧紧地跟上去。

女人走进一栋装着蓝色玻璃窗的高楼，上了电梯。湘子没有跟上去，他看见电梯在五楼停住了，放了心，走出大门，在墙面的引导牌上搜索了一下，发现五楼是居仁公司。湘子在外面徘徊着，准备等到女人出来之后，他马上去楼上，兴许，她那些好心的同事会给他一些指点的。湘子坐在花圃边上，觉得寻找老表的希望是大大的有。

约莫半个小时吧，女人忽然出来了，她没有发现湘子，缓缓地朝左边的一栋住宅楼走去。湘子准备按自己的计划行动，这时，从大楼里又走出一个四十来岁的男人。此人很英俊，身材魁梧，头发有点卷，上着淡黄色T恤，下穿黑色西裤。此人也是漫不经心地朝那栋住宅楼走去。

湘子看见女人站在住宅楼的二门旁边，神色似有一丝警惕，又装得十分轻松。等到那个男人走近了，两人才若无其事地走进去。

湘子警觉起来，觉得有些不对头。这一男一女，不上班，到住宅楼做什么？这连想都不要想的，还不是去唱被窝戏吗？这很像自己老家的那个村主任，忙里偷闲跟别的女人唱被窝戏，被他发现过好几次。眼下，如果是别的女人，那根本不关湘子的卵事。而这却是老表的女人，况且，这个女人对他的态度很冷漠，连饭也没有留他吃，只给喝了两杯白开水。所以，湘子胸中的一股正气冲了上来，你娘卖胡子的，你说我老表不管你，你却在外面睡野男人。哼，你没有料到撞到我手里吧？

湘子内心升腾起一种莫名的兴奋，马上换了位置，躲到那栋住宅楼的顶当头。那对狗男女进的是二门，自己躲在这里，既有利于隐蔽，又有利于观察。湘子预感到，今天肯定会有好戏看的。至于这出戏所带来的后果,他暂时还无法预料。

大约等了一个小时,女人先走出来。她的打扮如旧,看不出刚才被破坏过。而在湘子尖锐的目光中,她仍然是躺在床上披头散发、衣不蔽体的女人,他似乎还听见了她跟那个男人发出的呢呢呢的声音。

女人警惕地看了周围一眼,准备朝公司那栋楼走去。

这时,湘子疾走几步,突然横在她的面前。女人吓了一大跳,张了张嘴巴,惊疑地问,你怎么在这里?

湘子淡淡一笑,闻到了女人身上的香水味。他不卑不亢地说,你怎么在这里呢?他意味深长地朝住宅楼看一眼,意思是,你的秘密老子都晓得了。

女人或许是心虚吧,不打算齿他。她想尽快地脱身,免得惹是生非,便把挎包的带子往肩膀上拉了拉,准备走开。

湘子一横步挡住她,逼视对方,直截了当地说,你今天的事情我都看见了,你这样做,对我老表不起嘞。

女人的脸陡地一红,又赶紧掩饰了一下,生气地说,你乱说什么?你有什么证据?你如果再这样说,我要上法院告你。女人搬出了法律。

湘子并没有被她吓住,冷笑地说,我肯定没有乱说的,你不承认也没有关系,等一下你的同事都会晓得,你公司不是在那栋楼吗?不是在五楼吗?不是那个居仁公司吗?湘子很洒脱地伸手指了指,说,好吧,我走了。

慢点,女人忽然说,她看看周围,抱歉地说,昨天真是对你不起,当时,我心情不好,也要请你原谅。哦,我们现在到对面的茶馆坐坐,好吗?我有些话想对你说。后面的话,她是用商量的口吻说的。

湘子犹疑地点点头,心里有些惊喜,没有想到事情居然变化得这么快迅。他心想,如果昨天你对我的态度好一点,哪里会有今天这个麻烦呢?看来,这也是老天助我,是死老鼠碰到了瞎猫狸。他不晓得女人请他喝茶是向他赔礼道歉,还是有另外的事情要谈;不管是哪样,主动权起码是掌握在自己手里了。

两人从地下通道穿过马路,湘子往对面看一眼,发现那个英俊、魁梧的男人走出了住宅楼。湘子觉得,自己的感觉十分准确。

在一家叫多来来茶馆的包间,女人要了两杯绿茶。她漠淡的态度早已消遁,甚至有点妥协和可怜的意味。她问湘子到城里做什么。湘子舒服地靠在沙发上,望着玻璃杯中沉沉浮浮的绿茶叶,叹气地说,唉,还不是到城里寻点事做。

女人同情地哦了一声,目光忽然朝湘子扫过来,咬牙切齿地说,我恨死他了。

恨哪个?湘子困惑地看着她,不明白她指的是哪个男人。

你老表。女人一字一顿地说,然后,开始愤愤不平地控诉起来,他把我母女俩丢在这里,不理不睬,一分钱也不给,你说,他哪里还像个男人呢?!

湘子表现得很稳重,仍然没有问女人到底是老表的什么人,女人也没有说明她的身份。他猜测,老表肯定发了大财,所以,他养几个女人,是具有这个本钱和资格的。当然,湘子还是疑惑地看着女人,似乎想辨认出她确切的身份。她到底是老表的后婆娘呢,抑或是二奶或三奶四奶呢?当然,对于这个敏感的话题,他不便问。无论她是老表的什么人,如果真的像她所控诉的那样,那么,这个老表也太不地道了。

他附和说,那是要不得嘞。语气中,似乎还含一丝愤怒。

女人好像终于找到道义上的支持者,晶莹的泪水突涌而出,在灯光的作用下,光洁的脸上一片水光。

湘子慌张了,赶紧把端起的茶杯放下来,说,你不要哭,不要哭。他像个绅士似的拿起桌上的纸巾,抽出一张递给她。

女人接过纸巾没有擦泪,好像是有意展示泪水,来表明她内心的痛苦。她似乎是把湘子视为知心朋友,痛恨而坦然地说,他肯定又有女人嘞,而且绝对不止一个。

湘子轻轻地哦一声,似乎能够理解她为什么对老表抱以痛恨的态度了,也似乎理解她为什么要在外面捕野食了。他觉得这个女人很可怜,孤儿寡母,实在是很不容易。湘子暗暗地怪怨老表,你娘卖胡子的,我们连饭都吃不饱嘞,一个婆娘也讨不到手嘞,你还二奶几奶的,真是饱暖思淫欲嘞。他很想问她,老表以前的那个婆娘哪里去了?离了,还是没离?

湘子最终还是没有问。

女人轻轻地哽咽着,用纸巾覆了覆脸上的泪水,又从挎包里拿出化妆盒照照镜子,三五两下地补补妆,沉思默想一阵子,又久久地看着湘子,好像有更重要的话要说,似乎又有某种担心。最后,她还是鼓起勇气,以商量的口吻说,湘子,你能够帮我做点事吗?我决不会亏待你的。

听说不会亏待自己,湘子的兴趣陡然来了,忽然有了一种预感,一种光明灿烂的前景在徐徐地拉开序幕。

湘子身子往前一探,说,你说吧,什么事?

女人从挎包里摸出一个崭新的手机,以哀求的口吻说,我买了这个手机,原来是想跟踪他的,我又没有时间跟踪,要上班,还要带女。再说,也容易被他发现。所以,以后请你帮我跟踪他,好吗?这个手机是可以拍照的嘞。

湘子一听,怔住了,没有想到女人叫他做这个买卖,也不晓得这个买卖是否合算。望着可怜巴巴的女人,他犹豫地点点头,又怀疑自己的跟踪能力。然后,女人告诉他老表的手机号码,以及他公司的地址。

湘子在乡下耍过人家的手机，并不陌生，只是不会拍照。他拿过手机，把老表的号码储存下来，突然觉得这样的事情很富有刺激性。原本是想来找老表寻事做的，没有想到却来跟踪老表了，不禁觉得很幽默，也很荒诞。

接着，女人耐心地告诉他怎样拍照，还把自己的电话告诉他。说着说着，她忽然苦笑起来，哦，还没有告诉你我的姓名呢，我叫朱小红。

湘子想叫她表嫂，又担心喊错，选择性地喊了一声小红姐。

这时，朱小红却出其不意地从挎包里拿出一沓钱，摆在桌子上，痛快地说，这是两千块钱，你先拿着，算是启动费吧。我们虽然也算是亲戚吧，却也要有个约定才好。你如果提供新的信息，我会再给报酬的；如果没有，那就对不起了，好吗？

娘卖肠子的[1]，今天所发生的事情真是让湘子一惊一惊的，简直眼花缭乱。他怔怔地看着桌子上的钱，心想，难道这沓钱是归自己了吗？哎呀，像做梦一样的。他似乎不相信钱竟然来得这么容易，简直太容易了，容易得不可思议。他曾经听人家说过，说城里遍地有钱捡。当时，他还不相信；而眼前这确凿的事实，让他不得不相信。

他连忙点头，笑着说，好的，按劳取酬吧。

出于感激，他想对朱小红说，我带来了十斤花生，哪天给你送去吧。一想，昨天既然从她家里把花生拿出来了，如果再送去，就没有什么味道了。

湘子把钱和手机小心地放进衣袋里，发誓般的说，小红姐，我决不会让你失望的。

---

[1] 娘卖肠子的：方言，骂人的话。——作者注

3

所以，从那天起，湘子在城里意外地寻到事做了，开始了特殊的侦探生涯。侦探的对象竟然是老表，委托人却是他的女人——这真是让他感到不可思议。

湘子搞不明白，这生活到底是哪里出了问题？他原来是想找老表寻事做的，现在，却在他身上赚钱了。他想不透，也不愿意去伤这个脑筋。只要有钱，他就去做。况且，这又不是谋财害命，不会出现什么流血事件，一切行动都是在悄悄中进行的。

当然，也可以想见，这表面上的和风细雨，掩盖了实质上的惊心动魄。

他没有打老表的电话，觉得不必惊动他——也用不着他给自己寻事做了，那些下力气的工夫，又能够赚几个钱呢？不是晒死淋死累死，就是病死气死饿死。即使你的运气好，祖宗坟墓开了坼冒了烟，没死没伤没病，最后，也只是剩下一个被榨干血肉的躯壳回家。

当然，万一跟老表碰到面，那就见机行事吧。

湘子突然进了两千块钱，心情跟昨天大不一样了，好像一个掉在深井里绝望的人，突然被人救出来，看到的是阳光明媚和风光无限。

现在，他守在老表那个叫建安公司的附近。那是一个十字路口，来来往往的车啊人啊很多，却遮挡不住湘子警觉的目光。他选择坐在公司斜对面的冷饮店，慢悠悠地喝饮料，抽烟。透过明亮、宽大的玻璃窗，湘子密切地注视着随时可能出现的目标。他浑身舒畅，觉得做这个事情既舒服又来钱，还富有刺激性，你说，这个天大的好事到哪里找呢？他原本是想到城里流血流汗的，没有想到，居然端上了这个千载难逢的饭碗。

　　湘子静静地守候了两天,连冷饮店那个脸上生了许多坨坨的妹子,也拿怀疑的眼光瞟他了,可能觉得他不是便衣警察,就是做某种见不得人的勾当的坏人。两天过去了,湘子还是没有看到老表的鬼影子。湘子不灰心,也不焦虑,既然做上这一行,就要有十分的耐心;再者,又不是那种雨里淋、太阳晒、蚊子咬的苦苦守候。这种舒服的守候,像是在等着一个迟疑不决的棋手出棋,所以,他觉得老表已是瓮中之鳖了。

　　第三天傍晚,十字路口车流不息。终于,老表像一只乌龟从大海中慢慢地浮现了。他是开着车来的,一辆黑色宝马。老表匆忙地去了公司,马上又下来开车飙走,那种迅速而谨慎的样子,似乎是在防止别人抓捕他。湘子快速地走出冷饮店,也顾不上坨坨妹子的惊讶,毫不迟疑地打的跟踪。他心里在暗暗发笑,老表啊老表,虽说十年光景没有见面了,你那副样子就是烧成灰,我也认得出来嘞。你身上的肉是越来越多了,你脑壳上的头发却是越来越少了;你的肚子是越来越大了,你的眼珠子却是越来越小了。湘子兴奋极了,死死地盯着老表的宝马,生怕它从眼前突然溜掉。

　　大约过了一刻钟,老表的车子停在一家证券交易所门前。这时,从楼里走出来一个乖态的年轻女人,大概二十多岁吧。那个女人脸庞白嫩,个子高挑,穿着红裙子,高跟鞋"可可可"地一路响去,弯腰钻进车里,然后,车子向五储路开去。

　　湘子大为振奋,第一次跟踪老表,他的狐狸尾巴就被他抓住了,这不是明明给自己送钱来了吗?说实话,他是十分感谢老表的。老表虽然不晓得他到城里来了,而且在跟踪他了,却好像是看在亲戚的分上,在默契地配合他的行动。

　　车子最后走到张玉街的中段停了下来。这里的路人很多,摩托车放着响屁胡乱地穿梭,这给湘子的跟踪带来了便利。湘子下了车,当时,光线十分强烈,他躲在路边的老槐树后面。老表和那个女人从车上走出来,还不经意地往身后看了一眼。按说,他应该看见了躲在老槐树后面的湘子——湘子露出了半个脑壳。可老表偏偏忽略了湘子,他哪里想得到湘子竟然来到城里跟踪他呢?或许,一眼也认不出来了,毕竟十年没有见面了。

湘子拿出手机拍了照。

这是湘子第一次顺利地完成跟踪任务,所以,走出没多远,他就迫不及待地给朱小红报告,高兴地说,小红姐,有新情况了。

朱小红说,那你马上赶过来。

湘子毫不迟疑地打了个的士。现在,他打的士就像喊崽一样随便了,想起自己第一次打的士的心态时,不免自嘲,那真是乡巴佬进城嘞。

在多来来茶馆——这里已经成为他们见面的固定地点——湘子兴奋地把手机拍到的照片拿出来。朱小红一看,脸色大变,咬牙切齿地骂道,这个没良心的家伙,看我怎样治他。他不仅吃到碗里的,还看到锅里的;不仅看到锅里的,还看到屠宰场的。

湘子没有问她,老表究竟是怎样贪婪的吃法。湘子的原则是,拍到一张,就要一份报酬。朱小红把手机轻轻地放在桌子上,似乎重重一放,就会使拍摄到的相片陡然消失。这个女人的确很大气,说话算数,竟然拿出两千五百块钱。此时,湘子没有第一次那样羞怯了,伸手准备接钱。朱小红却把钱拿在手里没有给他,似乎还有什么话要说。

她看着湘子,说,湘子,你要给我多拍点。然后,才把钱递给湘子。

湘子点点头,明白她的意思,那就是要拍到老表更多的秘密。

朱小红拿过湘子的手机,又把自己的手机拿出来,然后,把相片转发到自己的手机上。转发完了,朱小红说,你还不晓得转发吧？湘子摇摇脑壳,朱小红耐心地告诉他怎么转发。

湘子觉得拿手机偷拍很不错,也很随意,好像是在玩耍,让人家难以发觉。如果拿照相机之类的,容易让人怀疑。

当然,对于湘子来说,是没有休息天的。他明白,拍摄到有价值的镜头,是跟报酬成正比的;所以,他丝毫也不敢怠工。虽说跟踪很紧张,需要细心,还需要谨慎从事,却更需要大胆。现在,他还没有弄清楚老表的家到底在哪里。他上次去的那个地方,显然不是他的老窠。又一想,管他什么老窠不老窠,老子只要拍到照片就可以了。

这次,湘子跟踪老表也是在一天傍晚。当时,他有一种不妙的预感,今天可能会颗粒无收。天色已经黯淡,根本拍不出效果。当然,他倒要看看老表这回勾引的是哪个女人,权当把它作为一条线索吧。湘子看见老表和一个女人走进和喜酒店。当时,距离太远,光线也不够,湘子耐心地站在外面守候。这时,他的肚子饿了,咕咕咕像麻蝈[1]叫,旁边没有卖小吃的,自己又不敢轻易离开,心想,这个老表呀,跟女人花天酒地,老子却饥肠辘辘。只是老子现在是在你身上挖钱嘞,老子要像愚公一样挖山不止。

等了许久,老表终于挽着那个女人从酒店出来了。

湘子仔细一看,哎,这不是上次那个女人。这个女人也很年轻,却是长头发——像一挂黑色的瀑布,比又胖又矮的老表高出许多。相比之下,老表显得十分滑稽,好像是那个女人的陪衬人。

老表似乎有点醉意,那个女人在他耳边低语几句,大约是叫他开车注意一点吧。湘子觉得这是个好机会,老表有些醉意,肯定会忽略周围的情况。湘子本能地想把手机拿出来,可又觉得光线太黯淡了。他迅速地叫了辆的士,慢慢地跟着老表的车子。

---

[1] 麻蝈:方言,指青蛙。

老表的车子停在城边的一栋新住宅楼下。大概住户还没有都搬来,大概只有他们先住进来了吧;所以,整栋楼房一片黑暗,而且居然连个路灯也没有。湘子不晓得这套房子是那个女人的呢,还是老表的,或是老表给她买的。

等到老表跟女人下了车,湘子又想拿出手机拍照,一看,这黑暗中拍什么鬼照呢?

他有点犹豫,似乎举棋不定,十分后悔没有抓住他们走进酒店的那一刻拍照。如果没有拍下照片,这次跟踪不是白费了吗?一笔可观的报酬不是没有了吗?虽然想过把这次跟踪当作一条线索的,但湘子还是十分懊丧。此时,他几乎没有注意老表了,想必他们下车就会上楼的。

没有想到的是,这时,一团黑影朝他走过来。湘子准备撒腿逃跑,那人却凶狠地大喊,是谁?给老子站住,不然,老子一枪崩了你。

湘子听说有枪,害怕了,不敢溜了,怔怔地站着。

等到那人走上来一看,湘子惊讶了,原来是老表,这个狡猾的家伙并没有上楼。

湘子战战兢兢地说,明哥,是我嘞,我是湘子嘞。

老表仔细地看着他,惊疑地说,哦,原来是你呀,你怎么倒跑这里来了?

湘子不敢说实话,心想,哎呀,这下会死到老表手里了。他吞吞吐吐地说,我……我是来找你寻事做的嘞,你胖了这么多,我……我又不敢相认嘞……

老表虽然有醉意,脑壳却非常清醒。他忽然想起什么,说,哦,娘卖胡子的,难怪上次在张玉街我看你有点面熟嘞。

老表疑惑地问,你是怎么跟到我的?

湘子不想回答这个问题,而不回答肯定是过不了关的。他小心地说，我先到你家，是她告诉我的，所以，我……他还想问老表，怎么不是以前那个婆娘了呢？话到嘴边，又缩了回去。

老表立即警惕起来，她对你说了什么吗？

没说，湘子小声地说。他隐瞒了许多，尤其是跟踪的秘密，死也不能说出来的。

那你寻到事做了吗？老表放心了，喷着酒气，似乎十分关心地说。

还没有嘞。湘子装得可怜兮兮的。

哦？老表看着他，沉默一阵子，然后，拍拍湘子的肩膀，说，我也是念在亲戚的分上，还念在你爷娘以前对我关照的分上，呃，我看这样吧，我给你寻个事做吧。当然，这个事只有你晓得，你以后就给我跟踪那个女人，有情况告诉我，好吗？

湘子一听，不由得又惊讶起来。

朱小红要自己跟踪老表，现在，老表又叫他跟踪朱小红，这个世界真是太精彩太变幻莫测了吧？相比之下，老表毕竟还是正宗亲戚，手肘子不能往外拐。所以，他狡黠地看了老表一眼，故意把朱小红的秘密透露一点，说，我看见朱小红好像跟一个男人的关系不错嘞。湘子说得很有节制和分寸，也很笼统和含糊。

老表急忙问道，那个男人长得什么样子？

湘子说，没看清楚嘞。

老表听罢，既气愤又高兴，说，那这样吧，你明天上午到我公司大门口等我，我还要交代你一些事情。

湘子点点头。

老表直爽地说，我不陪你了，你走吧，你要记住明天上午。说罢，丢下湘子走进门洞。

湘子站在原地半天没动，摸了摸口袋里的手机，忽然感到一种后怕。幸亏朱小红没有打电话，不然，还不晓得怎样向老表解释。

你一个到城里找工打的人，怎么就办了手机呢？他责怪自己太不老练了，没有把手机关掉，差一点露了马脚。

湘子抬头望着四楼上一扇亮起灯光的窗口，有点哭笑不得。哎呀，自己现在成了什么角色呢？本来只是个单方侦探，现在不是成了双料侦探吗？哼，双料就双料吧。娘卖肠子的，也不是我故意这样做的，是你们叫我这样做的，是逼良为娼。

湘子浑身轻松地走出来，没有坐的士。他要舒舒服服地走走路，他太高兴了，他要拿双份报酬了。那条新拓展的街道上，还没有什么行人，偶尔，车子伸着长长的雪白的眼睛呼地溜过去。住户大都还没有搬来，闹热暂时还没有跟随而至。湘子抬头望望天上，一轮月亮洁白地挂在半空中，就像湘子舒畅的心情。

湘子大唱起来，月亮代表我的心心心心，月亮代表我的心心心心。走了两里多路，湘子来到热闹的街上，在夜宵摊子坐下来。要了两瓶冰啤酒、一碟花生米、一碟猪脑壳肉，痛痛快快地吃起来。

4

第二天，湘子赶早到老表的公司。又有了一份意外的收入，湘子宁愿等老表，也不愿老表等自己。

湘子站在那栋楼房的大门口静静地等候。

他去得太早了，公司门口还没有什么人。

湘子像一根提前发芽的豆芽菜，孤零零地出现在水泥筑成的地盘上。湘子不时地拿出手机看时间。过了很久，才有人陆续地来了。有的人淡漠地看他一眼，有的人根本没看他，好像这个世界上根本没有他这根豆芽菜。湘子明白，自己显得太土气，皱巴巴的衣裤，沾着泥巴的鞋子，还有乱七八糟的头发。如果老子穿一身名牌，像七匹狼什么的，他们还会用这样不屑的目光看我吗？当然，湘子也不跟他们计较，老子现在怎么说也是拿高薪的人了，而且很快要拿双份了，旧貌变新颜就是分分秒秒的事了。

湘子等了一气，还是没有看见老表。现在，已经快十点钟了，湘子想，老表可能跟那个女人唱被窝戏唱得筋疲力尽了吧？不然，怎么还不来呢？他并不感到烦躁，也不责怪老表不守信用，挣这样来得如此之轻松之快捷的钱，你还有什么烦恼可言呢？

湘子不再闲等着，也不看手机上的时间，他的心态很不错，开始默默地数街边那些宝塔型的小松树。翠绿的小松树长得真乖态，大小高矮一崭齐，像从一个模子里钻出来的。

他漫不经心一棵一棵地数过去，数到一百二十棵时，忽然有人拍他的肩膀，反过脑壳一看，原来是老表。

老表肥厚的脸上泛滥着疲惫和倦意，眼里有着血丝，似乎还没有恢复过来。

湘子笑了笑，说，明哥，你早。

老表没有多说话，从黑包里拿出一个手机，说，这个送给你，它可以拍照的，不要弄丢了，很贵的嘞。哎，你晓不晓得怎么拍？

湘子很老到，早已把口袋里的手机关掉了，以免引起老表的怀疑。他装作什么也不懂，甚至还很羞愧地摇摇脑壳。老表把他扯到石阶上，显得很有耐心，不仅告诉他怎样打手机、储存号码，还告诉他怎样拍照，以及如何转发照片。

说了一通，老表瞄他一眼，你记住没有？

湘子哦哦地说，记住了，记住了嘞。又说，明哥，你让我试拍一下好吗？说罢，他装作笨拙的样子，拿手机对着街上拍了几张，又对着老表拍一张，最后，还对着自己拍一张。然后，拿给老表看，让他检验检验。

老表嗯嗯地看着，对其他几张表示满意，当看到湘子自拍的那张时，老表哈哈地笑起来，你自己看看，像不像头猪？

湘子不相信，拿过来一看，发现自己真的像头猪，不好意思地笑了。

老表说，你还是要学学嘞，要掌握好距离和角度。

老表交代完毕，并没有去公司，开着车又迅速地溜走了。

湘子望见老表的车渐渐地融入车流之中，不由得感叹道，难怪朱小红找他不到，他狡兔三窟，连手机号码也不是朱小红给的那个了。这时，湘子忽然想起好像忘记了什么，一时又想不起来，怔怔地看着老表给他的手机。哦，湘子终于想起来了，老表还没有给钱呢。没给钱，那自己不是少拿了一回钱吗？人家朱小红都是预先给的，那是属于启动费。老表没给启动费，那么，打的士的钱和工钱等等，难道由自己垫付吗？娘卖胡子的，老表看来不是省油的灯——不见鬼子不挂弦。难道不是吗？跟他十年没见面了，也没说请他吃餐饭，真是个大大的小气鬼。

单凭这一点，老表给他的印象大打折扣。

湘子把朱小红的手机拿出来，一手拿一个。哈，现在老子有两个能够拍照的手机了，一个是女人对付男人的，另一个是男人对付女人的，湘子觉得十分好笑。他仔细一看，两个手机竟然都是一样的品牌、型号，诺基亚的。他担心两个手机混淆后可能穿帮。为了区别开来，湘子走到广告栏前，扯下一小绺透明胶，贴在朱小红手机的上方。这两个手机，是他的饭碗，是他赚钱的武器，他要好好地爱惜它们。

左边的裤袋里放一个，右边的裤袋里放一个。

老表没有给启动费，湘子心里很不平衡。当然，获取朱小红的情报并不困难，其成本也并不高，他早已晓得朱小红跟那个英俊、魁梧的男人有一腿。所以，那天在他们再次进入公司旁边的住宅楼时，湘子躲在楼房的顶当头，轻而易举地成功地拍下照来。他俩是并排走的,那个男人侧着脸微笑地看着朱小红,朱小红脸上充满着一种幸福感,还有一种嗷嗷待哺的感觉。

湘子对这张照片感到十分满意,不论是清晰度还是角度,都是蛮不错的。当然,在拍照之后,他对朱小红还是感到有点愧疚的,毕竟是她给了自己第一口饭吃。不然,自己在这个城市很可能还是颗粒无收。有那么一刻,他想把拍摄下来的照片删除,免得良心有所不安。一想,如果删除,良心虽安,却等于删除了一笔不小的收入;而这笔收入对于一个农民来说,是多么丰厚。他望着朱小红走进去的那栋住宅楼,心里矛盾了很久,像有两个鬼在打架。一下子是良心这个鬼打赢了,一下子是那个要钱的鬼打赢了。最终,还是那个要钱的鬼力气大,几拳就把良心鬼打败了,良心到底没有战胜不菲的报酬。尽管如此,湘子还是为自己找到充足的理由,这不能够怪我嘞,要怪也只能怪你朱小红自己,你也有把柄让人家抓嘞。如果没有,如果你坚守阵地,誓死守住那一块巴掌大的土地,我哪里能够拍到你的秘密呢?

湘子终于说服了自己,然后,迫不及待地给老表打电话,说,明哥明哥,有情况了嘞。老表惊讶地哦一声,叫他把照片赶快转发过去。湘子连连激动地说,好好好。他拿着手机刚想揿按键,突然觉得不对头。如果转发给老表,他很有可能找借口不跟自己见面了。如果不见面,那笔钱怎么能够到手呢?他本来是个小气鬼。哎呀,幸亏自己脑壳灵活,不然,很有可能让老表耍了。

更何况,他的启动费都没有预先给我呢。

湘子冷静下来,又把电话打过去,对老表说,我们还是见个面吧,明哥?见了面,再转发你不迟嘞。

老表可能也意识到了什么,不耐烦地问他在哪里。湘子不想让老表晓得朱小红吃野食的秘密之地,说,我在大桥边,左手第三根路灯下面。打完电话,他马上打的士去了大桥。

湘子站在大桥边左手第三根路灯下,把朱小红的手机关掉,这一点,他是务必要注意的,不然,双料侦探的身份极有可能暴露。

没多久,老表来了,把车子停在湘子身边,摇下窗子,伸出一只手,问湘子要手机。

湘子说,你下来看吧。湘子担心老表看了不给钱,马上又开车走了。

老表很不耐烦地哎呀一声,说,你这个人嘞。说罢,无奈地下了车。

湘子这才拿出手机。

老表一看,怒发冲冠,脸变成了猪肝色,愤怒地说,老子要杀了这个婊子养的。又说,湘子,你要给我搞到她跟男人上床的镜头。说罢,叫湘子把照片转发给他。

湘子一边转发,一边犹豫地说,拍那个不是容易的嘞。

老表生气地瞪着眼睛,说,猪啊,我给你钱嘞,给很多的嘞;再说,我们是亲戚嘞。听到自己的手机滴的一响,晓得照片转发过来了,便准备一头钻进车子。

湘子提醒说,明哥,你还没给我钱嘞。想了想,又赶紧说,上次的启动费你都没有给我。

老表肥胖的身躯像陡地凝固了,然后,又慢腾腾地活了过来。他转过身,肥脸一沉,很不高兴地嘀咕道,哎呀,亏我们还是亲戚嘞,你一口一个钱的,钱钱钱,我看你的良心都是钱做的。亏你说得出口,说什么启动费。

明哥,我们的确是亲戚,可我要吃饭,对吧?你没有给启动费,我走路去跟踪吗?那么,连个屁都跟踪不上。还有,搞这个很危险的,如果被发现,挨打掉命都有可能的嘞。湘子不高兴,说了一堆气恼的话。这个老表简直像个无赖,或者说像个黑心的老板,又要马儿好,又要马儿不吃草。

天下哪里有这种美事呢？

老表抬起厚实的眼皮，不满地剌了湘子一眼，无奈地从黑包里抽出一沓钱，蘸着口水数了数，又抽出五张，然后把余下的往湘子手里一塞，不快地说，你拿去吃涮吧。

湘子十分恼火，老表居然把他当猪骂。而且，他太小气，朱小红不跟这样的男人也罢。如果不是看在可观的报酬的分上——他快速地数了数，是一千块钱——湘子也要骂他是个蠢猪。如果老表对他的态度不错，他还想把一袋子花生送他。现在看他这副鬼样子，老子不送了。

5

湘子从老表手里拿到那笔钱，心里还是感到有点遗憾，也有对老表的一种不满。如果老表像朱小红一样事先预支一笔，岂不是多了一份报酬吗？而且，老表给的钱比朱小红少多了。

当然，现在的湘子觉得自己的生活要有所改观了，不能够再如此地寒酸了。他先把那些钱存到银行，摸着那个紫红色的薄薄的存折，看着上面真实可信的数字，湘子激动万分。这辈子活到二十八岁，才终于有了自己的存折，况且，上面还有一笔不少的钱。

那天，他果断地退掉五块钱一晚的小店子，毫不犹豫地租下河边的一套房子。房租每月两百，一室一厨一卫，房里设施完备，几乎不需要买什么了。

那天，湘子还买了几件新衣服和一双皮鞋，理了个发。想想，觉得自己是在老表跟他的女人之间搞侦探，如果不化装，那是很容易被发现的，所以，必要的装备是少不了的。于是，他又买了一副墨镜、一副假胡子，想想自己的头发不多，又买了一顶假发。回到房里，湘子把新衣服和新皮鞋一穿，墨镜一戴，假胡子一粘，假发一套，在镜子前一站，嘿，真像是那么一回事了，连自己都认不出来了，觉得自己具有了侦探的派头。当然，热天戴假发没有必要，留到冬天再说吧。

搬到租房的那天晚上，湘子在旁边的一家小饭铺吃饭，然后，认识了芝麻。这个妹子大约二十岁，身体结实，手脚麻利，脸色红嘟嘟的，像搽了胭脂。湘子犒劳自己，喝了三瓶冰啤酒，还叫芝麻继续拿酒。

芝麻小声地提醒说，你莫喝醉了嘞。

湘子笑着说，不会醉的，快拿来。

当时，湘子很感动，觉得很温暖，哪有像她这样劝客人的呢？人家都巴不得客人多喝酒。

所以，湘子后来经常来这里吃饭，一是离租屋很近，二是这里的饭菜还算便宜，而且既有盒饭，也有煲仔饭，还有小钵子蒸菜，花样颇多；当然，更重要的是，认识了芝麻，而且彼此有了好感。如果某次湘子没有来吃饭，芝麻就要问，你昨天怎么没来呢？所以，湘子又有了一些感动，想到在这个陌生的城里，也终于有人牵挂他了。湘子每次吃饭时，看着芝麻忙来忙去的，心想，自己出来时跟村里人吹了牛皮的，说不仅要赚钱，还要讨个乖态的妹子。赚钱么，看来已经不是大问题了，要讨个乖态的婆娘却还要努力。当然，这个芝麻是符合自己要求的，健康、能干、勤快。也许在别人眼里，芝麻还不是那样乖态，但只要自己觉得乖态就可以了，情人眼里出西施。况且，芝麻这个名字的兆头也不错，芝麻开门，芝麻开门，里面是什么呢？是满满一山洞的宝物嘞。

两人熟悉之后，湘子多次邀请芝麻到他的租屋，芝麻满口答应说好好好，却从没有去过。湘子觉得无味，不再叫她了，以为她是有口无心，心里颇有些失望。

有一天晚上，下着大雨，雨老是不停，饭铺里根本没有什么客人。看来夜宵生意无法做了，老板无奈地说，不如趁早收摊吧。当时，只有湘子还在店里喝啤酒，望着外面下个不停的大雨发呆。

这时，芝麻装着给他添茶水，轻轻地说，我等下子去你那里。

湘子望着她，心中一喜。

芝麻跟着湘子来到租屋，走进屋子看来看去的，目光中一片羡慕，说，湘子，你好舒服的嘞，一个人住这么大的房子，我们八个人像猪崽子挤在一起嘞。

湘子笑着说，那你以后住我这里吧，离店子又近。

芝麻脸一红，说，湘子，你蛮痞嘞。

湘子打开电视，电视里放着电视剧，剧中的两个男女赤裸着上身躺在床上。湘子哈哈地笑起来，指着电视说，喂，你说这样痞不痞呢？如果男女在一起就是痞的话，那么，全世界没有一个不是痞人。

芝麻却说，结了婚，就不是痞人了。

湘子呵呵地笑道，你这个芝麻呀。说着，把那袋花生拿出来，说，芝麻，吃花生。心里却在暗笑，花生原本是打算送给老表的，最终却送到自己和芝麻的肚子里了。

芝麻也不讲客气，剥着花生，说，好久没有吃到这么香的花生了。

对于芝麻，湘子开始没有动手动脚，极力地控制住自己的冲动，觉得好事要慢慢来，要水到渠成。当然，如果对芝麻下蛮也不是不可以，他相信芝麻也会半推半就的。只是那样一来，自己给她的印象会大打折扣。

后来，也用不着湘子邀请，芝麻有空闲想来租屋，会直截了当地对湘子说。芝麻不会掩饰自己，也不会扭扭捏捏，更不会耍小性子。

有天晚上，芝麻忽然下决心请了假，叫湘子带她去街上走走。两人到灯火辉煌的步行街，又到幽静的公园，后来，还吃了肯德基。芝麻显得很快活，话也很多，像流水一般。看着芝麻很快活，湘子也很快活。在回来的路上，芝麻却沉默下来，走着走着，突然满面泪水。湘子慌张地问，你怎么啦，芝麻？芝麻开始不愿意说，湘子问了好几次，她才抽泣地说，我到城里好几年了，还没有像今晚这样痛痛快快地玩耍过。湘子听罢，感到很酸楚，说，芝麻，我以后会带你到处玩耍的。

快走到小饭铺了——芝麻她们的住房在小饭铺后面——芝麻却没有分手的意思，居然默不作声地跟着湘子去了租屋，好像要决定一件重大的事情。走进租屋，芝麻第一句话竟然是叫湘子洗澡。湘子一怔，说，等你走了我再洗不迟。芝麻却硬要叫他去洗。湘子觉得十分奇怪，也不便多问，只好去洗澡。等到湘子洗出来，芝麻也进去洗，这在芝麻是头一回。

湘子坐在沙发上看电视，等到芝麻出来，他一看，她竟然连衣服也没有穿，赤裸着身子躺去了床上。湘子恍然大悟，暗暗地骂自己太愚蠢，惊喜交集地跳上床铺，紧紧地抱住芝麻，连连地叫着芝麻芝麻芝麻，芝麻也不断地叫着湘子湘子湘子。两人在激情中唱被窝戏。两人都是第一次唱被窝戏，少不了羞涩和慌乱以及某种束手无策。

唱罢被窝戏，躺在床上的芝麻又是泪流满面。

湘子慌张地说，你哭什么，芝麻？

芝麻说，湘子，我不是随随便便的人，你要讨我嘞。

讨讨讨，怎么不讨呢？到时候讨了你，我们就不回去了，好吗？湘子怜爱地帮芝麻擦着泪水，终于感到一种莫大的幸福感。自己能够赚钱，又有芝麻陪伴，人之为人，还有怎样的奢求呢？

芝麻说，我也是这样想的，来到城里回不去了，回去不习惯了嘞。

湘子说，你来几年了？

芝麻说，四年。

湘子说，那你是城里的老革命了。说得芝麻开心地笑了。

尽管如此，芝麻还是没有在这里过夜，她担心村里来的那些伙伴怀疑，她不能不有所顾忌。所以，两人约定有空闲就来亲热一番。湘子认为，这种状态也很好，免得她睡在这里问三问四的，发现了他的秘密，让她终日替他担心。湘子也考虑过，等到不做双料侦探，估计钱也搞得足够了，然后，跟芝麻开个夜宵摊子，不也是蛮好的吗？何况，芝麻当服务员很有经验，自己就当个小老板，再请个厨师，那么，这个小小的麻雀就肝胆齐全了。当然，他也想过，干脆搞个私人侦探公司，听说，城里不是也有人创办此类公司吗？这样的钱毕竟来得容易。可湘子冷静一想，娘卖肠子的，还是老老实实地办个夜宵摊子吧，侦探公司不是他办得起来的。这个社会太复杂，搞得不好，自己这条小命都会被人灭掉。

那天，芝麻来租屋跟湘子亲热。事后，芝麻穿好衣服准备走人，湘子懒洋洋地躺在床上，叫她把裤子拿过来。芝麻拿起裤子一甩，谁料两个手机叭的掉在地上。

你有两个手机呀？芝麻惊喜地问。她把手机捡起来，还以为是湘子给她买了一个，手机的型号和颜色都是一样的。

湘子心里一沉，淡然地说，是嘞。

芝麻举起其中一个，说，那，这个是不是给……

湘子明白她的意思，坦率地说，哦，这不能送给你。

芝麻嘴巴一嘟，不高兴了，把两个手机往床上一丢，说，你既然说爱我，为什么连个手机也舍不得呢？

湘子不知怎么给芝麻解释，说，我需要两个。

芝麻疑惑地问，怎么需要两个呢？你是做什么事的呢？

是的，两人接触这么久了，她还没有问过他到底是做什么的，这是一个不小的疏忽。他每天穿得光光鲜鲜的，又显得十分清闲，居然还有两个手机。

湘子解释说，不能说的，这是企业秘密。

那你公司的人都有两个手机吗？芝麻继续问道。

湘子说，都有。他穿起裤子，不想让她继续纠缠这个问题，说，芝麻，我送你一个小灵通，好吗？

芝麻赌气说，不要。

湘子没有再坚持，觉得芝麻不要小灵通也罢，反正租屋离她的饭店不远，有什么事，彼此可以去叫对方的。

只是从那天起，芝麻有点怀疑湘子了，每回看他时，目光都是带着刺的，总想在他身上挑出可疑的东西，又挑不出来，似乎那些可疑的东西在湘子身上埋藏得很深。她觉得他的来路十分可疑，一个人租着房子，又有两个手机，是不是搞毒品生意呢？或是拐卖妇女儿童呢？或是个鸭子呢？现如今，社会复杂得很，要多留一个心眼才是，她责怪自己太大意了。

当时，芝麻没有继续追问湘子，心里却横亘着巨大的疑惑，也暗暗地替自己的命运感到担忧。如果湘子真是自己所猜的某个角色，自己这辈子就后悔莫及了。

当然，芝麻还是有点心计的。

那天，湘子想跟她亲热，在店里吃饭时向她眨眨眼——这是两人之间需要亲热的暗号——芝麻忙完店里的事来到租屋，湘子显得迫不及待，早已把衣服脱光了，说，芝麻，快上来，我想死你了。芝麻偏偏不听，坐在破旧的沙发上，把电视打开，一声不响地看着电视。湘子觉得很奇怪，自从跟芝麻睡了第一回后，在这件事上，芝麻一直是积极配合的，无须劝说。

湘子疑惑地说，芝麻，你怎么了？是不是有人欺侮你了？小饭铺的客人繁杂，有些客人喜欢说痞话，或是动手动脚的。

芝麻还是不说话。

湘子焦急了，以为芝麻看上了比他条件好的男人，现在要跟他分手，只是碍于情面，一时还说不出口。湘子跳下床铺，想来抱芝麻，却被她奋力地挣脱了。

湘子怔怔地看着她，发现芝麻像变了一个人。

这时，芝麻说话了，严肃着脸色问湘子，湘子，你如果不告诉我你是做什么的，那我们就不要来往了，哪里有谈爱的人还要向对方隐瞒呢？

这很具有杀伤力，湘子这才明白芝麻的用意。他不晓得如何解释，当然，被芝麻用这样的问题难住了，湘子又很不心甘。湘子脑壳一转，说，按说是不能告诉你的，这是我们公司的规矩。你也晓得，现如今城里的男女都花心得很，又不放心对方，如果自己跟踪吧，一是没有这个时间，二是容易被对方发现，所以，私人侦探公司应运而生。我呢，就是做这个的。

芝麻绷紧的脸色开始松动，轻轻地哦一声，终于原谅了湘子，说，这个我也听说过的，只是你要小心，如果被人家发现了，人家会喊人搞你的。

我晓得嘞，湘子说。

湘子重新抱起芝麻，埋怨说，哎，你好狡猾的。

芝麻软软地让他抱起来放在床上，嗔怪地说，你要是早说了，我会这样吗？

6

在湘子看来，只要自己不被所拍摄的对象发现，就不会受到威胁或殴打；再说了，万一发现了也没有什么，双方都是亲戚，难道还会打他吗？最多是他嘴上认个错，答应不再跟踪，只说是让男方或女方逼迫的。至于以后跟不跟踪，只要不让对方发现就可以了。

那天傍晚，湘子戴着墨镜，粘上假胡子，去跟踪朱小红。

第一次提供给老表的照片，在老表看来，它还不是十分的理想。相片只拍摄到朱小红的脸，那个男人的脸别在了一边，所以，老表还不能确切地辨别那个男人究竟是谁。这可能也是老表只给他一千块钱的缘故吧。

所以，湘子决心一定要拍个正面的，以便向老表要个好价钱。

朱小红这次不是到公司旁边的那栋住宅楼了，当然，也不是那个英俊、魁梧的男人了——是一个矮小的男人开车来接她的。

看来，朱小红也是十分谨慎，没有让这个男人到公司楼下接她，而是让他到一家商场的门口等她。那个男人坐在车里叼着烟，一脸淫笑，像癞蛤蟆看见了天鹅。只是距离太远，湘子没法拍照。再说，那个男人没有下车，即便拍了照，他也担心老表不会认账。

此时，湘子坐在的士里面大发感慨，朱小红呀朱小红，你如果是为了报复我老表，为了解除寂寞和孤独，跟那个魁梧、英俊的男人，起码还能够让人理解；但你说说看，你跟这个既矮小又丑陋的男人是为哪桩呢？感情吗？金钱吗？还是另外什么呢？真是太掉价了吧！疑团像云雾般在湘子眼前飘荡，没飘荡几秒钟，湘子终于想到了答案。哦，我懂了我懂了，她跟那个英俊的男人大概是为了感情吧，跟这个矮小而丑陋的男人可能是为了金钱吧。看来，朱小红真是不简单，双管齐下，各有所得。

车子是往南郊方向开的，南郊很远，湘子看一眼计价器，表已经跳到三十二块钱了。这么多的票价，在湘子的跟踪行动中从来还没有过，他以前每次跟踪都没有超过十五块钱。所以，计价器每跳一次，湘子的心脏便跟着痛一下。他也是要讲究成本的，成本越小，获利的空间越大。湘子在心里骂那个矮小、丑陋的男人，娘卖胡子的，既然这么有钱，为什么还要跑那么远呢？市区的高级宾馆那么多，哪个宾馆不可以睡觉呢？老子赚点钱也是很不容易的嘞。哦，也许是到那个男人的别墅吧？他看看天色，担心天黑了拍不到照，心里焦急，如果这回没有拍到照，三十多块钱就打了水漂。

终于，车子在南郊的一家宾馆前停下了。湘子下了车，马上跟着走进去。

朱小红没有认出湘子，湘子是化了装的。那个矮小而丑陋的男人似乎很警惕，往后看了湘子一眼。两人进电梯时，湘子没有进去，抬头看了看楼层的数字，他们上到了十五楼。

湘子坐在大厅耐心地等待，大厅灯火辉煌，只要等到他们下电梯，这张照片是跑不了的。绝对不能让他们溜掉了，老子是花了三十五块钱车费的。他想，如果拍到这个，老表一定会给他个好价钱的——那个矮小而丑陋的男人，是一个新出现的人物。

湘子一时无事，从报架上取下报纸，装模作样地看起来。大厅这边的沙发上，只有他一个人。他发现大厅另一边的沙发上，坐了三个神色阴冷的后生，他们不时地瞟着他，好像在跟踪他一样。湘子觉得十分好笑，娘的脚，我在跟踪朱小红，如果还有别人跟踪我，岂不是螳螂在前黄雀在后吗？他希望那三个后生尽快离开大厅，他不想让他们发现他在偷偷拍照。

湘子翻了翻报纸，觉得朱小红一时半刻也不会下来，他也想暂时脱离那三个家伙的视线。他觉得那三个家伙老是在瞟他，似乎把他的秘密瞟去了，心里感到很不舒服。湘子走出宾馆，郊区的空气比市区的新鲜多了，树林茂密，整个宾馆被树林包围，既有几分幽静，又有几分恐怖。天完全黑下来了，光顾宾馆的客人并不多，连的士也很少来，间或来一辆，没有载客，空车打转。奇怪的是，这里似乎连保安也没有，是不是为了显示这里的安全呢？显示这里与自然的和谐呢？外面显得十分冷寂，他想，如果拍了照，还没有的士，他很可能要打的士公司的电话，叫他们派车来，不然，无法回去。

湘子点燃烟，准备抽完回宾馆大厅。

这时，他远远地看见那三个家伙走出来了，竟然耸头勾背地向他走来。湘子的反应十分敏锐，突然觉得有些不对头了，趁着夜色，赶紧把两个手机往草丛中一丢。

那三个家伙没有看到这个细节，走上来，忽然围着他，伸出手问他要药钱。

什么药钱？湘子惊讶地问。

湘子没有料到这突如其来的变化，看一眼灯火通明的大厅。他刚想叫喊，一只粗大的手掌死死地捂住他的嘴巴，另外两个家伙粗暴地拖起他朝黑暗的树林中走去。此时，湘子完全身不由己，像一台机器，十分被动，心中暗暗叫苦不迭。

那些家伙把他拖到漆黑的树林中，不由分说地搜索他身上，把他口袋里的钱一扫而光；然后，把钱在他眼前扬了扬，猖狂地说，什么叫药钱？这下你懂了吧？

湘子哪里心甘呢，愤怒地说，你们这是明目张胆地打劫嘞。

三个家伙嘿嘿一笑，突然一齐出击，对着湘子拳打脚踢。湘子叫骂了一声，却遭受到更为猛烈的击打。那些家伙一边打一边说，你叫吧叫吧，你如果再叫，老子就要打死你。湘子不敢继续叫喊了，也无力回击，只得忍受着万般的痛苦。

三个家伙临走时，恶狠狠地警告说，你如果要报案，下次碰见你，就会要你的狗脑壳。

湘子被打得头破血流、鼻青眼肿，浑身疼痛，连皮鞋也丢掉了一只，怎么也找不到。墨镜也打掉了，也找不到了。等到三个家伙消失之后，湘子才哎哟哎哟地爬起来，嘴里尝到了鲜血的腥咸味。

然后，湘子在那片草丛中摸索一阵儿，找到了两个手机。他庆幸自己的反应很快、动作敏捷，不然，这两个高级手机也会落于他人之手。他没有回到大厅，这副狼狈的样子哪里还能进去呢？拍照呢，当然更是不可能的了。

这时，正好来了一辆的士，湘子没敢走到宾馆大门口等车。他站在马路边，看到的士返回时，才招手上车。

留着平头的司机惊讶地看他一眼，问，喂，你怎么搞的？

湘子擦了擦嘴巴上的血，愤愤地说，刚才碰到一帮小流氓。

湘子不明白那些家伙所说的药钱是什么意思，就对司机说了。

司机说，这个你都不懂吗？那是一帮浪荡鬼，瘾上来了，又没有钱，所以铤而走险。

湘子说，他身上的钱都被抢走了，只有到了家才能给钱。他叫的士开到自己租屋下面，拿车钱给了司机。然后，他又灰溜溜地回到屋里，在卫生间小心地清洗伤口。他摸了摸嘴巴周围，发现假胡子也被打掉了。湘子一边清洗伤口，一边说，老子背时嘞，老子背时嘞。

这时，芝麻过来了，一看，惊恐万状地叫道，哎呀，你被人打了？快让我看看。芝麻看着看着，泪水流了出来。她要帮湘子清洗伤口，湘子说，还是让我自己来吧。芝麻先是懵懂地望着，觉得似乎该要做些什么事，想了想，忽然哦一声，赶紧出去买药了。

清洗完伤口，湘子对着镜子看，发现自己眼青鼻肿，简直像个大熊猫，不由得苦涩地自嘲道，哎呀，老子成了国宝嘞，如果蹲在动物园，肯定会蒙骗许多游客嘞。伤口清洗之后，反而痛得厉害了，湘子坐在沙发上轻轻地哎哟着。芝麻匆忙地买药回来，然后，小心翼翼地给他涂药。湘子仰着脸，一边让她涂药，一边还在叫哎哟。芝麻呢，涂着涂着，眼里又流下了泪水。

湘子忽然说，芝麻，你真是个乌鸦嘴巴，老子挨了打，还被那些化生子[1]抢走了两百五十块钱。

芝麻伤心极了，哽咽地说，湘子，你以后不要做这个了，好吗？说不定哪天我就见不到你了嘞。湘子，我们摆个小摊子吧，啊？

湘子说，你想的跟我一样，只是现在还不行，我还要多赚点钱，这个钱毕竟来得快一些。

芝麻看他这么说，也不劝了。看着湘子脸上被药水涂得花花斑斑的，她又抽泣起来。湘子劝她，芝麻，不要哭了，这世上条条蛇咬人，你说你在店里就不苦不累不烦不恼了吗？

湘子被迫在家休息了几天，起码要等到脸上的青紫肿块消失了才能出门，像现在熊猫似的出去，是有损于侦探形象的。那几天，饭菜都由芝麻送来，真是饭来张口。湘子一边看电视，一边恨朱小红。娘的脚，你找了那样一个矮小而丑陋的男人，害得我不仅没有拍到照，还冤里冤枉地被人抢劫了，还挨了打。老表和朱小红却似乎晓得他在家闲着，先后给他打来电话，问他这几天有什么新收获。湘子回答说没有嘞，叫他们不必性急，心里却在苦涩地说，老子自己倒是有个重大的收获。

湘子不看电视了，就躺在床上，冷静地分析被打的原因。娘卖胡子的，怎么会有人打他呢？难道仅仅是浪荡鬼所为吗？仅仅是偶然的吗？是不是还有其他原因呢？也就是说，朱小红是否也派人跟踪了他呢？朱小红既然叫他跟踪老表，那么，她肯定出于多疑，认为老表也有可能叫他跟踪她的。所以，她是否在怀疑他的立场呢？是否在怀疑他是双料侦探呢？也或许，是那个矮小而丑陋的男人疑神疑鬼，早已叫保镖们注意他的行踪，然后他们装作浪荡鬼教训他。也或许，那些家伙跟朱小红和矮小的男人都没有关系，真的是

---

[1] 化生子：方言，意为短命鬼。

一帮游手好闲的浪荡鬼，嚣张而猖狂，专门待在宾馆瞄着有钱人下手吧？

分析来分析去，湘子也没有理出个头绪，觉得反正是白白地被人打了一餐，他告诫自己以后要多加小心。

7

湘子到城里之后，一直没有回过家乡。

临走时，爷娘叫他十天半月打个电话，以便让他们放心，他却没有打。尽管现在打个电话是举手之劳，电话可以打到隔壁张三娘家里，他也没有打过。在这一点上，湘子很稳得住气。他看不惯村里的那些屌人，外出打个工，一年到头累死累活的，挣到几个辛苦钱，却不时地向家里打电话说赚了多少钱，报喜一样的。过年回家时，个个还十分张扬，还说着半通不通的广东普通话，真是浅薄到极点。湘子还不至于浅薄到这种程度。他觉得，如果不真正地混出个人样来，即使是打去电话，又有什么卵用呢？爷娘还不是照样操心吗？如果不是衣锦还乡的话，那还不如不回去。一旦回去，就要给爷娘和村里人一个意外的惊喜。这个雄心壮志，湘子是从来也没有动摇过的。

后来，湘子居然跟着芝麻回了她家一趟。

这是芝麻主动提出来的。她觉得湘子对她不错，人长得也不错，收入也不错，这三个不错坚定了芝麻的想法，让湘子跟着她回去见见家人。湘子原本不想去的，他连自己的家也没有回去过嘞。他觉得，要回去，也要混出个人样才跟她回。现在，事业还处于起势阶段，像太阳刚刚出山，底气还不是很足的；等到如日中天了，那么，跟她回家的感觉就不一样了。再说，这来回需要好几天，说不定就会少拍照片，少拍照片就会减少收入。况且，像这种收入，还不是一般的概念。

所以，他嘴里嚼着芝麻买来的槟榔，心里很犹豫。

芝麻终于说出了心里话。她说，湘子，也不是我硬要逼着你去，是我爷娘催我回家相亲嘞，说有好几个后生要来，我如果不回去，怎么向我爷娘交代呢？他们一天来好几个电话，像催命一样的，烦死人嘞。

听芝麻这么一说，湘子内心终于有了触动，担心突然会失去芝麻。万一那些后生有比他条件强的，芝麻还会是他的吗？现在，这都是说不定的。在那些相亲的人中间，如果某人碰到了命中注定的财运，就会叫你瞠目结舌。那么，我哪里又是他的对手呢？

湘子权衡利弊，然后，毫不犹豫地说，回去，跟你回去。

既然做了跟芝麻回家的打算，那也不能显得他这个准女婿太寒酸，所以，他主动地提出来要买些礼物。芝麻很高兴，两人马上去买东西，包括一对酒鬼酒、一盒蜂王浆、一条白沙烟，还有一斤奶糖。另外，他还给芝麻买了一条乖态的花裙子。

芝麻十分欢喜，临走的前夜，竟然在湘子的租屋过了一夜。

临走之前，湘子还是叮嘱芝麻，叫她不要对她家人说他是搞侦探的，担心他们心理上接受不了，这个工作说到底还是有危险性的；况且，又是侦探人家的隐私，说出来也不怎么好听。芝麻眨着眼睛说，那你叫我怎么说呢，湘子？湘子说，你只说我在一家公司干吧。

芝麻的家在邵阳乡下，离长沙三百多里。两人坐了三个小时的快巴，又改坐中巴，大约坐了一个小时，又改坐摩托车，然后突突突地一路黑烟，才到了芝麻的家乡。

芝麻的爷娘看见芝麻带回来一个后生，这个后生标标致致，有礼有节，不由得大为高兴。他们担心撞着那些要来相亲的人，赶紧派芝麻的哥哥去告诉那些人千万别来了，只说芝麻在城里找到合适的了，人都带回来了。然后，全家人杀鸡宰鸭，生火架锅，搞得腾腾喜气。湘子是贵客，当然用不着做什么事，只管喝酒吃饭，只管跟芝麻的家人说说闲话，只管打打牌，倒也轻松自在。芝麻也带着他四处走走，湘子惊讶地发现，芝麻的家乡跟自己的家乡毫无差别，房屋破旧，土地贫瘠，村中只有老人和细把戏。偶尔也有一栋两栋新屋子，坐落在这片光秃秃的土地上，却显得那样的别扭和不和谐。芝麻的哥哥不久前大病了一场，便被深圳一家工厂辞退了，现在暂时回家休养。难怪她哥哥的脸色很难看，苍白。

  湘子原以为，芝麻的爷娘会安排他和芝麻睡的，芝麻的爷娘却很保守，没有安排芝麻和湘子睡，只叫芝麻的哥哥和他睡，说免得让村里人说闲话。这让湘子憋得十分难受，只好借着上山散步的机会跟芝麻亲热。芝麻也觉得很为难，解释说，我爷娘就是这样子的，湘子，你不要见怪嘞。湘子嘿嘿地笑着说，理解万岁，理解万岁。

  在芝麻家耍了三天，湘子已坐不住了，屁股一挨凳子就跳起来，好像凳子上长了毛刺。他催着芝麻走，芝麻理解他的心情，多耍一天，就要减少一天的收入。芝麻对爷娘说，我们要走了嘞。芝麻的爷娘倒也通情达理，抱歉地对湘子说，那我们就不多留了。临走时，芝麻的爷娘对湘子提出一个要求，能否把芝麻的哥哥带走，也在公司给他谋个事做。湘子搪塞说，公司暂时不需要人手，以后有机会再说，好吗？

  有一天，湘子跟踪朱小红无功而返。

  朱小红白天在公司上班，也没有跟那个英俊、魁梧的男人出来；下了班，又急急地回家。湘子看到她走进家门，才放弃跟踪，整天没有丝毫可以拍摄的内容。这让湘子感到十分无奈，狐狸不出洞,他这个猎人又怎么开枪?另外,老表那几天也是老老实实的,没有看见他带任何女人出来,只是跟一帮朋友喝酒,喝了酒就去洗脚,洗了脚又去喝酒,也没有跟踪的价值,还浪费了湘子不少的时间和精力。娘卖胡子的,这两个人,是不是约定一起来故意气我的呢?所以,两人都装出清清白白的样子、浪子回头的样子、金盆洗手的样子,让我毫无收获。为此,湘子很是沮丧。湘子脑壳里却经常冒出一个女人,就是那个表嫂,那个乖态的下巴上长着小小黑痣的女人,她在哪里呢?

回到租屋,湘子疲倦地躺在床上。

屋里有了女人的气息,芝麻的衣服、鞋子四处可见,充满了一种少有的温馨。湘子想,朱小红和老表大概也像自己一样疲惫不堪了吧?需要休整休整了吧?不然,怎么都偃旗息鼓了呢?以往的那种干劲哪里去了呢?他们如果偃旗息鼓了,改邪归正了,那么,自己就要失业了。想到没有了侦探这份事,湘子忽然感到一阵恐慌。如果跟踪没有收获,吃什么呢?不是坐吃山空吗?如果要去重新找事做,又做什么呢?很明显,那些需要下力气的苦差事,他肯定是吃不消了,也不愿意做了。想到这里,湘子的恐慌加剧了。他希望菩萨保佑,让他们重新出洞,在情场上折腾得风风雨雨、精彩无比,那么,他才会有丰厚的收入。

想着想着,湘子渐渐地瞌睡了。

不知什么时候,湘子被芝麻摇醒了。芝麻还没有洗澡,身上散发出淡淡的油盐气味,一副既高兴又焦虑的神色。湘子懒洋洋地问,什么事,芝麻?

芝麻脸色一红,柔顺地说,湘子,我怀上了嘞。

湘子听罢,从床上一翻而起,惊喜地说,真的吗?真的吗?

芝麻坐在床边上,说,我还哄你啵?

湘子脸上的笑容却突然烟消云散,一只手小心翼翼地捂在芝麻的肚子上,看着芝麻,冷静地说,这个毛毛是否来得早了一点呢?我们还都来不及准备嘞。

芝麻没有接他的腔。她沉浸于幸福之中,说,幸亏我的反应不大,如果又呕吐又吃酸东西,那就丢脸了嘞。

湘子想了想,忽然说,芝麻,我看还是打掉吧?

芝麻听罢,泪珠一耸,滚了下来,说,我不想打掉,湘子,我们马上结婚吧,湘子!

8

湘子跟踪老表这么久了,还没有查到他的老窝,他好像总是睡在宾馆,或是那些女人的家里;还有,那个十年前看见的表嫂,也没有见到过——如果离了婚,那当然就看不到她了——湘子却还是怀疑自己的跟踪能力。当然,他完全可以不去考虑老表的老窝以及那个表嫂的,只要拍到朱小红所需要的照片,自己拿到了报酬,就万事大吉了。湘子却似乎不太甘心,觉得在侦探的过程中,还要顺便搞清楚这两个谜底,好像这才算是一个合格的侦探。

这个念头一起,湘子便下决心揭开这两个谜团,尽管这对于他的收入没有任何帮助,却可以满足他的好奇心。这种感觉,像在乡下扯了一篮子猪草回家时,顺便把一条老是躲在洞里抓不着的黄鳝抓获了。他每次跟踪老表时,只要看见他住进宾馆或是去那些女人的家,他就收兵回朝。

那天,他下狠心,一定要守着老表。他不相信老表每晚睡在宾馆,或在那些女人的床上。

他难道没有家吗?他难道从来也不回自己的家吗?

有一次,湘子跟踪老表和另外一个女人。那个女人湘子没有见过，尖下巴，眼珠子很大，洁白的皮肤，二十五六岁的样子，好像是某个机关的，穿着很职业化，米色的套裙，整个人显得十分端庄。那个女人上车之前，湘子悄悄地拍了照。当时，老表坐在车里。尽管没有把老表拍上，那也没有关系，那辆车就是一个最好的证据。

这一点，想必朱小红是不会挑剔的。

老表把车子开到一个叫海天的小区，这显然是那个女人的家。湘子没有跟进去，守在小区大门的对面，像在等人。

那天，湘子做好了准备，把吃的喝的都带上，似是要跟老表打一场持久战。老表难道在她家里待一个晚上吗？他难道真是四海为家吗？当然，湘子也十分羡慕老表，这个老表长得像个肥猪，只不过是手中有钱，经常跟年轻乖态的女人上床。如果自己以后也有很多钱，是否也像老表一样呢？湘子没有把握，也没有往深处想，觉得这样的事情对于他来说，还很遥远。那天，他也没有给朱小红打电话，说他有了新情报，不然，朱小红会要求马上跟他见面的。那样的话，这次跟踪就会泡汤。湘子想，等到这次跟踪完毕，再给朱小红报告也不迟。

湘子稳住气，默默地抽烟。

天色渐渐地黑下来，路灯忽然一齐亮了，橘黄色的灯光亮在那些叶子繁密的树梢上，好像是树上挂着一只只硕大的橘子。湘子坐在路边的石凳上，盯着那些溜出来的像甲壳虫的车子，显得很有耐心。天气很热，汗水在他身上爬行，像无数的虫子。他认为，如果要揭开那两个让他感到困惑的谜团，是必须要付出一定代价的。

而现在，是他付出代价的时候。

老表似乎有意配合他的行动，晚上十点多居然开车出来了。湘子十分兴奋，老特务终于出来了，马上打的跟上去。老表的车子没有去宾馆，竟然开出市区，一路往岳阳方向走，走了不到十公里后，朝右边的一条小路拐去。

湘子叫司机停住，看着老表的车子开出五十多米远，之后，开进了一栋别墅大院。别墅那边，还响起了狗热烈的汪叫声。

湘子强烈地预感到，这一定是老表的老窠。

这个发现，让他产生一种莫名的兴奋。这种兴奋是空前的，甚至比那些有报酬的发现还要来得刺激。他没有继续跟踪了，迅速地叫司机返回。

第二天上午，他又来到老表的别墅。不用说，他是化了装的，还向房东借了一根钓鱼竿，假装是钓鱼的。他把钓竿背在肩膀上，漫不经心地朝别墅走去。还没有走近别墅，一条黑色的狼狗就汪汪地大叫起来。狼狗是用铁链拴上的，十分凶猛，张着鲜红大嘴，一次次地向前扑来，铁链发出清脆而骇人的声音。

别墅砌得很精致，整体呈米黄色，四周围上一人高的铁栏杆。别墅前面的绿草地十分阔大，中间还有一个花圃，真是花团锦簇。右边砌了一个水池，水池中间有假山，假山上曲径通幽，一群金鱼在池中嬉耍。别墅的背面，是一座不高不矮的山，长着翠绿的松树。环境是盖一[1]的。湘子不能不佩服老表选址的眼光。此时，院子里似乎没人，除了狼狗的狂吠，一切都显得十分安静。

老表应该走了吧？昨晚的车子是停在坪里的，现在车子没见了。湘子十分兴奋，终于找到了老表的老窠，破了第一个谜团，脸上不由得流露出得意的神色。当然，他还是有所不甘，还没有破第二个谜团——没有看到那个乖态的表嫂。或许，那个表嫂已经和老表离了？或许，已经不在这个世界上了？

他不便贸然地闯进去，以恐引起不必要的怀疑。所以，他围绕别墅慢慢地走着，看着，他还想发现更多的秘密。

1　盖一：方言，意为第一。——作者注

走到别墅后面时，湘子忽然惊讶起来。他看见后面并不宽敞的水泥坪上，立着一把硕大的果绿色的遮阳伞。遮阳伞下面，有个女人躺在竹靠椅上。那把竹椅很高级，不是一般的造型，发出黄澄澄的光亮。湘子担心那个女人是醒着的，那样的话，她便会向他提出质疑。所以，湘子犹豫地站住了。那个女人没有丝毫的感觉，她并没有发觉陌生人的到来。湘子挪动脚步，试图慢慢地于铁栏杆外找到最接近那个女人的点。

衣着朴素的女人双手放在怀中，头发银白，闭着眼睛，仰面朝阳，双脚踩在踏板上。

阳光静静地斜照在那张憔悴的脸上。

这是谁呢？

湘子十分好奇，他悄无声息地站在铁栏杆外面，睁大眼睛，仔细一看，天哪，这不就是表嫂吗？他看清楚了她下巴上那粒小小的黑痣，那粒黑痣是不会欺骗他的，那粒黑痣是最好的证明。她以前的那种乖态已荡然无存，才过去十年呀，苍苍白发却过早地击退了她的风韵。此时，她似乎是睡熟了，没有发觉湘子站在她对面。她显得很安详，也很超脱，似乎已经与世无争。

湘子的耳边，忽然响起她多年前那咯咯的清脆的笑声。

她怎么变成了这副样子呢？如果生活正常，尽管过去十年，岁月也不至于把她贬损得如此让人惊心动魄。其中，肯定有许多心酸的不为人知的故事。

这时，表嫂突然叫喊起来，哎呀，老天爷啊——，哎呀，老天爷啊——，声音不是十分的尖利，却透露出许多的无奈和悲凉，像阵阵狂风吹进湘子的心脏。她的眼睛仍然闭着，好像在做梦，是梦中的呼喊，也似乎是不愿意睁开眼睛看到这个令人烦忧的世界。呼喊声在这寂静的世界中，显得十分短暂，也没有丝毫回音，好像她的叫喊声刚从喉咙冲出来，就被山上的松树迅速地吸收了。

女人叫喊了几声后,又悄然无声,似乎刚才没有叫喊过。

湘子心里一紧一紧,像有个紧箍咒在压迫他的心脏,有点窒息的感觉。他猜测不出下面还将会发生什么,他考虑自己是否该离开了。紧接着,表嫂竟然又咻咻地蠢笑起来。那种笑,有一种无邪、一种天真,还有一种无言的苦涩。她的眼睛仍然是闭着的,湘子不明白她究竟是醒着还是在梦中。

笑过一阵子,她终于安静了下来。

她没有哭泣。

而湘子觉得,这种悲凉的叫喊以及这种复杂的笑声,甚至比放声哭泣还要让人感到可怕,感到恐惧。他浑身颤抖,似乎很冷,好像是谁突然把他塞进了冰柜。他多么想轻轻地叫一声表嫂,唤醒她,唤醒她的记忆,却又叫不出来,喉咙好像被什么毛茸茸的东西堵住了。

他把钓竿往肩膀上推了推,拿出手机给表嫂拍照。颤抖的手捉弄了他好一阵子,他才拍好一张照片。

两个谜团终于一次性解开了,可湘子并没有感到一丝兴奋和轻松,反而觉得心情十分沉重——像钓鱼者钓起的不是一条活蹦乱跳的大鱼,而是一具沉甸甸的死尸。返回时,湘子望着这栋让人羡慕的别墅,陡然觉得这世界残酷而无情,心中怅然若失。

湘子回到城里,约了朱小红在多来来茶馆见面。他没有说发现了老表的老窠,更没有说表嫂可怕的现状。他担心说出来,这个世界上可能又会多一个类似表嫂的女人,岂不是太残酷了吗?湘子脸色忧郁,情绪低落,没有平时获取情报后的那种激动和兴奋。

朱小红试探地说,你没事吧?

湘子摇摇脑壳,然后,把那个很职业化女人的照片调出来,让朱小红看。

朱小红一看照片,气得呀呀地叫起来,像满嘴牙痛,整个脸庞痛苦地扭曲起来，皱纹纵横交错，使她变得十分难看。她把手机狠狠地甩在沙发上，似乎永远也不想看到这张照片。她那痛苦不堪的程度，对于湘子来说，是从来也没有见过的；在平时，她看到那些照片，最多只是恶骂几句而已。

湘子顿感奇怪，小心地问，小红姐，你……

朱小红大概不想对他掩饰什么，破口大骂，这个畜生，那个女人是我堂妹嘞。

湘子一听，瞠目结舌。

9

老表在催促湘子，问他是否有新的情况，甚至不耐烦地说，你拍了这么久，还只给我拍了一张嘞，你到底想不想搞了？你如果不想搞，我叫别人搞。看来老表很不满意他的工作。

湘子说，快有情况了。

湘子没有说跟踪朱小红时被人抢劫了，说出来很没有面子，说不定，还让老表嘲讽一番。他却很想对老表说，我晓得你的老窠了，还晓得表嫂已经癫了。湘子想以此做个筹码吓唬老表，让他乖乖地拿一笔钱来封他的嘴巴。他又担心老表心狠手辣，要他的小命——某天在湘江上浮现一具无名尸体，也是说不定的。

湘子不敢冒这个险。

在跟踪朱小红的过程中，湘子还是有了新的进展。现在，朱小红跟那个英俊、魁梧的男人来往不多，没有看见他们去公司旁边的那栋住宅楼了。是不是两人闹矛盾了呢？或是那个男人又有新欢了呢？湘子不得而知。说起来，他也不是解决矛盾的人，他只是一个不断制造矛盾的角色；尽管这不是他的所愿，尽管他也十分无奈。

朱小红的这次行动十分老练，不像跟那个英俊、魁梧的男人去住宅楼时，虽然警惕，可还是随随便便的——公司就在旁边，进出十分方便，很难引起别人的怀疑；也不像跟那个矮小、丑陋的男人去南郊，虽然警惕，也只是换了一个地点坐车。

这次，朱小红却不一样了。

那是星期天，朱小红从家里出来，先来到一家商场，若无其事地这里看看，那里转转，但并没有买什么东西。所以，湘子从这点就可以推断出来，朱小红另有所图，来商场只是一个幌子而已。不然，到商场总要买点东西吧？尤其是女人。而且，朱小红好像总是担心有人跟踪，不时地环顾四周。她慎之又慎，似乎像特务接头，像马上就要获取重要的情报了。她脸上则十分平静，步履悠闲。而她的内心，一定是十分激动而紧张的。

湘子立即作出判断，今天肯定要抓住一条大鱼。

朱小红在商场转了转，又走出来，突然到了旁边的一家儿童商店。这回湘子没有跟着进去，悄悄地躲在一边。这家商店只有一扇大门——进出的必经之路，而那个大商场有三扇大门。所以，他不担心朱小红溜掉。等到朱小红出来时，湘子不由得惊诧起来。朱小红竟然戴了一副墨镜，如果不是那身衣服没有更换，差一点会骗过湘子的眼睛。

然后，朱小红打的朝河西方向去，来在了枫林宾馆。湘子以为她是在这里会情人。谁知她下了车，并没有进去，站在宾馆的大门外等着，好像这里还不是接头的最后地点。

湘子远远地坐在车上，叫司机耐心地等待。

司机是个后生，好像对他神秘的行动很感兴趣，问，哎，你是不是在吊尾线？

湘子晓得城里人把跟踪叫吊尾线。他却很严肃地说，你不该问的不要问，钱不会少你的。

后生伸伸舌头,知趣地闭上嘴巴。

大约过了五分钟,一辆黑色轿车过来了,停在朱小红身边。朱小红似乎有点生气,或是撒娇,嘟了嘟嘴巴,钻进车子,车子顺着沿河大道飞快地驶去。

后生又忍不住了,一踏油门,说,妈妈的,看你往哪里跑?

闭嘴。湘子严厉地说。

朱小红坐的那辆车子开到新开发的一个小区,叫富丽小区。那是富人区,砌的是连体别墅。开发商把广告做得铺天盖地,房价高得吓人,却仍然供不应求,而一般人是望而生畏的。对此,湘子曾经感叹过,好多人连饭都吃不饱嘞,他们竟然还住这样的房子。其实,人生一世,只不过是睡三尺床而已。两百三百四百五百平方米的房子,又有什么实际意义呢?退一步说,难道容易搞卫生吗?娘卖胡子的,如果有人要抢劫的话,就要抢这些人的。想起那次自己被人抢,湘子就骂那三个家伙,你们有狗胆就向他们进攻吧,搞我一介农夫,何必呢?

小区有保安,陌生人是不能够随便进去的,除非跟主人通了电话。所以,湘子没有进去。

那是上午,阳光很大,湘子装着在欣赏坪里的雕塑。那座雕塑做得非常精致,一个年轻女人安静地坐着,一只手轻托下巴,眼睛望着蓝天,沉醉在遐想之中,似乎对未来充满了美好的向往。湘子感叹,朱小红呀朱小红,你何必这样绕来绕去的呢?这不是脱裤子放屁——多此一举吗?你难道没看见我老表动作之迅速吗?他每次带个女人就飞快地飙走了,哪里像你这样费尽心机呢?

也许,这是男女之间的区别吧。

湘子猜测,朱小红大概不会在此逗留很久的,她还有个细妹子在家里嘞。忽然,湘子对拍照没有把握了,他们车进车出,哪里拍得到手呢?湘子焦急了,如果没有拍到手,岂不是又白白地跟踪一趟吗？他绞尽脑汁，也没有想出一个好办法，不由得暗暗叹气，唉，看来只有靠菩萨保佑了。

湘子等了两个小时，看见那辆车子终于出来了。湘子准备招的士，那辆车子忽然在广场上停下来。湘子不晓得是怎么回事，还以为是车子坏了。一看，不是车子坏了，是那对男女下了车，来到那座雕塑跟前。那个男人中等身材，四肢匀称，下巴很长，鼻子勾勾的，像个外国佬，接近四十岁吧。

湘子觉得，朱小红跟那个英俊、魁梧的男人很相配，跟这个男人也很相配。

湘子听见那个男人说，小红，这个雕像很像你嘞。

朱小红高兴地笑起来，我哪里有这么漂亮啊！

那个男人说，依我看，你比她还要漂亮一百倍嘞。

朱小红咻咻地笑了。

那个男人说，给你在这里拍个照，好吗？

朱小红嗯嗯地点点头。

那个男人说罢去车上拿相机。

此时，湘子已经坐在的士里面了。拍照早已完成，就在那对男女朝雕像走来时，他已经偷偷地拍了。他把拍摄的照片又看了看，画面清晰极了。两个人也十分自然，笑容满面。

湘子想好了，这次要向老表要个好价钱。

湘子马上给老表打电话，说有了新情报。

老表说，那你把它转发过来吧。

湘子不听这一套，说，当面看吧，明哥，还是当面看吧。

老表把车子开到湘子约定的地点，也就是枫林宾馆大门前。湘子上了他的车，然后，把手机拿出来给他看。老表看见照片之后，不由得勃然大怒，一只手重重地拍打着方向盘，似乎不把方向盘打坏就不心甘，嘴里不断地骂道，娘卖胡子的，娘卖胡子的。

湘子不敢问他是何缘故，却可以肯定，这个像外国佬的男人更加刺激他。湘子呆呆地望着怒发冲冠的老表，也不敢问他要报酬，以免他更为恼怒。

老表愤愤地骂了一阵子，忽然说，哦，湘子，你来城里这么久了，我还没有请你吃过饭，走吧走吧。

这让湘子感到十分意外。

老表把车开到附近的一家饭店，走进包厢，还没有坐下，问道，你喝不喝酒？

湘子说，只喝一点点。

老表大声地说，喝什么一点点？！要喝就喝个痛快嘞。

湘子明白，老表今天要借酒浇愁了。看这种态势，老表一定会喝醉的。他心想，自己万万不能醉，如果两人都醉了，谁来照料呢？

老表乱七八糟地叫了一大桌菜，又要了一瓶五粮液，叫小姐拿两个玻璃杯子对半分掉。湘子晓得这是好酒，绝大多数人一辈子也喝不上的。望着杯子里透明晶亮的酒，湘子心里毕竟还是有点发麻，小心地对老表说，我喝不得这么多嘞，给你倒点吧？

老表悲壮地说，喝，人生苦短，喝死怕卵！来，碰起！

两个玻璃杯清脆地碰了碰，湘子只敢小小地抿一口。老表却灌进一大口，没有一两也有八钱。湘子分析，从老表这么强烈的反应看来，问题不在于朱小红，而在于那个男人。至于这个男人究竟是谁，只有老表心里最清楚。

湘子说，明哥，我们还是慢点喝吧。

老表像不要命似的，凶狠地盯着他，说，喝，喝，喝。

湘子为这些酒菜感到可惜，这么贵的酒菜，如果慢慢品尝，那该多韵味——像眼下这样吃喝真是糟蹋了，这是农民的好几担谷嘞。他突然想起，老表还没有付报酬的，如果等到他喝醉了，他很可能不认账了。

所以，湘子留了一手，故意不喝，端着杯子迟迟疑疑的。

老表生气地说，湘子，是不是酒里放了闹药？

湘子摇摇脑壳。

老表说，那你为什么不喝呢？你晓得，中国人能有几个人喝得起这种酒吗？

湘子摇摇头，还是不喝，眼珠子盯着杯中酒，似乎杯子里有他所需要的东西。

老表似乎忽然想起来了，说，哦，你是看我还没有给你钱吧？是怕我不给你吧？老子现在就给你，好吗？说罢，从包里摸出一沓钱，数也没有数，很气派地朝湘子丢去，骂道，你真是个农民嘞。

湘子也没有数钱——觉得现在数钱不合时宜——马上把钱放进口袋。他猜测，起码在一千元以上。湘子终于放心了，脸上也有了笑容，迅速地把照片转发给老表，提醒说，照片转发给你了。然后，端起杯子，恭敬地说，明哥，我敬你。

老表的脸色也松动了，又挖苦地说，唉，你真是个农民嘞。然后，大喝起来。

老表的酒杯没有跟湘子碰几下，已经喝得一滴不剩了。他把杯子往桌上猛地顿了顿，对小姐叫道，再拿几瓶啤酒涮口。

湘子劝道，莫喝了吧，明哥？

老表发脾气了，说，又不是你请客，是老子请你，喝。

其实，湘子倒没有什么，他的酒量很大。他觉得，这酒是好酒，喝下去一点也不上头；不像乡下的米烧酒，如果喝多了，脑壳就像有利针在钻，痛得像孙悟空脑壳上安了紧箍咒。

湘子又陪着老表喝啤酒，一杯一杯地灌，桌子上的菜几乎没有动，好像是用来搞烹调展览的。不胜酒力的老表喝到第四瓶啤酒时，终于醉蠢了，身子忽然一软，吱溜一声滑到桌子下面去了。一个肥胖的身体突然在桌子上消失，湘子顿觉空荡荡的。

湘子站起来，马上去扶倒在地上的老表。老表笨重的身子搞得湘子气喘吁吁的，老表像一条溜滑溜滑的鱼，抓起来，又滑了下去。小姐也想来帮忙，湘子摆摆手拒绝，担心老表发酒疯伤及别人。湘子歇了歇，重新鼓起力气，好不容易才把老表抱到沙发上，哪料他又滚了下来。湘子不再抱他了，干脆让他四脚朝天地躺在地板上。地板的面积比沙发大，是躺肥胖身躯的理想之地。

老表嘴里不断地说，湘子嘞，你晓得那个男的是谁吗？你晓得那个男的是谁吗？

湘子开始还接腔，说，我不晓得嘞，不晓得嘞。后来，看见老表不厌其烦地重复，他就不接腔了，觉得这样很累，不如让他独自去说吧。

这时，老表忽然朝空中伸出一只肥手，作出手枪状，声嘶力竭地说，那个姓郭的是我的连襟嘞，是我的副总嘞，哎呀，我一定要杀了他，砰——然后，肥手放了下来，老表呼呼地大睡过去了。包厢里终于安静下来，弥漫着一股冲鼻的酒气。

湘子打了一个强烈的酒嗝，好像要呕吐。

10

现在，芝麻每天跟湘子说的话，离不开肚子里的毛毛以及结婚这两大主题，简直是喋喋不休。这让湘子感到有点心烦。他想不通，这女人怎么肚子里有了货，就像个尼姑念经一样的呢？他不是不想要这个毛毛，也不是不想结婚，只是这一切来得太早，他还没有一点心理准备。按照他美好的想法，等到侦探工作的钱赚足了，然后，夜宵摊子搞起来了，再说嫁娶生子，不是从容得多吗？像这样鸡窝还没有搭起来，鸡婆就急不可耐地要生蛋，又如何是好呢？对此，他有些后悔，老子怎么不晓得避孕呢？电视上天天在说，怎么自己还犯这个低级错误呢？

湘子觉得很棘手，劝芝麻，俗话说，先立业，后立家。我们还刚起步嘞，不要性急。

芝麻却急得要哭了，说，我不性急，毛毛性急嘞，你没看见我的肚子一天天大了吗？

湘子果断地说，听我的，芝麻，打掉。

芝麻也很果断，不打。

两人不欢而散。

为这个事情，湘子的情绪一直不好，劝芝麻又劝不听。现在，芝麻也来得很少了，似乎是尽量地避免跟湘子发生冲突。她像老母鸡小心翼翼地护卫蛋卵，以免碰碎。她晓得吵嘴是会影响情绪的，继而会影响胎儿的发育。芝麻的想法十分简单而从容，老娘的肚子渐渐地大了，你湘子不会不跟我结婚吧？芝麻打的是一场沉默的持久之战，随着时间的推移，胜利的曙光会在她的头顶上闪烁。湘子当然明白芝麻的良苦用意，他想到私人小医院买流产药悄悄地放进饮料里，让芝麻喝下去，又担心芝麻会跟他拼命。湘子似乎没有了主意，没有想到进城之后，赚钱问题基本上得到了解决，可在芝麻的问题上，却遇到了大麻烦。

尽管湘子的情绪不好，侦探工作却是不能放弃的。他仍然要集中精力，仍然要小心谨慎，仍然要胆大心细——这是立身之本。

这天下午，湘子悄悄地跟踪老表，看他这次跟哪个女人，却发现老表的车子居然开到了朱小红的公司。湘子忽然感觉不对，老表总是躲着朱小红的，连手机号码都换掉了，怎么今天癫了呢？居然自投罗网了呢？他简直不敢相信自己的眼睛，把眼睛狠狠地揉了几次，老表的车子的确停在朱小红公司的楼下。

那台宝马他还能看错吗？即使是看错了车子，还会看错人吗？

湘子坐的那辆的士停在马路边，离老表大约三十米。朱小红却迟迟不见出来。湘子没有叫走，司机有点不耐烦，问他到底是继续走还是下车，说老是停在这里，怕交警抓嘞。

湘子烦躁地说，交警怕什么？我是交警的爷，等一下，我多给你钱就是了。

又等了一阵子，还不见朱小红出来。这是个奇怪的迹象，千万不可小视。湘子忽然想，哦，是不是这两个人觉得给我的价钱太高了，所以，都出卖我了呢？现在，他俩是不是合伙要来对付我了呢？顿时，湘子紧张起来，隐隐地预感到侦探生涯快要走到尽头了。他们也许很快就要打自己的电话了，等到跟他见面之后，会共同指责他。或许，还会逼着他把所有的钱通通地交出来。然后，告诉他，这只不过是他们共同玩耍的游戏，是耍弄他这个鬼迷心窍的家伙而已。如果他被逼着把钱交了出来，把手机也交了出来，那他不是一无所有了吗？

湘子有些害怕了。

当然，湘子也考虑好了，如果他们打电话叫他见面，老子不接电话，老子干脆来一个人间蒸发。

终于看见朱小红出来了，她的脸色说不上高兴，也说不上不高兴。她站在老表的车子前犹豫了一下，然后，还是坐了上去。

湘子果断地说，师傅，开车。

湘子猜测不到老表的车要开到哪里去。他们是否要谈判了呢？以求得最后的了断呢？现在，各自都掌握了对方的证据。车子拐来拐去，最终竟然开到朱小红的院子里。两人下车之后，匆忙地上楼去了。

湘子走进院子站着没动。他十分担心，自己的侦探生涯是从这里开始的，是否又在这里终结呢？湘子似乎是在等着他们的电话，只要电话一响,一切都明了了。

想到这一行可能做不成了,湘子对未来感到十分的迷茫。

等了好一阵子,两个手机都没有响。湘子以为是自己过于紧张,没有听到铃声,就抓着两个手机,不时地看看这个,又看看那个。手机都是铃声加振动,他不可能感觉不到。那为什么这么久了,手机还没有响呢?那么,他们又在做什么呢?是不是重归于好了呢?重温旧梦了呢?湘子感觉并不是这样的,他们不是在谈判,更不是要来共同对付他。他们肯定是拿出了他所提供的拍摄资料,在愤怒地质问对方,指责对方。

他希望双方都不要出卖他。

湘子想溜之大吉,可又很想晓得屋里到底发生了什么事情;更为重要的是,他想知道侦探这碗饭是否可以继续吃下去。

这时,他隐隐约约地听见二楼传来几句呵斥声,然后,就无声无息了。

湘子犹疑着,轻轻地走上二楼,站在朱小红门前,侧耳一听,发现屋内静悄悄的。他想,哎呀,这不对头嘞,明明看见他俩进去的,怎么像没有人似的呢?至少可以听见他们的说话声吧。是否真的重温旧梦了呢?从朱小红上车时那瞬间的表情来分析,两人似乎还没有达到重归于好的地步,那怎么又没有听见吵闹的声音呢?

湘子觉得有点莫名其妙,事态的发展已经超出了他的想象和猜测。

湘子有些害怕,却又鼓起勇气伸出一个手指头,按了按门铃。音乐声响了起来,里面的人却不开门。他准备叫喊,想一想,最终还是没有喊。凭直觉,他认为一定是出大事了。他似乎隐隐地闻到浓烈的血腥味,还似乎听见了朱小红痛苦的哼哼声。

湘子吓坏了。

湘子判断屋里一定是出了命案。

像这种事情,如果没有自己的跟踪,这两个男女大概也不会走到这一步的。这时,湘子不敢继续停留,赶紧逃之夭夭。他逃到院子外面,忽然看见朱小红的细妹子漫不经心地走过来。他害怕她看见他,更害怕她突然抓住他。他脑壳往下一栽,像个罪人般急忙地走到一条横路上去了。他心里在说,细妹子,你屋里出人命案了嘞,这都是我害的嘞,我是个蠢猪嘞。紧接着,湘子把两个手机的所有号码删掉,把所有的照片也删掉,把卡取出来丢进了下水道;然后,战战兢兢地躲到租屋里不敢出来了。

那晚上,湘子一夜未眠,一直在黑暗中煎熬。表哥跟朱小红血湖血海的,像两个血鬼在死死地纠缠着他,不断地指责他,嘴里的鲜血喷溅在他脸上,湘子感觉到了鲜血的灼热。面对两人痛恨的指责,他居然无言辩解和反驳,吓得缩成一团,紧紧地闭着眼睛,想以此来驱赶他们,却仍然无法赶走。湘子真是后悔死了,痛恨自己被几个臭钱蒙住了眼睛,竟然来城里赚这种昧心钱,害得别人家破人亡。娘卖肠子的,我哪怕是到工地挑水泥挑红砖,辛是辛苦得多,钱也来得不是这样的容易,可毕竟不会造成这种悲剧吧?我真是鬼迷心窍嘞。湘子以前的那种得意和满足,还有那种对以后生活的如意算盘,一点也没有了,似乎都被茫茫黑夜通通地吸走了。

湘子痛悔极了,呜呜地哭起来。

好不容易熬到天亮,湘子从床上爬起来,眼珠子通红,浑身酸痛,像是从地狱里挣扎出来似的。他准备回家,也没有打算跟芝麻告别。像这种人命关天的大事,怎么对她说呢?如果说其他的理由,肯定又说服不了芝麻的。自己是这桩惨案间接的制造者——或许,这样说有点揽责——那么,至少也是脱不了干系的吧?

三十六计,走为上计。

湘子呆呆地望着芝麻的衣服,犹豫了一下;想起芝麻肚子里两个月的毛毛,又狠狠地犹豫了一下。然后,湘子坚定了主意,不准备跟她告别了。如果跟芝麻告别,她绝对不会放过他的。娘卖胡子的,看来带着她衣锦还乡是不可能的了,尽管自己还是十分留恋她的,但这个城市他还待得下去吗?这个城市还会容忍他吗?芝麻肚子里的毛毛,看来也只能打掉——以前他曾经说过这句话,竟然不幸而言中。他在人世间播下的第一粒种子,很可能会悲惨地夭折了。

两行泪水悄悄地流了下来,湘子在芝麻的衣服里放了一千块钱。

湘子又把墨镜和假胡子假头套放进袋子里,准备丢到河里去。然后,湘子果断地提着袋子走出租屋。路过一家报摊子时,湘子忽然看见报纸上刊登出一男一女血淋淋的照片。他仔细地看了几行文字,说是高某(男)和朱某(女)挥刀相互刺杀,导致双双死亡。

湘子浑身猛地颤抖了一下。他茫然四顾,久久地站着,一时不知究竟要躲到哪里去。也许,无论走到哪里,自己这辈子都不会安宁的。

我在城里的抵抗

> 劳动钱，万万年。
> ——民谚

1

老婆总是嘀嘀咕咕说我是一个没用的男人。

我很不服气。

我以前抡着十八磅大锤，呼呼呼，可以一口气甩一百二十下，气不喘，心不跳，她怎么不说我没用呢？那时候，我每天下班回家，她就把洗脸水打来了，递上热乎乎的毛巾了，大叶子茶泡好了，香喷喷的饭菜和米酒也摆上桌子了，把我服侍得像个皇帝。现在，厂子破产了，她就像西伯利亚窜来的一股寒流，每天板着卖牛肉的脸，冷冷地对着我，好像是我把厂子搞垮的。这难道怪我吗？我一个铁匠师傅，最多只能够在铁砧上敲打出四溅的金花，哪里又能够掀得起那么大的风浪呢？更何况，破产之后在家闲着的又不是我一个人。

老婆喋喋不休，你说你哪里有用呢？张三开了一家商店，李四弄了一辆卡车搞运输，王二麻子在做钢材生意……你做了什么呢？一天到晚只晓得坐在屋门口抽烟，熏得脸像两块腊猪肉。

老婆说的都是实情。她就是不说张三的哥哥在深圳发了财，给他一笔资金垫底；李四的姑妈在银行当行长；王二麻子更不用说了，他堂兄是城里的大处长——都是有背景的人。我有什么背景呢？一无亲人发财，二无朋友当官，倒是有几个亲戚在乡下当农民。

其实，我也天天在想，今后该做点什么事情呢？我不能够天天坐在屋门口抽烟吧？我晓得，哪怕把五脏六腑熏黑了，也是解决不了任何问题的。更何况，我是一家之主，老婆孩子要吃要穿，我怎么能够袖手旁观呢？

所以，我想到了那座城市，它离我家四十多里。我想我应该到城里碰碰运气，说不定也能弄个事情做做。说实话，如果让我去捡垃圾之类，我是不想做的，自己是大工厂出来的人，以前多么威武，走起路来，迈着海步。尽管现在不威武了，我也不情愿去做那样的事情。如果被熟人看见，岂不令人尴尬吗？

那天，我没有对老婆说，悄悄地去了城里。我一边走，一边喃喃地说，天老爷，你看我一个抡大锤的，又有一身好力气，你总不能看着我天天在家里闲着吧？

那些从我身边经过的人，用惊讶的目光看着我，好像我是一个精神病。

他娘的脚，我是精神病吗？

2

那天的天气也不错，像金子般的阳光射下来，如同我在铁砧上敲出来的流光溢彩，所以，我的心情也很好。我想，今天老子的运气肯定不错。我也不晓得怎么了，那天硬是有这种奇妙的预感，老是感觉到有个合适的工作在等着我。我想，等到老子找到事情做了，我就要愤怒地质问老婆，你男人到底有没有用？她如果嘴硬，我就要狠狠地扇她一个大耳光。其实，我跟她结婚这么多年了，一根指头也没有动过她，为什么到了这把年纪，却想起要抽她的耳光了呢？

　　到城里下了车，我眼里一片茫然，分不清东南西北了——这怪不得我，我很少来城里，再说城里的变化太大，像电视和报纸上所说的一天一个样——我只晓得自己现在的位置在大桥下面。我犹豫地走了几步，准备去看看指示牌，再决定要去的方向。忽然，我看到前面十来米远的地上，躺着一个三十多岁的女人，嘴里呼噜呼噜地吐着白泡泡，不省人事，浑身不断地抽搐。过路的人都不齿她，似乎害怕惹火烧身。我一看，晓得这个女人发猪婆疯，也就是癫痫病，当然，也有叫羊角风的。

　　女人穿着绿色的裙子，长得很漂亮；当然，现在躺在地上的样子，很让人感到害怕，像吃了毒药的狗那般。我厂里也有这么一个女人，一旦发起猪婆疯来，倒在地上，谁也不要动她，过半个钟头，自己就会渐渐地醒过来的。

　　我原本打算离开的，双腿却如同粘在地上不动了。我看到这个女人戴着三个金戒指、一只金表，身旁还有一只高级的白色挎包。另外，我还看到两个贼眉鼠眼的后生，不怀好意地在她旁边荡来荡去，贪婪的眼睛直勾勾地盯着女人。

　　两个后生嫌恶地瞟了我一眼，我明白他们的意思，是叫我赶快走开。我也想早点走开，可又担心后生会拿走女人的东西；所以，我站着不走。我原以为自己今天的运气不错，谁知竟然碰到这样的鬼事。现在，我离开也不合适，两个后生肯定会趁火打劫的；不走吧，我还要找事情做呀。我犹豫极了。两个后生看我不离开，又用凶狠的目光盯着我，示意我马上滚开。

　　后生的目光激起了我的正义感，我绝对不能滚开，别人不管，我偏要管管看。

这时，女人挎包里的手机响起了音乐来，我急忙把手机拿出来接通，喂，你是谁？

对方是个男人，他一怔，疑惑地说，怎么？我妹妹的手机怎么到你手里了？你是谁？

我急忙说，你赶紧过来吧，你妹妹发病了，倒在大桥下面嘞。

那个男人焦急地说，哦哦，我马上过来。

没过十分钟，一辆黑色的小车迅速地开来了，从车里走下一个西装革履的胖男人。那两个后生看见不妙，飞快地溜掉了。这个男人大约五十多岁，肚子鼓得像女人怀孕，秃顶，戴着宽边的黑框眼镜。他看了我一眼，匆忙走到他妹妹身边蹲下来，拿出纸巾擦了擦妹妹嘴角上的白泡泡，然后，既想抱又想抬，最终还是无能为力。我说，我们一起来吧。我帮着他小心翼翼地把他妹妹抱到车里。男人气喘吁吁地说声谢谢，犹豫了一下，抽出一张名片递给我，说，有什么事情找我。

他拉开车门准备上车，我觉得机会来了，急促地说，我有事找你嘞。

胖男人上下扫我一眼，说，那你上车吧。他叫我坐在他旁边。我头一次坐这么高级的小车，激动得连他的名片也忘记看了。

车还在走着，他妹妹就醒过来了，脸色苍白。她把头伸到前面，惊讶地看我一眼，问她哥哥，这位是谁？

她哥哥说，你呀，今天还得感谢这位师傅嘞，如果不是他守着，你的东西肯定会被别人拿走的。

我连忙表功，就是就是。有两个不怀好意的后生，一直盯着你的东西，我守着你不动。

女人很感激地说，真是谢谢你。又说，我以前在街上发病时，被人拿走过东西的。她看了看手上的金戒指。

我信口说，不用谢，这是我应该做的。

女人和她哥哥不约而同地大笑起来。

我疑惑，你们笑什么？

男人幽默地说，这话怎么这样熟悉呢？

我也会心地笑起来。

女人问我姓什么，我说，姓姜，姜子牙的姜，如来佛的如，孙中山的山。

她哥哥插话说，嘿嘿，都是大人物嘞。

我也嘿嘿一笑，说，我却是个小人物。

3

车子在一家大酒店门口停下来，酒店的位置不错，位于大街的口子上，属于旺铺之地。这家酒店叫金字塔酒店。整个酒店的建筑下面大上面小，外墙呈金黄色，造型非常特别，像座金字塔，前面是宽敞的大坪，种着许多花草。我却发现那些花草病恹恹的，像遭了霜冻。

我们进大门时，门童恭敬地叫那个男人曾总。我赶紧把名片拿出来一看，果真是。我暗自一喜，哈哈，今天机会来了。我原来还以为碰到了倒霉的事，却不知碰上了绝好的机会。你想想，他这么大的酒店老板，要给我找个事情做，还不是小菜一碟吗？

我跟着曾总兄妹来到总经理办公室，走进去一看，不由得暗暗吃惊。天啦，办公室好大，足足有两百平方米，金碧辉煌，像个皇宫。我那个工厂很大，两三千人，厂长办公室也不过三十多平方米。

曾总叫我在宽大的真皮沙发上坐下来，然后，有个像演员那样漂亮的小姐扭着屁股进来倒茶。曾总问我的情况,我如实地说了。

他妹妹插嘴说,哥哥,像这样的好心人,你一定要帮帮他。

曾总嗯嗯地点头,问我,你以前是做什么的?

我说,是个铁匠师傅,抡大锤的,我有一身力气。我伸出一只胳膊,把衣袖卷起来,一鼓劲,一坨坨肌肉鼓出来了。

曾总的妹妹吃吃地笑,说,姜师傅真有意思。

曾总说,那你当保安吧。

我毫不谦虚地说,那我肯定是一块好料。

接着,曾总打了个电话。没多久,走进来一个长得很结实的年轻男人。曾总对我说,这是保安部部长,王进安王部长,以后你听他的安排。又对保安部部长说,这是刚来的姜如山姜师傅,你去把他安排好吧。

王部长一脸媚笑地说,请老总放心。然后,向我做一个请的手势。

我对曾总的妹妹感激地笑了笑,然后,跟着王部长出去了。在走廊上,王部长讨好地问我,喂,你跟老总是什么关系?

我如实地说了,王部长若有所思地哦了一声。

总之,我就业的过程是这样的简单快捷,也许你们都不相信。其实,连我自己也不相信,竟然这么快就找到事情做了。

当时,我恨不得马上给臭嘴巴老婆打个电话,看她还说不说我是个没用的男人了。对于这个工作,我是比较满意的,不像捡垃圾那样窝囊,每天闻着臭味。我可以穿着崭新的蓝色制服,系着黑色的宽皮带,雄起起地站在酒店门口——毕竟还不是那么丢我老姜的面子。即使有熟人看见,那又怎么样呢?你找得到这个美差吗?吃他的,住他的,还有工资,你说天下哪里有这样的好事?

我回家拿行李时,老婆目瞪口呆,问我怎么这样快就找到事做了,又问我做什么事。我根本不想回答她的问题。我冷冷地说,我以后不必天天抽烟惹你烦躁了。

老婆没有吱声，大概心里有些愧疚吧，马上帮我清理东西。我断然地扒开她的手，不让她帮忙。我最看不惯这种女人，势利得很，男人没事做了，说男人没用；男人有事做了，就厚颜无耻地来黏你，又把你当成皇帝。

我准备出门了，老婆却靠在门上不准我走，好像我一去不复返，居然紧紧地抱着我不放，泪水一串串地流出来。我明白，她想跟我那个那个。我想，我以后跟你那个是可以的，现在坚决不跟你那个。

我背着包，坚决地把她从门边拉开了。

4

我们员工睡在酒店后面的一栋楼上，那栋楼房虽然比不上客房高级，但至少比我家的房子强百倍。我家的房子还是二十世纪七十年代初期砌的，破烂得不成样子，时常有泥土从天花板上掉下来。这里规定七个人睡一间，这让我感到有点不习惯，好像又回到了单身汉的年代。我睡觉时打鼾，打得惊天动地，鼾声像波浪一样，一波一波在空中起伏。这么多年来，我老婆已经习惯了，我不打鼾，她还睡不着，好像鼾声是她美妙的催眠曲；而现在跟我住在一室的人，却不是我的老婆。

果然，当夜就有人抗议了，他们毫不客气地把我推醒，纷纷指责说，喂，哪里有像你这么打鼾的？像打雷嗦，我们还要不要睡觉了？我尴尬地笑笑，连忙爬起来道歉。道歉之后怎么办呢？我只好侧着身子睡，侧着身子不打鼾。我却不能够保证整夜是侧着身子的，一不小心，又会四肢朝天，那么，鼾声又将轰隆隆地响起来。

那晚上,我怕影响别人的睡眠,只好坐在床上靠着墙壁打瞌睡,栽一阵,又醒来,然后,又栽一阵,像神仙睡觉。

一个夜晚没睡好觉,还没有什么关系,问题是,不能够老是这样下去吧。俗话说,一夜未睡,如病三天。第二天,我找到王进安,我说,王部长,我打鼾影响别……王进安双手一摊,无奈地说,我有什么办法?我总不能够堵住你的鼻子,不让你打鼾吧?我也不可能把别人的耳朵用棉花堵起来吧?当然,我也不可能让你一个人住间房子吧?姜师傅,你还是克服克服吧。

你们看看,他说的是什么混账话。我说,我怎么克服?我总不能不睡觉吧?

无可奈何,晚上睡觉时,我只好拿着铺盖睡到走廊上,反正走廊上也有空调,冷热不受影响。我没有想到,这辈子还会睡到走廊里,心里开始还感到有点委屈,后来也想通了,这人呀,一辈子受点委屈也没有什么。

酒店有三十二个保安,分白班夜班轮流转。我毫不谦虚地说,我是个尽职尽责的人。上白班还好说,看看街景,看看如水的人流和车流,一天的时光就飞快地过去了。上晚班,很容易打瞌睡。我坚决不打瞌睡,四处转来转去的,看看有什么意外的情况,不然,叫你保什么安呢?我觉得这比打铁轻松多了,不用吭哧吭哧地费力流汗,也不再像是个在高温环境中的烤腊肉。

我看不惯的是,那些保安上班时,居然都躲在屋里打扑克,大呼小叫的,像一班从深山老林里跑下来的土匪,他们甚至还叫我打。我说我不会。他们竟然嘲笑我是个没用的男人。其实,我会打扑克,甚至还可以打各种花样的扑克。我只是觉得上班打扑克太不地道了,如果有贼趁机偷东西呢?他们打一阵子,就叫某个人到外面装模作样地转一圈,然后,又回来继续。

王进安不仅不说他们,竟然还带头打,不晓得他怎么有这么大的牌瘾。无论何时,不论在哪间宿舍,只要坐下来,他就要挥手叫喊,来一盘,来一盘。

他们当然是打钱的,如今牌桌上不打点小钱,可能在全中国都绝迹了。王进安的手气特别好,十盘要赢八九盘。他打牌时,十分的沉着和冷静,也不高声叫喊,雪亮的眼睛死死地盯着牌,恨不得把别人的钱全部赢过来。有的人赢了钱,还请点小客,买点槟榔之类的给大家嚼;王进安却小气得要命,赢了不知多少钱,却从来也没有请过客。别人说,王部长,你要请客嘞。他嘿嘿一笑,说,好啊,请你吃屁,你吃不吃?

我想不清楚,像这样吊儿郎当的人,怎么叫他当部长呢?即使当个普通的保安,也是不合格的。还有,酒店怎么需要这么多保安呢?如果一起走出去,好像遍地是我们穿制服的人,客人还没有这么多呢。依我之见,最多十五个就可以了。像现在这种状况,似如俗话说的,"划船的一个,坐船的一摞"。

我是刚来的,饭碗还没有端稳,所以,对于这些情况也不便多说。自己上好班就可以了,我要珍惜这个来之不易的机会。你想想,曾总都不说他们,还需要我来说吗?难道他不晓得这些情况吗?

那天,又来了一个新保安,王进安把他介绍给大家。后生叫钱宝宝,肯定是从乡下来的,还只有十六七岁吧,很怯生,长得像豆芽菜。我想,这个后生能保什么安?万一出什么意外,人家一拳会把他打得七窍出血。后来,别人悄悄地告诉我,说这个新来的后生是曾总的远房亲戚。我这才恍然大悟。

渐渐的,我终于把这家酒店的情况弄清楚了,它是国营的。它不像有些国营酒店把客房、餐厅、咖啡厅让人承包了,金字塔酒店还是彻头彻尾的国营。我就明白了,难怪有这么多的人手。这不是跟我厂里一样吗?厂大门的值班室居然有八个人,打起牌来刚好两桌，吃起饭来刚好一桌。

我细细地算了算——别的部门我就不说了，也不是太清楚——光是保安这一摊子，曾总的亲朋戚友或是家乡人，就占了二十八个。我如果不是偶然帮了他妹妹，恐怕也是进不来的。

我说过，我本来是不想多说什么的，以免把关系搞僵了；而有些事情不说，真是忍无可忍。跟我上班的那些保安，也许看见我很负责，后来发展到不论上白班还是上夜班，竟然都不出来转了，他们不是睡觉，就是打扑克。以前我不说他们，是他们打一阵子扑克，毕竟还出来看看的。

而现在呢？

我去叫他们出来转一转，他们居然说，姜师傅，反正也没有什么事，你就让我们安安心心地打几盘吧。

我说，我们是保安，就得保证酒店的安全嘞。

他们把眉头皱起来，反感地说，哪里不安全了？你说说看？你脑壳里是不是进了水？你以为你是部长吗？

我觉得这样下去绝对不行的，酒店非出事情不可。我就去找王进安说，你是保安部长，你得管管嘞。

王进安三十来岁，头发留得像女人那么长，嘴角上叼着烟，像街上的小痞子。他漫不经心地说，姜师傅，你也太操心了，酒店没有出事，就证明我们保安部是有成绩的。

我失望了。我明白，这也是一个不进油盐的人。整个保安部只有钱宝宝还不错，按时上下班。他不跟我上一个班，我发现他们上班时，只有他一个人在外面转。

当然，这也许还不算什么，后来呢，我还发现了更令人气愤且惊讶的事情。

5

有一天，我值夜班，发现后门有个人影，鬼鬼祟祟地走着，手里好像拿着什么东西。我稳住气没有叫喊，悄悄地跟了上去。等到那人快走出后门时，我飞快地冲上去，大吼一声，放下。

谁知那人丝毫也不慌张，更不逃跑。等到我走近一看，你说原来是谁，他娘的居然是王进安。他拿着一床毛毯。借着灯光，我看到毛毯的花色，晓得是客房的，据说毛毯的价钱还很贵。

我说，你怎么拿酒店的东西？

王进安转过身，若无其事地说，我怎么拿酒店的东西呢？我一个亲戚来了，没有东西盖，暂时借用一下。

我说，那你为什么晚上拿？

王进安嘿嘿地笑起来，白天谁用它呢？

我气愤地说，你随便拿酒店的东西，我要告诉曾总。

王进安也不恼怒，反而嘎嘎地笑起来，说，你脑壳是不是进了水？好吧，你明天告诉他吧。说罢，大摇大摆地走了。

我呆呆地望着他的背影，丝毫办法也没有。如果依老子以前的脾气，管你部长不部长，非狠狠地打一餐不可。而我敢打他吗？我惹得起他吗？

对于酒店保安这一块，我实在是看不过眼。想当年老子打铁时，老婆跟朋友们叫我给他们打火钳之类的，老子一个也不答应，得罪人就得罪人，我不能随随便便拿公家的东西去讨好他们。

第二天，我急匆匆地走到曾总办公室（这是我第二次进他的办公室。一般这里是不准人随便进去的，我却顾不得这么多了），非常激动地对曾总说了这些事情。我说他们上班打扑克，我还说了昨晚王进安偷酒店的毛毯。我滔滔不绝地说着，我慷慨激昂地说着，我手舞足蹈地说着。

我想，曾总一定会支持我的，然后，进行彻底的调查和处理，搞得好，肯定还会发我的奖金。以前他说过，谁立了功，是要给予奖励的。现在，我铁面无私地揭发他们那些见不得人的勾当，不就是立了大功吗？

当时，曾总无所事事地靠在宽大的皮椅子上看画报，见我突然闯进来，忙不迭地把画报收进抽屉里，眉毛一皱，怪我为什么不敲门，连起码的规矩也不懂。我没有在乎他的批评，也没有看清楚那是什么样的画报。

而他用得着那样慌慌张张地收进抽屉吗？

曾总耐着性子听罢我的述说，先是重重地拍桌子，愤怒地大骂一通，说这些人是败家子，毫无职业道德。大骂一通之后，他开了一根高级烟给我，大大地表扬了我一番，说我们酒店就是需要像你姜师傅这样敬业的人。

最后，曾总对我说，我一定会严肃处理这件事情的。还说，以后出了什么事情，可以直接向他汇报。

有了曾总这样的答复，我感到很满意，高兴地走了。

曾总给我的高级烟，我舍不得抽，时常拿出来看看。那是外国烟，我真还没有见过，我见过万宝路，见过骆驼，见过555，见过剑牌，还见过摩尔，就是没有见过这种牌子的烟。英文字母我又不认识。我故意拿给这个看看，拿给那个看看，告诉他们，这是曾总给我的。我有意把曾总抬出来，证明我跟曾总的关系并不一般，是想借此打压他们的威风和邪气。我猜测，曾总肯定会炒王进安鱿鱼的，还会扣他的工资，罚他的款。

可过去好几天了，我也不见动静。王进安还在行使部长的权力，上班时仍然叫一帮人打扑克，根本没有把我放在眼里，好像他没有做过亏心事。

我很不服气，匆忙找到曾总，说，为什么还不处理王进安呢？

曾总不太高兴，抚摸着肥吊吊的下巴，说，你没有看见我一天到晚在忙吗？连上厕所的时间都没有吗？我问过王进安，他说根本没有这件事。

我气得颈根上的血筋都暴了出来，说，我明明看见他拿走的，怎么不承认呢？

曾总冷淡地伸出一只手，说，你有什么证据？说话要有证据呀，同志！

我一听，呆住了。

我真是个十足的混蛋，那天晚上，我怎么没有把毛毯扣下并拿来给曾总看呢？还有，王进安怎么撒弥天大谎呀？好像我是故意诬陷他的。当时，我心里那个气呀，恨不得狠狠地打他一餐，教训教训这个小子。可我又不敢，一、他是曾总妹妹的丈夫的堂弟；二、万一把他打伤了呢？我赔了医药费营养费不说，如果他把我告上法庭，说不定还要坐他几年牢房嘞。

我冷静一想，唉，不如忍气吞声算了。

我很少看见曾总的妹妹，在酒店门口偶尔碰到时，她都要问我顺不顺心。我想说我并不顺心，我还想说说王进安的事情；而我看见她笑笑的，又是急匆匆的样子，我也不想说了。

我真是小看了王进安这个家伙。他后来居然叫我专门上白班。他当着全体保安的面，嘴巴说得很漂亮，说我年龄大，是为了照顾我。而我明白，这样一来，他们可以更加肆无忌惮地偷酒店的东西了。

再说，我这人喜欢打鼾，你叫我上夜班多好，既上了班，又不影响别人休息。他是为了整我，偏偏叫我上白班。

我这个人的脾气犟，喜欢顶着风浪上。你们不要我上夜班，那是你们的权力；但你们企图避开我，堂而皇之地拿酒店的东西，这是万万办不到的。我既然拿了酒店的工资，就得要对得起它。所以，我每天下班吃完晚饭，抓紧时间睡觉，到深夜，我又像幽灵般悄悄地溜出来，似嗅觉灵敏的猎狗，在酒店周围转来转去。

王进安当然不会给我发夜班费的，可我不在乎这个。

没有夜班费，我也要上班，这也是我的权力。

6

看到我一如既往地上夜班，也没有跟他说要夜班费，王进安肯定很气愤，明白我不是那么好压服的人，所以，他看到我要齿不齿的。我想，你不齿就不齿，我也不跟你计较。而我绝对没有想到的是，王进安竟然变本加厉，对我进行陷害。

有一天，我下了白班，吃过晚饭赶紧睡觉；宿舍的人还没有睡觉，所以，我打鼾也没有关系。当时，有四个人在打扑克，此起彼伏的叫闹声，丝毫也不影响我，我照样可以安然入睡。

这时，突然有人推醒了我，我睁开眼睛一看，原来是王进安，他身后还站着三个保安，其中有钱宝宝。钱宝宝的眼神有些不对头，看到我时躲躲闪闪的。

王进安大声地说，姜师傅，起来起来。

我揉揉眼睛，问，什么事？

王进安嘿嘿一笑，说，当然是不好的事。据咖啡厅的人反映，他们掉了两听咖啡，巴西咖啡，是很贵的嘞。现在，我们要通通检查一下。

我一听，放下心来，反正我没有拿，淡淡地说，那你查吧。

王进安手一挥，钱宝宝他们在其他人的床上床下以及箱子里检查起来。王进安没有叫我打开箱子，他蹲下来，脑壳伸进我的床铺下面，塞塞窣窣地摸索着，突然，他兴奋地叫喊起来，找到了，找到了。他如获至宝地站起来,手里果真拿着两听咖啡,然后,严肃地对我说,姜师傅,你怎么搞的?把咖啡藏在雨靴里面?

我一看,脑壳蒙了,顿时又怒发冲冠。我说,我绝对没有拿,肯定是有人陷害我的。

王进安冷冷一笑,姜师傅,谁陷害你?你可以说出来。

我真是有苦说不出,这个王八蛋,太可恨了。他的用意十分清楚,对我步步紧逼,企图把我从酒店逼走。即使不能够把我逼走,也要让我背上黑锅,从此以后,我就没有资格指责他们了。

我噗地站在床铺上,拍着胸部,居高临下地说,我姜如山,坐得正,站得稳,我不怕有人栽赃,哪怕说到曾总那里去,我也不怕。

王进安嘴里叼着烟,一脸严肃地说,那请你去一趟曾总那里吧。又对屋里的人说,你们也去做个证。

谁知曾总偏听偏信,只听王进安他们的,根本不听我的申辩。我拍着胸部,发誓说,我如果拿了咖啡,绝子绝孙,好不好?被汽车碰死火车撞死炮弹炸死,好不好?我说得口水泡子飞溅。

曾总不时地躲避着口水泡子,然后,怀疑地看着我,说,喂,你不要发誓了,好不好?我上次就对你说过,要有证据。你看,现在人家人证物证都有,你看怎么搞?

我愤怒地挥着双手,喊道,我没有拿,我没有拿。声音把屋里震得嗡嗡直响。

我差一点要疯了。

其他人都鄙视地看着我,好像是说我承不承认没有什么关系了,反正证据都在;只有钱宝宝怯怯地站在后面,低着脑壳,双手不断地扯着衣服,眼睛看着地上,一直没有抬起来看我,好像不忍心看着我这般发怒和遭受冤枉。

曾总敲敲桌子,息事宁人地说,这样吧,看在姜师傅一贯的表现上，这件事情就算了。当然，处罚还是要的，不然，不好向大家交代。这样，扣五十块钱吧。

我一脸怒色，一肚冤屈，没有吱声。

曾总挥挥手，烦恼似的叫他们出去，办公室只留下我。曾总从抽屉里拿出五十块钱，轻轻地放在桌子上，笑着说，姜师傅，过去的事情我也不想多说，这五十块钱还是要扣的，总要做个样子吧！我这里补给你。

我仍然没有吱声。我说什么好呢？他们明明是存心陷害我。我恼了一肚子气，也没有地方出，便理直气壮地拿走了这五十块钱。

老子为什么不拿呢？老子没有偷咖啡。

从王进安叫人到我屋里搜查时，我就注意到了钱宝宝的表情。从他的眼神能够看出来，他一定晓得这件事情的内幕，这肯定是王进安有意栽赃于我的。当然，我没有当面叫他站出来做证，那是很为难他的。

我虽然心情很不好，可到了晚上，我还是出来在酒店转转，想让满肚子的冤屈慢慢地散发在空中。城市的深夜安静了，我不断地抽着烟，暗红色的烟火，在黑暗中像鬼火般明灭。上夜班是不能抽烟的，以免让贼发觉，而我不抽烟，心里憋得难受。

这时，我看见有个人出现了，他四处观望，迟迟疑疑地好像在找人。我以为是值班的人出来转转，却不想那个人悄悄地溜到了我身边。

我一看，原来是钱宝宝。

他叫了一声姜叔，低着脑壳，半天不吱声。

联想到白天发生的事情，我猜测，他肯定有什么话要对我说，就说，钱宝宝，这么晚了，你怎么还不睡觉？你年纪还小，要多休息。

钱宝宝小声地说，姜叔，我对你不起。

果然不出我所料。

我抚摸着钱宝宝瘦小的肩膀,说,没关系,人只要走得正,就不要害怕。这人嘞,一辈子哪有不受委屈的?

钱宝宝犹豫了一阵,对我说起此事的来龙去脉,说是王进安逼着他,把两听咖啡偷偷地藏到我雨靴里。他说他不愿意这样做,这不明明是害人吗?王进安居然威胁说,如果他不干,明天就让他回家,甚至还讥笑说,你钱宝宝只是曾总的远房亲戚,而我呢,我是他妹夫的堂弟,比你近了几千里路。

钱宝宝伤心地说,他实在不想回家,家里太穷了,他本来考上高中的,没有钱读不起。现在,还有个妹妹在读书,他不愿意看着妹妹也失学。

钱宝宝说着说着,呜呜地哭起来,要我一定原谅他。

我深深地叹口气,抬头望望天上稀疏的星星,感慨万分地说,姜叔不会怪你的。

7

王进安他们的事情,暂时不说了,说起来心里烦。

现在,我要向你们坦白的是,我在当保安期间,居然发生了一起罗曼史。以前,我只听说别人有这个罗曼史,有那个罗曼史,我没有想到,罗曼史现在居然发生在我身上了。这件事情,我老婆不晓得,也希望你们不要告诉她。我如果不出来做事,也许,这件罗曼史就不会发生了。而一个人,谁料得到往后的生活中,究竟会发生什么呢?

我罗曼史里的那个女人,就是在酒店打扫卫生的仇海棠。她四十出头,长得比我老婆经看一些。我老婆胖得像猪,仇海棠的身材没有我老婆那么臃肿,脸上偶尔还会流露出年轻时村姑的那种妩媚。我问过她是曾总的什么人,她说是一个村子的,好不容易托人说好话,才进了酒店。我们时常说些悄悄话,她也不容易,上有老,下有小,男人有严重的风湿病,吃草药吃得满屋子都是刺鼻的药味,又做不得任何事情,每天坐在地坪里晒太阳。

她很少回家,我也很少回家,渐渐的,两人之间有了那么一丝意思。她总是抢着给我洗衣服,还劝我要讲卫生。她说,在这么高级的酒店做事,邋邋遢遢的不像样子。

我开玩笑说,我原来是个打铁的,哪有这么多的讲究呢?

她说,工作环境不同了,讲究也不一样。我如果还像在乡下那样衣冠不整,奶子吊吊的,像个什么样子呢?说着,她忍不住笑起来。

她穿着白色制服,把地上打扫得干干净净,身上也不见一丝邋遢。所以,我觉得,这个女人了不得。我喜欢听她扫帚扫地时发出的那种声音,轻轻细细的,悦耳动听。我还喜欢悄悄地看她打扫卫生时的姿势,腰身稍稍往前倾斜,一小步一小步地移动着。

只要没有人,看见我的衣领没有扯出来,或是皮带系得不端正,她就要放下扫帚,亲手给我扯一扯,扯整齐了,然后,像个很有审美情趣的人,把我上上下下地看一遍。

她帮我整理时,把头低在我胸膛前,这时,我心里升起了一股暖流。我闻到她头发的气味时,那股暖流中又含了一丝甜蜜。我思忖,她跟我到了这种地步,只需跟她一说,她肯定会跟我那个的。一想起这个,我心里又慌慌的,万一她不答应呢?万一让人晓得了呢?又想,只要有个合适的环境,她肯定会答应的。

我早已从她眼神里,看到她已经默默地答应了。

而哪里有合适的环境供我们那个呢?没有钱,不然,我们到外面的酒店痛痛快快地开房间。如今城里的人,不是动不动就说开房吗？搓麻将打牌，说去开个房；男女睡觉，也说去开个房。我跟她开不起这个房，舍不得。宿舍也不行，她宿舍住了八个人，我宿舍有七个人，不是张三在，就是李四在，像这样的地方，连想都不要想。

我们又不能像曾总那样常常带一个小蜜，到他宽大的房间逍遥。我疑惑不解的是，像曾总这样有家有室的人，怎么一丝顾忌也没有呢？经常大摇大摆带着小蜜进房间。别的人呢，看见了也不以为然，好像对男女之事已经习以为常了。而我不行，我虽然是个打铁的出身，却没有他那个胆量。所以，我和仇海棠的关系，一直属于地下，别人都不晓得。

有一回，我实在忍不住了——当然，我从她眼里也看出了很强烈的意思——小心地试探说，仇海棠，你到过公园吗？

她摇摇头说，没到过。

我说，晚上到公园里走走，好吗？

她一口答应了。

我们舍不得坐车。在城里，出门就要花钱，我们能省一个算一个吧。我们慢慢地走着，顺便还可以看看灿烂无比的夜景。进公园不需要买门票，所以，我们一分钱也不用花。公园的晚上人很少，偶尔碰到一两个，偶然又碰到三两个。我没有带她走弯曲的石子小路，带着她直接往一片黑暗的树林走去。她惊慌地扯着我，小声说，黑咕隆咚的，吓死人了嘞。我听得出来，这个女人鬼得很，也像年轻人一样耍小把戏，别看她嘴巴上说害怕害怕，心里肯定乐死了。

我说，我在这里，你害怕什么呢？

我们在树林里的草地上坐下来，草地很柔软，坐上去非常舒服，像地毯。我看四周没有人，一把紧紧地抱住她。她没有丝毫拒绝，好像故意要钻到我怀里来。她也很冲动，立即把热乎乎的嘴巴死死地贴着我，竟然还伸出舌头钻进我嘴里，像一条疯狂的蛇搅来搅去的。我快活死了，我老婆跟我快二十年了，也不晓得把舌头伸到我嘴里。然后，我们倒在草地上，一丝顾忌也没有。这个女人比我还大胆，迫不及待地脱掉我的裤子，又急不可耐地脱掉自己的裤子，然后，我们紧紧张张地拼命地疯了一回。

那天没有月亮，星星透过树林，惊讶地看着我们。疯过之后，我发现仇海棠的泪水流了下来，她哽咽地说，你以后要对我好嘞。

我喘着气说，这不用说么。

毕竟是头一回，又是在外面，我们还是有些慌张。黑暗的四周，好像躲藏着许多人，要来抓我们似的，我们不敢久留。临走时，仇海棠先把自己的衣裤弄整齐，把头发理了理，然后，问我，你看我好了吗？我说，好了。其实，黑乎乎的地方，哪里看得见呢？所以，我觉得这个女人简直太有味道了。然后，她扯住我，一点一点地帮我整理衣服。我觉得在她面前，自己像个小孩，浑身不时涌出阵阵暖流。

自从跟仇海棠有了那事，我想给她买点什么，权当作个纪念。看着城里过往的那些女人，个个穿得花枝招展，连老太婆也穿得像年轻妹子一样，我就想给这个女人买件衣服。而那些衣服，哪里买得起呢？我到商场问了问，他娘的脚，动不动就是几百几百，我一个月工资才几百，你说那些女人不是在穿钱吗？

我挑来挑去，终于给她买了一面椭圆形的镜子。这块镜子只有茶杯口大，用红色塑料边镶着，我只花了三块钱。这绝不是我小气，是我无能为力。家里也有几张嘴巴在等着吃，我的崽要读书，每年要花很多的钱，明年就要考大学了，更需要钱。如果我是个大款，会小气到只给她买个小镜子吗？也不看看这是什么年代了！而我是这么想的，她是个爱整洁的女人，送面镜子给她，是最合适不过的。

我的猜测没有错。

仇海棠接过镜子，把镜子紧紧地捂在胸口，晶莹的泪水在眼里打转，轻轻地喊了一声姜哥，喊得我浑身颤动。

我说，海棠，我也是没有钱，不然，我要给你买个金戒指。

她感动地说，我不要你买金戒指，俗话说，要量米煮饭，量身裁衣。

听了这句话，我觉得这是个通情达理的女人。后来，她总是把镜子带在身上，没有人看见时，就悄悄地拿出来照照。

我看到过她男人一回。那个男人瘦得不成个样子，走路也不利索，一颠一颠的，实在是让人生怜；而吃起饭来，简直像饿虎下山，狼吞虎咽。他的疑心很重，眼睛像特务一样厉害，在所有男人的脸上扫来扫去，似乎在观察谁跟他的女人有一腿。所以，她男人在的那两天，我丝毫也不敢流露对他女人的感情，只是装模作样点点头而已。仇海棠呢，也是淡淡地点点头。她也很注意，对谁都只是点点头。其实，我心里虚极了，生怕被她男人锐利的目光看出来什么，如果他晓得了，还不知会闹出什么样的事情来。

那两天，我压抑着自己。等到她男人走了，我才敢悄悄地约她到公园，问她男人来做什么。

她淡淡地说，拿钱。

我不客气地说，你男人像特务一样的嘞。

仇海棠叹息说，唉，也怪不得他，好多年了……他身体不行。说着说着，眼泪汪汪的。

我同情地哦一声，居然大言不惭地说，我行嘞。

仇海棠苦笑着说，你是行，我们也是来一回算一回。

唉，我也是有老婆的人，不然的话，我要叫仇海棠离婚，然后跟我过日子。我有一身好力气，还能够挣钱，所以，我愚不可及地把这个意思说了出来。

仇海棠说，你不要说蠢话了，你就是没有老婆，我也不会跟他离婚的。

我疑惑地说，为什么？

她擦擦眼泪，说，他太可怜了。

这个女人的良心真是大大的好。不像我那个女人，男人没有事做了，就讽刺男人没有用。如果让她摊上仇海棠这样的男人，那不得被她活活气死吗？我情不自禁地抱着仇海棠，像抱着一团温暖、一堆火焰、一丝人生的希望。

那天晚上，真是太奇怪了，我跟仇海棠竟然没有那个。我们似乎都很冷静，没有往那一片黑乎乎的树林里钻，居然安静地坐在精巧的小亭子里，断断续续地说着话，说我们的相逢，说苦难，说日子的艰辛。我们竟然像那些很有思想的人，在交谈着人生的意义。

一直坐到很晚，我们才慢慢地朝酒店走去。

8

我老婆曾经问过我在哪家酒店上班，我一直不说，我讨厌她曾说我是个没用的男人。

到后来，我更加不会说了，担心她突然闯来发现我跟仇海棠的秘密——这是无法预料的，我不得不提防她——我晓得，女人在这方面是非常敏感的。尤其是她这个年龄的女人，一个意味深长的眼神、一个细小的动作、一个含情脉脉的微笑，哪怕非常短促，都能够观察出来。同时，我也不想让仇海棠生气，我老婆如果晓得了我所在的酒店，肯定会经常来的，那不是很烦人吗？

我每次回家时都把钱交给老婆，所以，老婆又对我好起来，一步不离地围着我转，像那些喜欢拍马屁的人。我并不领情，我总是暗暗地把老婆跟仇海棠相比，如果我也是个病痛缠身的男人，老婆会像仇海棠那样对我好吗？

厂里的那些老伙计看我回来了，都要来坐坐，叫我说说酒店的事情。我当然不会说酒店的具体地址，只是含糊地说在城南路上——老婆就坐在我旁边。我当然也不会说我跟仇海棠的秘密，也没有说酒店那些败家子的丑事。尤其是后面这个问题，我担心说出来会一传十，十传百。如果传到曾总耳朵里，这碗饭肯定吃不成了。世界只有这么大，整个世界都变成了地球村。我只说街上那些形形色色的人，还说我看见了一部世界上最长的轿车。

老伙计们也说起打工的经历。当电工的张小林，说起老板给每人发了一双新胶鞋时，竟然手舞足蹈、得意忘形。我觉得，我们这些人真是太容易满足了，一双胶鞋竟然高兴成这个样子。如果我说曾总每天花天酒地、花钱如水，还不晓得他们该怎样的震惊呢。当钳工的王中成则说起他老板养了小蜜，老婆晓得了，居然雇人大打出手，把那个小蜜打得头破血流，至今漂亮的脸上还留有伤疤。说罢，大家连连叹息，说这个世界变得让人看不懂了。

我越来越看不起老婆了。每次回家，老婆好像不把我掏空就不放手，老是把我缠在床上。我如果想起床，她就紧紧地箍着我，说，再睡睡吧。

我说，太阳晒屁股了嘞。

她说，晒屁股就晒屁股，谁管得了呢？然后，眼睛疑疑地看我，好像一眼要看透我的五脏六腑，这使我想起了仇海棠男人那种怀疑的目光。

我想，她大概听说了许多这方面的事情吧，说男人如果外出，加上有几个小钱，就会找小姐的。难怪她每回接过我给的钱，总是蘸着口水数来数去，生怕数错了。其实，她是在数我的钱少了没有。

我老婆很精明，她肯定是这样想的，我把你掏空了，你就没有力气跟别的女人睡觉了。我在心里嘲笑她，我一个打铁的人，是你想掏空就能够掏空的吗？再说，我会找小姐吗？如果传染上什么艾滋病之类的，我怎么向世人交代？

　　我老婆曾经到城里找过我，但她最终没有找到我。那天白班，我站在大门口，忽然看见老婆从大街上远远地走过来，东张西望的，然后朝酒店这边走来。她一定找过许多酒店，然后，找到这里来了。我马上离开大门，迅速地走到酒店后面。我就是这么个人，不想让老婆晓得的事情，就绝对不让她晓得。哪怕她来到我眼皮底下，我也要想方设法躲避。

　　当时，仇海棠在酒店后面打扫卫生，看见我忽然走来，疑惑地看着我，说，你怎么到这里来了？我双手背在身后，故作轻松地说，到处看看。我在酒店后面站了许久，才慢慢地走回去。我那个老婆也是愚蠢，肯定没有问酒店的人，如果一问，我不就乖乖地浮出水面了吗？

　　我回家后，也不点破老婆的秘密行动；如果说了，我不是不打自招吗？老婆也不说，这个女人真是稳得住气，居然花言巧语地说，我真想到城里看看你，而崽要吃饭，我哪里有时间去呢？

　　我说，是呀，等到崽上了大学，再到城里看看不迟。

　　我在心里嘲笑她，老子亲眼看见你了，幸亏我眼尖，不然，就让你碰到了。

　　我老婆真是没有味道，我在家闲着，她骂我没有用；我现在出去做事，她又不放心。当然，她怀疑我还是有道理的，我不是跟仇海棠有一腿吗？而我那是扶贫呀！人家男人身体不行，你让一个女人家熬着，还有人道没有？当然，这个道理是绝对不能够说给老婆听的，老婆是个不讲道理的人。

　　记得有次回家，我发现客厅角落里堆着东西，有齿轮，有电线，有三角铁，还有一截一截的钢管。它们有的锈迹斑斑了，有的还是崭新的。

我问老婆，这些东西从哪里拿来的？

老婆大言不惭地说，有人在厂里拿东西，我也去拿了，这年头，不拿白不拿。

我气愤地说，你这哪里是拿，分明是偷嘞！

老婆厚颜无耻地说，偷又怎么样？又不是我一个人。

我气得浑身发抖，一个耳光狠狠地抽过去，抽得老婆哇哇大哭，冲过来要跟我拼命。她哪里是我的对手？我一用劲，就把她死死地压在了床铺上。

我说，老子在厂里这么多年，你看老子从厂里拿过一根铁钉吗？

老婆呜呜地哭泣说，能卖几个钱……就是几个钱。

我大声骂道，我们就是饿死，也不能去偷，你给我送回去。

老婆看我动了真的，大约吓坏了，不敢再跟我犟了，抽抽泣泣一阵，然后，很不情愿地搬着东西往厂里送去。厂子离家属区很远，她那么胖，来来回回走几趟也不容易。所以，我也扛着钢管跟随她去。许多人惊讶地看着我们，不晓得我们为何又把这些东西搬回厂里，他们巴不得把厂里的东西往家里搬呢。

我还听见他们在说风凉话，说姜如山的脑壳进了水。哼，他们想说就让他们说吧。不是自己的东西，哪怕是金子银子，我也不会要的。我走得昂首阔步、旁若无人。

送完东西，我再次警告老婆，如果你还要偷，老子就饶不了你。我咬牙切齿的，老婆吓得不敢吱声了。

我想，厂里如果派我守厂，哪里会掉东西呢？我会像在酒店当保安一样，睁着像猎狗似的眼睛，绝对不会放走一个贼。

这件事情，我没有对仇海棠说，俗话说，家丑不可外扬。如果说出来，我这张老脸真是没有地方放。我在酒店经常抓那些偷东西的，人家如果说，你老婆不是也偷东西吗？你说我该怎么回答？

仇海棠真是有味道，我每次从家里回来，她就主动约我去公园。我明白她的用意，她是试试我还行不行。我哪里有不行呢？我又不像她男人是个病壳壳。我一个铁匠出身的人，别的本事没有，力气还是大大的有。还有一点，我每次从家里回来，她总是不高兴，脸色忧郁，也不说话，即使我跟她拼命地疯过了，她也不高兴。

我说，你怎么不高兴？

她沉默着，半天，才吞吞吐吐说，你……肯定跟你老婆……那个了。

我哈哈地笑起来，说，你这不是说小孩子话吗？我回家如果不交公粮，你说我能过关吗？

她不满地说，我就没有，我男人来了，我也没有交公粮。

我平心静气地说，那是你男人不行，你这个女人，心理怎么这样不平衡呢？

到第二天，她的情绪才渐渐恢复，像无事一般，看见我，停住手里的扫帚，直起身子远远地看我，脸上泛出一丝微笑。

9

有一次，王进安竟然又被我捉到了。

这小子选择的时机真是绝妙。那天夜里，下着瓢泼大雨，已经是下半夜三点多钟了，他以为我早睡觉了。这个愚蠢的人，难道不晓得我夜里也要出来转转的吗？这一次，他胆子更大了，偷的居然是一台电视机。他头上顶着宽大的黑色雨披，像个幽灵，偷偷摸摸地从侧门走出来。

我躲在屋檐下面,看他走出来了,才突然威风凛凛地出现在他面前,生气地说,怎么又是你呀?亏你还是保安部部长嘞。

王进安像上次一样并不慌张,也不跟我说话,艰难地把电视机放下来。我不明白他究竟要做什么,谁知他仇视地看我一眼,举起拳头,重重地给了我一老拳,差一点把我打翻在地。他凶狠地说,姓姜的,你不要假充斫脑壳鬼好不好?你难道不拿酒店的东西?你雨靴里的两听咖啡,难道不是从酒店拿的?

我摸着疼痛的胸部,怒火万丈,很想跟他在雨中大干一场。他娘的脚,你凭什么打我?你偷东西居然还动手打人?何况,我年纪比你大这么多。当然,最终我还是放弃了,这个家伙连栽赃的事情都做得出来,我如果还以老拳,还不晓得他会怎么对付我呢;更何况,曾总跟他穿的是一条裤子。

我气愤地说,王进安(我以前总是客气地叫他王部长,现在我不叫他王部长了,我甚至连他的姓名也不想叫,我想叫他盗窃犯),你要记住,你打了我一拳。上次,咖啡的事情不是我做的,我晓得是谁故意栽赃的。

王进安厚着脸皮说,你该不是怀疑我吧?

我说,我也没有说是你,我晓得是谁,曾总说他也晓得。其实,后面这句话是我乱说的,我想拿曾总来压压他的气焰,尽管我不喜欢曾总,尽管也压不住王进安的气焰,而我还是这样说了。

王进安没有感到丝毫害怕,凶狠地说,姓姜的,你不要拿曾总来压我,你以为只有我拿酒店的东西吗?你以为曾总不拿吗?他娘的脚!姓曾的拿大的,大把大把的钞票,源源不断地流到他口袋里,你晓得个屁?你怎么不去抓他?你敢抓他吗?你姓姜的如果有胆量就去试试。到时候,我一定叫弟兄们请你坐上席,敬你的酒,你是个了不起的英雄。而你敢当这个英雄吗?你,其实是一个没有用的男人。

他狠狠地朝地上吐口痰，接着又说，我老娘病了多年，也不敢去医院，为什么？没有钱。你说说看，靠我们这些可怜的工资有什么用？姓曾的那个家伙，拿着公家的钱挥金如土，你晓得吗？而我老娘，连药也吃不起……还有，你以为我喜欢打牌吗？我是在给我老娘赚药钱嘞！你以为我是小气不请客吗？我舍不得嘞……

说罢，王进安蹲下来呜呜地哭起来，声音在雨中显得格外的凄凉和无助，把我的心刺得生痛，我不晓得说什么才好。曾总的所作所为，我怎么不晓得呢？我却管不到他，我只是个小保安，我只能够管住偷东西的人。

王进安是我最讨厌的人，今晚，我本来应该马上报告给曾总的，让他再次出丑。而这个蹲在地上不断哭泣的男人，居然引起了我的同情。我打了多年的铁，从来没有对铁砧上的物件心软过，一锤紧接着一锤，狠狠地敲打；而现在，我的心一下子软下来了，像稀面条一样。我不晓得该怎样安慰他。我没有逼着他把电视机搬回去，我谅他也不敢把它偷走。

雨水噼里啪啦地打在王进安身上，他结实的身体缩蜷成可怜的一团。这时，我从口袋里拿出五十块钱，默默地放在电视机上，说，王进安，人不论多穷多苦，也不能做偷鸡摸狗的事情。然后，我心情黯然地走开了。

我没有把这件事情报告曾总。

那天晚上的雨，下得很大，一直没有停止，哗哗地下得我心烦意乱。我破天荒没有继续守夜了，当然，也没有睡着觉，翻来覆去，好像有无数的虱子在狠狠地咬噬我的皮肉。

王进安所说的那番话，让我感到惊心动魄，也实实在在地让我感到自己的渺小。他也说我是个没有用的男人。是呀，他说得很对，我只敢抓抓像他这样的小盗窃犯，像曾总那样的大盗窃犯，我有勇气抓他吗？又有什么证据抓他呢？如果，他也像王进安们偷酒店的东西，我肯定会毫不犹豫地去抓的。唉，怪只怪自己没有扭转乾坤的大本事，只有抓贼的小本事。

想到这些，我很沮丧，似乎没有了什么信心。

10

在那段时间里，我的情绪非常低落，不说话，也睡不安，也吃不香。仇海棠几次主动约我去公园，我也没有答应。她疑惑地问我为什么，我说我心情不好。她担心地问，为什么心情不好？是不是你老婆晓得了？她害怕的是这个。我摇摇头，对她说了王进安的事情。她一听，惊讶地睁大眼睛说，你怎么这么愚蠢呢？人家的事你管什么管呢？这一下，轮到我惊讶地看她了，好像不认识她似的。

我没有回答，默默地走开了。

那些员工，看到曾总会像哈巴狗一样地打招呼，生怕被炒鱿鱼，丢掉了这个轻松的饭碗。是的，现在像这样既轻松又不负责的码头，的确是不多了。而我不再有以前的那种心情了，不再对他充满感激之情；现在，我看见他也不打招呼，旁若无人地走过去。我甚至非常痛恨他——这是一个地地道道的败家子，一个好好的酒店交到他手里，竟然被搞得一塌糊涂。客源明显地越来越少，投诉电话却像放鞭炮似的，噼里啪啦地响个不停。有说饭菜味道不好的，有说饭菜分量少得可怜的，有说价格高得吓人的——他们恨不得把客人一刀宰死。也有说钱物在客房里丢失的，也有说客房十分邋遢的，也有说服务态度恶劣的，说起话来像吃了炸药……总而言之，酒店已经像个奄奄一息的病人，这里有毛病，那里也有毛病，即使有许多针管插在它身上，也没有任何效果了。

金字塔酒店的对面是福源酒店,是私人老板投资的,天天客源不断,车子摆得满满的。我多么想把那些客人拖到我们酒店来,而那些人却不朝这边看一眼,好像对面根本没有这家酒店。再说人家的保安吧,兢兢业业,站在那里像树桩,哪里像我们这样一盘散沙呢。酒店的经营状况每况愈下,那个王八蛋曾总却无动于衷,甚至还大言不惭地说,这么大一个酒店嘛,哪能没有一点毛病嘛!我们要用唯物主义的观点来看问题嘛。俗话说,吃饭都还有一粒沙子嘛。

嘛嘛嘛,嘛他的娘脚。事实是明摆着的,难道他的眼睛瞎了吗?

我经常在夜里碰到曾总,他每次都喝得醉醺醺的,由一个女人扶回来,我发现那些女人并不是同一个人。我这才明白,原来这家伙是打一枪换一个人。我本来是不想齿他的,看到他跟那个扶着他的女人歪歪斜斜地走着,担心他们摔倒,就跑过去想帮一把。谁知曾总眼睛红红的,对我厌恶地挥挥手,吼道,你给我滚开。

他娘的脚,真是俗话说的那样,好心没有好报,黄泥巴筑起黑灶。我明明是想来帮你一把的,又不是来抢你的女人,你发什么疯呢?所以,我悻悻地走开了。

第二天,我看到曾总,脸上还有点难为情,他却无事一样,好像把昨晚的事情早已忘记了。

这个死胖子天天请客,好像他的工作就是请客吃饭。中午请了,晚上请;晚上请了,还要吃夜宵;另外,还要唱歌、洗脚、按摩、打牌,花钱的数额大得令人惊讶。我如果说出来,肯定会把你们吓死;他却大笔一挥,报销。

俗话说,上梁不正下梁歪。我甚至还抓过厨房的人,这个你们不相信吧?他们或是偷一只鸡,或是一只鸭。他们把鸡鸭拔得干干净净的,然后,拿塑料袋装好,塞进衣服里,想蒙混过关。他们却不晓得我的眼睛是吃了油[1]的，是经过多年的炉火锻造出来的，只需一眼就能够看出来。他们当然很尴尬，害怕我们保安部的人，求饶地说，只是一只鸡一只鸭，何必这样认真呢？你老兄如果想吃，我明天再弄一只给你，如何？

我是不会受贿的，不会被他们轻而易举地拉下水。当然，我还是顾及他们的面子，说我不准备报告给老总了，而你们必须乖乖地把鸡鸭送回去。他们害怕把事情闹大，只好老老实实地送回厨房。后来，他们晓得我当班时，便不再拿。而我不晓得我不当班时——比如说我回家休息——他们会不会偷呢？也许，他们早已把别的保安拉拢了。

我这个人，眼里容不得沙子。王进安们也劝过我，叫我不要太认真，何苦呢？闭只眼开只眼，人就不痛苦了。王进安甚至还公开地对我说，你也可以拿呀，我们也装着没看见。

他娘的脚，我是那样的人吗？我不会跟他们同流合污。我在工厂做了多年，拿过公家的一针一线吗？人家不晓得，我老婆是晓得的。

自从我跟王进安有了那次尖锐的交锋之后，他对我的态度居然渐渐地好了起来。他竟然对我说心里话了。他说，他从部队回来之后，当上这个保安部部长，自认为还是敬业的。问题在于，在这样的环境中，人哪有不变的？他说他刚来时，看到这些事情也很痛心，也曾经狠狠地教训过人。他最终悲哀地说，如果他不是曾总妹夫的堂弟，也许早就被炒鱿鱼了。

这些话，是他请我喝酒时说的。

那次，王进安破天荒地叫我出去喝了一回酒。在一家小店，他一边喝一边滔滔不绝地说，每每说到动情处，他眼里泪光闪烁。我

---

[1] 眼睛是吃了油：方言，意为擦亮了眼睛。——作者注

也很感动,劝他还是要拿出以前的正气来,刹刹这股歪风邪气。我说,我会坚定不移地站在他一边。

他还是让我深深地失望了。他无奈地摇摇头,苦笑着说,姜师傅,请你原谅我,我改不过来了……我也要吃饭呀。

我心里猛然一震,默默地把酒喝下去。当时,我有一个强烈的感觉,王进安本来像一块洁白无瑕的玉,后来砰地摔碎了,四分五裂,沾满了斑斑污泥,再也无法复原了。

那次,王进安愧疚地说要我原谅他。他承认,咖啡事件是他一手制造的,是故意栽赃于我的。说罢,还非叫我打他一拳不可。他说,他曾经打过我一拳,今晚一定叫我还一拳。我当然不会答应,他认了错,就可以了。俗话说,宰相肚里能撑船。我虽然不是宰相,而我的胸襟也不是那样狭窄。他看我不打他,竟然抓住我的手,使劲地在他胸部上狠狠地敲打。他双眼通红,大吼大叫,你为什么不打呀?你打呀,你打呀!

王进安喝得酩酊大醉,放肆大哭,好像把一辈子的眼泪都哭出来了。任我怎么劝,也劝不住。他的头发很长,看起来像个女人在哭,因而引来了许多惊讶的目光。我明白,他心里很痛苦,他那次已经把心里的痛苦全部哭出来了。我想,他以后再也不会痛苦了。

那天夜晚,是我把他背回酒店的。

有时候,我也变得令人不可思议。上班时,居然也坐在一边看人家打牌,没有走开的意思。那些人看着我,脸上流露出一种会心的笑容,那意思是,怎么样?你现在不是也跟我们一样了吗?

我看不得这种笑容,我觉得,这是对我的一种讽刺。所以,我默默地走出来,继续在酒店四周查看。我独自坐在花坛的边沿上,一坐半天,抬头静静地望着这座高高的造型漂亮的金字塔酒店。看着看着,仿佛发现它渐渐地开裂了,闪电似的无数道裂缝越来越长,越来越宽,然后,大楼一点一点地垮塌下来。它垮塌的速度非常缓慢,像电影中的慢镜头,无声无息地一点一点地垮,最后,轰的一声,大楼成了废墟。

我猛地一怔,心里像被针刺一般,疼痛无比。

11

我想离开这个酒店,不想看到它垮塌的那一天。

我可以到一个私营的酒店,或到一个有人承包的酒店。我想,那些老板,绝对不会允许这种内部偷窃行为的。我抽时间悄悄地问过几个酒店,人家却不需要人手,这让我十分失望。我一时走不了,如果我马上离开这个酒店,每月哪里还有几百块钱呢?那么,我又会像以前那样,坐在屋门口默默地抽烟;而我那个讨厌的老婆,又会滔滔不绝地说我,我不愿意听她说我。

有一天,我值夜班(准确地说,是我自愿上夜班的,没有夜班费)。那天晚上的天气很好,星星在空中闪烁,静静地俯视着大地——它们就像是我的锐利的眼睛。一弯月亮悄悄地行进着,似乎生怕发出一丝响声,惊醒了人们的好梦。

此时,我站在一个拐角上,密切地注视着一切。我希望不要发生什么事情,希望每个夜晚平安无事。而我的希望算什么呢?该发生的照样还是会发生。

突然,我看见有个女人往门外偷偷摸摸地走去。她走得很不自然,好像心里有什么鬼。

从我的角度看去,虽然灯光黯淡,我却不由得生疑:哎呀,这个女人走路的姿势,怎么这样熟悉呢?这么晚了,她还去做什么呢?

我悄悄地走过去一看,竟然真是仇海棠。她看我走过来,很慌张，吓得轻轻地叫了一声。

我关心地说，是我呢，你害怕什么？这么晚了去做什么？有什么需要我帮忙的吗？

她手里提着一个很大的袋子，鼓鼓囊囊的，她的目光躲躲闪闪。我顿时起了疑心，问，袋子里装了什么东西？

她赶紧把袋子放在身后，这更是引起了我的怀疑。我伸手把袋子抢过来，打开一看，哎呀，原来是一堆555烟、八宝粥、开心果、酒、矿泉水等等。不用说，这肯定是从客房偷来的。我不明白，客房的东西哪里这么容易偷呢？是不是他们之间有什么默契呢？这我管不到，而谁想把酒店的东西从我眼皮底下偷走，那是绝对办不到的。

我死死地盯着她，严厉地说，仇海棠，你也做起这个来了？

仇海棠不回答我的话，突然抢过袋子，想绕过我往门外走去。我哪里会让她轻而易举地走掉呢！我冲上去，挡住她的去路，说，你不能走。

仇海棠满不在乎地说，我这算什么？那么多人，拿了更大更多的东西，你为什么不管？她说的话，竟然跟王进安以前所说的一样。

我理直气壮地说，你怎么睁着眼睛乱说呢？我难道没有管吗？王进安他们，还有厨房的人偷东西，只要我看见，我就会管的。他们为什么不准我上夜班，你晓得吗？他们还故意陷害我，你也不是不晓得。难道说我不管吗？

仇海棠却不听我的，说，姜如山，你脑壳如果没有进水，你就权当没有看见。如果你要把这当成一回事，你可不要怪我翻脸。

我耐着性子说，仇海棠，你怎么能这样说话？翻脸我也不怕，我这张老脸，是经过多年的炉火考验过的。所以说，一码事归一码事，你不要把它们缠在一起。你如果让我给你一点面子，你就悄悄地把这些送回去,我装着不晓得,好吗?

那晚上,仇海棠的态度似乎让我认不出来她了。她居然十分固执,硬不听我的,跟我僵持了许久,还是要执意地往外面走。这时,我不客气了,紧紧地抓着她——她并没有叫喊——我以为她会服输的,心里生出一丝得意,却不料她突然反过头,像母老虎似的在我手上狠狠地咬了一口,痛得我哎哟地叫了一声。

我仍然没有放手,我绝对不能让她走掉,不管她是不是跟我有过感情的女人。我愤怒起来,狠狠地把袋子夺过来,匆促地往酒店里走。借着灯光,我发现手上留下一个很深的牙齿印,皮被咬破了,血也渗了出来。她这狠心的一口,咬在了我的心上。她没有来追我,我听见了她低沉的哭泣声和叫骂声。

我把东西交给客房部,我没有说是仇海棠拿的,只说是在外面的墙角落捡到的。我还说,你们也要负点责任,把东西看紧一些。客房部的那个妹子脸上飞快地红了,眼睛白我一眼,好像怪我多管闲事。我不明白,这些人究竟怎么搞的,怎么一点羞耻心也没有了呢?

从此之后,仇海棠不齿我了,看到我,愤愤地盯我一眼,像要吃了我。我不晓得,她是否看到我手上深深的牙印,她明白这一口咬到我的心上了吗?有时,我从她跟前走过,有意识地抬起手上的牙印,想让她看看,她却视而不见。

冷静想想,我也有些后悔,觉得仇海棠也够可怜的,那些人大偷大拿,她拿那么一点东西算什么呢?当然,说来说去,拿酒店的东西又怎么可以呢?

几天后的一个中午,她拿着扫帚,站在厨房外面的地坪上发呆,看见我来了也不走开。这时,四周没有人,我以为她终于想通了,一定有什么话对我说的。我也想趁这个机会向她道个歉,我至少可以说,我当时做得有点过火,一定要请她原谅。

谁知我刚走近，只见她从口袋里摸出椭圆形的镜子，一咬牙，狠狠地摔在地上。镜子砰地粉碎一地，每个碎片都像银子般闪闪发光。她咬牙切齿地说，没有用的家伙。然后，愤愤地走开了。

我的眼睛似乎被地上银色碎片的反光蒙住了，脑子一时也没有清醒过来。我呆住了。可我明白，随着镜子砰的一声，我跟她的关系彻底地完结了，就像这碎裂的镜片，再也无法粘合。我心里很痛，也很酸楚，连她也说我是个没用的家伙了。她哪怕就是打我一个耳光，也不要把镜子摔烂，也不要说我是个没用的家伙。

以前，我至少还有仇海棠说说话；现在呢，我连说真心话的人也没有了（钱宝宝当然除外，他还是一个小后生）。

所以，我想离开酒店的念头，又一次强烈起来。

12

我虽然管不了什么大事，可管管这些小事，也算是尽职尽责。就像前面所说的，王进安越不安排我上晚班，我越是要上。上晚班没有钱，我算是做贡献吧。钱宝宝也劝过我，说，姜叔，你这是何苦呢？你可以堵住一个洞，你却堵不了这么多的洞嘞。钱宝宝现在懂事多了。我说，钱宝宝，我们堵一个洞，算一个洞吧，尽力而为吧。

我以前是看不起钱宝宝的，认为他是曾总的亲戚；更何况，他长得像豆芽菜，做不得什么事情。后来，王进安栽赃我，钱宝宝却主动地把内幕告诉我，并且认了错。所以，我认为钱宝宝还是不错的，至少他从来不拿酒店的东西。我觉得，这个后生身上有股正气，是一块晶莹剔透的完整的玉。

当然，像我这样连轴转，时间一久，身体吃不消，到晚上就想打瞌睡。不过我也怀疑，有人在我的饭菜里放了安眠药，让我到晚上就打瞌睡，这样他们可以毫无顾忌地偷东西。当然，我也有办法，我准备了风油精。如果眼皮想打架，赶紧往眼皮上涂涂。风油精非常刺激，效果不错。

钱宝宝看我几乎是连轴转，很不忍心，劝我，姜叔，你千万不要把身体搞垮了嘞。我很感激他，我也晓得自己近来消瘦多了，有时候走起路来，居然头重脚轻，一飘一飘的。我也晓得，有些人在看我的笑话，看我到底还能够熬几天。我没有放弃，我要坚持熬下去，熬到我不能再熬的那天为止。我警惕的眼睛一眨不眨，盯着一切可疑的人，任何蛛丝马迹，也逃不脱我的视线。

有时，我觉得自己是个非常合格的警察。

钱宝宝实在看不过眼，有时跟着我上晚班。我劝他回去睡觉，我说，你是后生，正是睡觉的年纪，耽误了睡觉不行嘞。钱宝宝却坚持要跟我一起转转，我们从酒店的前面转到后面，又从后面转到前面。那时候，我感到特别温暖，我把手搭在他肩膀上，好像是跟我的崽在巡逻，密切地注视着周围的一切。我崽跟他的年纪差不多，明年就要考大学了。

而钱宝宝却要出来打工。

这家酒店也是奇怪，内贼多，外贼也多。你想想，哪里会不多呢？保安形同虚设，单单靠我和钱宝宝怎么行呢？我不是自我吹嘘，经我之手抓到的外贼，不下十个，其中竟然有一个女贼。说来你们也许不会相信，那个女贼装得很富有，穿戴珠光宝气，这种人的欺骗性很大，谁会怀疑到她的头上呢？偏偏我怀疑她。我发现她是一个高级贼，专门偷客人的贵重物品。有一天，我终于在客房把她抓住了。那个女贼垂头丧气地说，警察都没有抓到我呢，没想到让你一个臭保安抓住了。她的意思是说，我比警察还要厉害。当然，这个夸奖我不敢当。我谦虚地说，嘿嘿，我只是一个业余警察。

贼抓了不少,曾总却从来没有奖励我,不然,我的收入将会大大提高。他好像忘记曾经说过的话了,所以,每当我抓住贼时,他只是淡淡地说,好嘛,好嘛,记上一笔嘛。我晓得他在开空头支票,而且,已开了许多空头支票,我根本不相信了。按说,他严重地挫伤了我的积极性,如果这种事放在别人身上,早已灰心丧气了。当然,我也不指望他的奖励,像这样的人,值不得我对他抱以任何期望。我只是在尽自己的本分而已。算了,这些零零碎碎的事情,我不多说了,说多了,有表功的嫌疑。

而有件事情不说,就无法跳过去。

有一天,我上完白班,又上晚班。钱宝宝看我去了,要跟我上晚班,我坚决地把他劝回去。他的身子骨还太嫩,禁不起熬的。

我像往常一样,在酒店四周走来走去。这时,街上几乎没有人,只有几辆鬼鬼祟祟的的士。值班的保安没有一个人出来,他们肯定躲在屋里打牌。现在,我已经不生气了,我明白生气也解决不了问题的。我只有洁身自好,尽到自己的职责。

值班的保安有时出来溜一圈,然后,又去打牌。他们看见有我在场,好像很放心,好像是我值夜班,向我打个招呼,姜师傅,你辛苦了。然后,走了。

凌晨三点多钟的时候,瞌睡像猛虎般向我扑来,我连连地打着哈欠,赶紧把风油精涂在眼皮上。这时,我突然发现三条人影悄悄地溜进酒店。我想喊,一想,此时喊还不是时候,等到他们偷了东西溜出来再喊不迟。我的精神振作了起来,十分兴奋。他娘的脚,这些家伙,也不看看是谁在这里守着,居然这么大胆地闯进来,你们以为酒店的东西是你们自己家里的吗?

为了防身,我握着一根木棒,躲藏在酒店一侧的拐角,这里光线黯淡,那些家伙不容易发现我。没过多久,他们鬼头鬼脑地溜了出来，看样子，他们已经得手了，得意的脚步轻得没有发出一丝声音。等他们走近了，我猛地一跳，从拐角里闪出来挡住他们，举着长木棒，大吼一声，给我站住。

三个家伙吓了一大跳，怔了怔，看见只有我一个人，迅速地冷静下来。看来，他们都是老手了，不然，不会这样镇静，肯定会吓得撒腿逃跑的。他们慢慢地朝我走拢来，有个人还拿出一张票子，低声对我说，大哥，我们都是混饭吃的人，你也不容易，连觉也睡不成。这一百块钱，大哥如果不嫌少，就拿去买烟吧，我们以后还会感谢你的。

这些家伙居然也想拉拢我。我姜如山是什么人？王进安、仇海棠我都不放过，我哪里还会放过你们这些小杂种？我意识到自己是单枪匹马，所以，我说，喂，你们如果懂事的话，就把东西放下，我也不报警了。如果不听我的，那你们就会倒霉，谁让你们碰到了我呢？

有个人嘀咕说，这个家伙的脑壳肯定进了水。

我最听不得这样的话，我气壮山河地说，算你说对了，我脑壳就是进了水，怎么样？

他娘的脚，在家里，我老婆这样说过我；在厂里，有人这样说过我；在酒店，王进安、仇海棠他们也这样说过我。想不到，这些家伙又这样说我。

我认了。

我以为他们会向我投降的，乖乖地放下赃物走人。谁知我今晚碰到了一伙亡命之徒。他们突然一齐冲上来，我根本还来不及挥动木棒，就被他们猛地扳倒在地，我使出浑身的力气也无法挣脱。我想，我是不是老了呢？怎么连三个小杂种也奈何不了呢？我打铁的那几斤力气跑到哪里去了呢？

三个家伙还真有点狗力气，手脚也十分迅速。他们害怕我叫喊,所以,在扑向我的那一瞬间,就把我的嘴巴死死地捂上了,还塞了一只臭袜子;然后,用绳子把我绑起来,狠狠地用脚踢我。

其中有个家伙——就是那个企图拿钱收买我的人——竟然抄起木棒拼命地抽打我,我无法叫喊,也无力反抗。他就像我当年打铁一样,一下一下的,把烧红的铁块打得火星迸绽。我痛得无法忍受,有一股腥咸的液体流进我嘴里。我晓得,这不是我的眼泪。我没有哭,我怎么会哭呢?

三个歹毒的家伙一边打我,一边低声地骂道,你娘的脚,敬酒不吃吃罚酒,老子让你躺到医院去。

此时,我多么希望值班的保安出来。如果他们出来,我就不会吃这个苦头了,我们一定会把这三个家伙捉拿归案的。当时,我绝望极了。我想,如果今晚他们把我打成了残废,我这辈子又怎么过呢?

三个家伙狠狠地把我打了一餐,然后,把我抬起来,像甩麻袋一样,把我丢到我先前躲藏的黑暗拐角里,他们迅速地逃跑了。

13

那些家伙真没有说错,他们让我躺在医院了。

那几天,都是由钱宝宝招呼我的。钱宝宝说要告诉我老婆,我坚决不答应。我说我的崽要读书,老婆在家要煮饭菜,千万不要影响他们。

钱宝宝这个后生很爱哭,跟我说着说着,泪水就扑扑地掉了下来。钱宝宝非常后悔地说,姜叔,我要是跟你在一起就好了,我说过要跟你出来看看的,你硬是不答应,你看你现在这个样子……

我故意轻松地笑笑,说,你姜叔是打铁出身的,筋骨结实,他们就是想打我个残废,也没有那么容易。

在医院的那几天,我给钱宝宝说了一个故事。

我说,从前,有个乡下人,爷娘在他很小的时候就去世了。这个人没有家教,从小养成了好吃懒做的习惯,没有吃的穿的怎么办呢?就做了三只手——偷。俗话说,兔子不吃窝边草。他不仅偷外村的,连自己村子的也偷。偷鸡偷鸭偷鱼偷米,只要能偷走的,什么都偷。人家发现了就狠狠地打他,打得一身伤痛,他也不晓得悔改。后来,他好不容易成了家,仍然是个懒汉,什么正经事也不做。他老婆不知劝过他多少回,他也不听。有几年,天灾人祸,大家穷得无米下锅。有一次,他出去偷东西,发现有户人的厨房摆着一碗稀饭,他溜进去,悄悄地把那碗稀饭偷走了。他不晓得,人家的小崽快饿死了,等着这碗稀饭救命的。他回到家,跟老婆痛痛快快地把稀饭吃掉了。不多久,传来了消息,说那家人的小崽活活地饿死了。因为那碗救命的稀饭,不晓得被谁偷走了,那为娘的一气之下上了吊。这个人的老婆听到之后,回来骂他打他,说他没有良心,硬要跟他离婚。那天,这个男人也很奇怪,任老婆打骂,居然也不回手。半夜时,等到老婆睡了,他起了床,拿起菜刀,一刀斫断了三根手指头。从此之后,他再也没有偷过东西了。这个人的命不长,在他快要断气时,把崽叫到床前,说,崽嘞,我就要走了,我只对你说一句话,你长大之后,哪怕再苦再穷,也不能偷人家的东西。说完,闭上了眼睛。

钱宝宝听得非常入迷。

我说,钱宝宝,你晓得这个斫手指头的人是谁吗?

钱宝宝摇摇头。

我说,就是我的爷老倌。说罢,我流泪了。

钱宝宝目瞪口呆,又若有所思地点点头。

我紧紧地抓着钱宝宝的手,说,钱宝宝,你说说,姜叔的脑壳是不是进了水？

钱宝宝摇摇头。

我又说，钱宝宝，你说姜叔是不是没用的男人？

钱宝宝还是摇摇头。

保安部的人都来看过我，问寒问暖的。我却从他们的眼神里可以看出来，他们多多少少有些幸灾乐祸，并没有多少真正的同情和关心。他们甚至希望我的手脚被人打断，他们甚至议论我，说我是没有用的男人，被人打成了这个鬼样子——当然，这都是我的猜测。也许，他们没有这么想过。他们像一阵风飘来，又像一阵风飘走。王进安也来了，他没有说话，紧紧地握了我一下手，脸上流露出一丝愧疚；而在我心里，并没有因此激起一丝感动的波浪。

这个时候，你说我最盼望谁来看我？我最盼望的是仇海棠。她却没有来，她不可能不晓得我挨打的事情。何况，酒店又不像一个国家，哪里发生了一点事情别的地方有可能不晓得。我也不明白她是怎么想的，她难道也像别人那样幸灾乐祸吗？或者说，她在深深地为我感到伤心吗？抑或是，为她过去的所作所为感到悔恨？

我没有想到，曾总居然也来看我了，还带来了鲜花和礼品。此时，病房里只有我和他，其他病人到外面散步去了，钱宝宝也帮我买东西去了。我很想趁这个机会，好好地跟曾总谈谈，说说我的心里话，说说酒店里的事情。还没有等到我开口，曾总就迫不及待地说要走了。他好像猜测得到我会对他说一些事情的，急忙推脱说，他实在太忙了，叫我安心治伤。他跟我握握手，然后，匆匆地走了。

挨打的那天夜晚，我以为这辈子完蛋了，手脚断了，落下个残疾，无法向生活和家庭交代了。后来，酒店的人终于发现了我，赶紧把鲜血淋漓的我送到医院。一照片子，真是万幸，筋骨没有问题，只是受了一点皮肉之伤。

我可以在医院躺上一段时间的，我实在是太累了，我可以趁机休息休息，以恢复我疲惫不堪的身心。而我在医院仅仅住了五天就出院了，医生不准我出院，说，你的伤还没有好。钱宝宝也不同意我走。我苦口婆心地说服了医生，又对钱宝宝说，钱宝宝，你一定要听姜叔的话，我没有断筋骨，皮肉之伤，担心什么呢？

　　钱宝宝毕竟拗不过我，只好答应我出了院。

　　我的样子一定很难看，脑壳和胳膊上都缠着纱布，走路一拐一拐的。当我走进酒店时，许多员工和客人惊讶地看着我，好像我是一个从深山老林走出来的怪物。

　　曾总在走廊上碰到了我，惊讶地问我怎么就出院了。我说我待不住，我说我还是回来上上班舒服一些。

　　曾总听罢，沉吟一阵，然后，面有难色地说，哎呀，你也不是不晓得，酒店的效益不好，人太多了，我看你还是先回家休息吧，等到酒店需要人手了，我再通知你，好不？他装模作样地用商量的口气对我说。我却一眼看穿了他的心思，他是借故炒我的鱿鱼。

　　我淡淡地笑笑，说，我就走。

　　曾总松了一口气，拍拍我的肩膀，说，还是老革命通情达理，你快到财会那里把这个月的工资领了吧。然后，又假心假意地拿出两百块钱塞到我手里，好像十分抱歉地说，这是我个人的一点意思，真是拿不出手嘞。又说，你要常来看看嘞。然后，匆忙地走了。

　　当时，我真想当着他的面，把两百块钱愤愤地甩到地上。他娘的脚，搓麻将，几万几万地输出去；一餐饭，几千几千；我为酒店的利益挨了打，受了伤，你不仅不表扬不奖励我，居然还把我炒掉，居然还像打发叫花子一样给我这点钱。

　　当时，我还想冲上去揪住这个死胖子，当众狠狠地打他一餐，出口恶气。我绝对要拿出我打铁的力气来，打得他七窍来血。然后，把他送到公安局或别的什么部门，叫他老老实实地交代自己的问题。然后呢，判他几年牢，叫他尝尝铁窗的滋味。

当时，我心里的怒火呼呼地燃烧起来，像锻工车间的炉火，耀眼出灼人的火舌，凶猛而疯狂地朝外面一舔一舔。我真的想发作，我已经控制不住自己了。

当我看到身上缠着的白纱布，感到浑身疼痛时，我迅速地控制了冲动，把钱塞进口袋。

然后，我到财会那里拿了工资，又去宿舍清理行李。我本来想去跟仇海棠告别的，不管怎么说吧，我和她毕竟还是有一段情缘吧。我想，她肯定也不会有好脸色给我看的。脸色不好看，就不好看吧，说不定，我和她此世此生再也看不到了。

我一拐一拐地走到她宿舍，其实，我明明晓得她此时不在，她肯定打扫卫生去了。现在，她是在厨房的坪里打扫呢？还是在大厅打扫？抑或是在办公室打扫？我仿佛听到她扫地的声音，那声音轻轻的，十分悦耳。她的腰身微微地弓着，脚步碎碎地朝前移动。

她宿舍里，只有一个叫王嫂的女人在看相片。我把两百块钱递给王嫂，说，王嫂，请你把钱交给仇海棠，这是我借她的。

王嫂疑惑地说，你直接给她吧。

我说，我没有找到她，再说，我马上要回家了。

然后，我去向钱宝宝告别。他是我唯一可以告别的人，他在医院招呼我这么多天，真是辛苦他了。

而对于其他人，我一律不想见了，即使是王进安，我也不想看到他。我明白，他已经是一块摔碎的沾满了污泥的玉，我不想再跟一块破碎的玉告别。

钱宝宝不在宿舍，正在洗衣房洗衣服。我说，钱宝宝……姜叔要回家了。

钱宝宝一听，明白是怎么回事，泪水在眼眶里一耸，流了下来。他湿淋淋的手紧紧地抱着我，哭着说，姜叔，我舍不得你走……

我轻轻地拍着他的背，说，姜叔也舍不得你。在这个世界上，对有些事情我们是无可奈何的。姜叔只对你说一句话，你在这里一天，就要做一天称职的保安。

钱宝宝唏嘘地点点头。

这时，我还希望看到一个女人，那就是曾总的妹妹。如果不是她，我就不会来到这个酒店，就不会经历这么多刻骨铭心的事情；当然，最终也不会挨一餐臭打，以致遍体鳞伤。

我不晓得，到底是感谢她呢，还是不感谢她。如果此时看到她，我该说些什么呢？我会说你哥哥是一个十足的败家子吗？我会说金字塔酒店早晚会被他搞垮吗？我可能什么也不会说，我只是希望她的病能够被早日治愈。

回家的那天，天气很不错，像金子般的阳光射下来，如同我在铁砧上敲打出来的流光溢彩，像我刚来城里的那天一样。

雪白的月亮

1

林立忽然想起要去坐坐电梯。

活到四十几岁了，他还没有尝过坐电梯的滋味。

林立到城里打工已经一个多月了，比他先来的有堂弟和子以及村里的又生。他们家离城里很远，坐一截汽车之后，还要坐一截火车，回去一趟很不容易。其实，按照林立的本意，是不想出来打工的，他不像其他人只想赚钱。他不同，他对生活有自己的理解，他愿意生活过得清苦一点，只要每天能够跟婆娘以及崽女在一起，享天伦之乐，也就十分满足了。村里人外出打工的不少，屋里只留下了老人跟细把戏，乡村生活突然像缺少了什么。虽然打工人过年回家，大包小包的扛在肩上，但从他们脸上能够看出来，仍然漂着挥之不去的寂寞和思念。后来，林立也不得不走上打工之路，两个崽女读书，大崽就要读高中了，学费实在太昂贵。他忽然感到了拮据，他不想让大崽失学。大崽是个发狠的人，一定要供他上学。

可以说，林立是村里最后一个外出打工的中年人，他去了和子跟又生的工地。临走时，和子跟又生的爷娘对他说，林立嘞，我们都不放心他们嘞，你去了，我们就放心了。你要提醒他们，千万不要弄伤残了。如果有个三长两短，我们怎么办呢？林立安慰说，我会提醒他们的，再说，他们比我先去，有经验，一定会小心的。

林立记住了和子跟又生爷娘的话，每天上工，都要叮嘱他们注意安全。和子跟又生很高兴,见林立来了,让他睡在两人的中间,说这样躺在床上说话方便。他们睡在工棚的角落里,又生贴着墙壁睡,林立睡中间,再过来是和子。那几天,他们特别兴奋,晚上叽里呱啦地说个不停,两人不断地问林立村子里发生的故事。

工棚是用篾席搭成的,十分潮湿。床是大通铺,下面用红砖垫着,再用两根长长的木头架起来,然后,铺上木板。林立刚来时,几天都睡不着觉,腰痛得厉害,很不习惯。一觉醒来,眼睛红红的,像牛斗红了眼睛。和子问,立哥,你没有睡好吧?林立说,硬邦邦的木板,哪里睡得?又生笑起来,说,再睡几天,就习惯了。又说,是不是没有搂着嫂子睡就不习惯?

和子跟又生早来三个月,对这个城市自然比林立熟悉。晚上,如果没有加班,两人就带着他大街小巷地转,嘴里吹着不成调的口哨,摇摇晃晃地走着,好像是这个城市的主人。林立跟在后面,张着惊讶的眼睛,默默地注视着这个陌生的灯红酒绿的城市。他觉得自己非常渺小,渺小得像一只炸掉的灯泡,谁也不会注意。

在家里,他没有这种感觉。

走累了,和子跟又生叫林立在马路边坐下来,然后,盯着来来往往的女人。绝大多数的女人对他们置之不理,甚至,连看他们一眼的意思也没有。当然,也有年轻的女人(虽然长相不怎么样)向他们眨眼睛。和子抓着乱糟糟的头发,顿时兴奋起来,眼睛放光,说,你们看到没有?刚才那个女人在看我嘞。和子自鸣得意、手舞足蹈地说着,又叹息一声,说,又生老弟,我们也是没有钱嘞,不然,也去美美地睡她一回。又生嘴巴上滴着口水,说,我问过的,太贵了,要一百块钱一回,我们一个月才几百块?这不是要我们的命吗?和子说,我们这么大了还是黄花崽,真是卵都不抵。又生附和说,的确不抵。

林立没有插话,理解地笑了笑——他们毕竟还没有结婚,二十多岁了,也没有尝到女人的滋味。其实,两个后生也相过亲的,只是现在的妹子家眼光太高,哪里还看得起他们?现在的乡村不像以前的乡村了,以前生崽是大喜事,能够传宗接代;现在却不一样,生女的一丝也不差。如果你不相信,就到乡村看看吧:那些砌了新楼房的,都是女赚回来的钱;那些仍住破烂屋子的,根本不用问,肯定生的都是崽。生崽跟生女的区别,现在仅仅在于传宗接代了。

这时,和子说,立哥,来这么久了,想嫂嫂不?

林立无声地笑了笑,然后说,想也是白想。他觉得还是在屋里好,想睡婆娘了,把裤子一扯,不必在这里白想。

那天,他跟着和子他们在街上走着,忽然看见一架观光电梯上上下下,心里很羡慕那些坐电梯的人——他们不仅能够上下,还能够看外面的世界。林立认为,那些坐电梯的人很幸福,他也想去幸福一回,尝尝幸福的滋味。在工地上,林立站在还未砌成的楼上往下看,什么也看不到。楼房在城郊,四周一片荒凉,跟乡村没有什么区别。再过去一点,才是一所大学。他们每次去城里,都要经过那所大学。看着那些大学生,林立想,自己的崽如果以后能够考上这所大学,那真是祖坟冒烟了。

林立很想让他们带自己去坐一次电梯,却担心他们笑话,说他是个十足的乡巴佬。他们是有资格骂他乡巴佬的。每次到街上,他跟随他们,东张西望,和子跟又生就嘲笑他,说像你这个样子,人家一看,就晓得是头一回进城的。所以,后来林立也不敢东张西望了,眼睛直直地看着前面,目不斜视。当然,趁着和子他们没注意,他还是憋不住偷偷地左右观看。

有时,林立觉得自己像贼。

所以,他决心单独去街上,尝尝坐电梯的幸福滋味。那架电梯,对他的诱惑力实在太大了。那天,他借口说要到街上给崽买钢笔,特意换上洗过的衣服,把旧皮鞋用破布擦了擦,有种焕然一新的感觉。和子怀疑地看着他，堂哥从来没有单独上过街的，就说，立哥，你不要迷了路嘞。林立点点头，马上把眼睛别开，说，我鼻子下面长着什么东西？我难道不晓得问吗？他担心和子看出自己在说谎，就匆忙地走了。

林立一边走着，一边渐渐地产生了幸福的感觉。他觉得很有味道，还没有坐电梯，身上怎么就有了幸福的感觉呢？仔细想想，应当说是兴奋才对。林立来到街上，看到了那栋有观光电梯的楼房，走到大门口，只见一个穿制服的保安站在那里。那个保安很年轻，二十多岁，冰冷的圆脸，眼睛四处扫视。林立犹豫起来，担心别人看出自己内心的想法——那个想法，是多么的可怜和卑微——那保安会不会不允许他坐电梯？

林立犹豫许久，仍然打不定主意。有那么一闪念，他想转身走人；而来街上一趟也不容易，不坐坐电梯心里有所不甘。他睁大眼睛，看了看大门边挂着的许多烫金的牌子，那都是各个公司的。突然，他有了主意。

林立鼓起勇气走上去，微笑着对保安说，我要到十八楼的大华公司，找我的亲戚。

那个保安的态度还不错，说，你坐电梯上去吧。

林立非常感谢这个保安没有看不起他这个乡下人。也许，保安也是乡下人吧？

林立走进电梯，看着里面的那些按钮，脑子顿时发晕，他不晓得怎么揿按钮。林立马上走出来，羞愧地对那个保安说，保安同志，我……我不会上电梯，请你……教教我吧。

那个保安的态度真是世上少见——理解地笑了笑，把林立带到电梯跟前，告诉他怎样揿按钮，上楼层，以及开关门的方法，然后说，你上去吧。

林立仍然不放心，小心地问道，坐一次要多少钱？

保安笑起来，说，不要钱的。

林立惊讶地说，世上竟然有这样的好事？

保安不想跟他啰唆，挥挥手说，你上去吧。

林立站在电梯里，揿了按钮。从一楼坐到十八楼，然后，又从十八楼坐到一楼。他望着外面的世界，那些人呀车子呀，都在他眼里变得十分渺小。他觉得自己好像飞了起来，像神仙一样腾云驾雾，而且，不需要翅膀。林立不由得感慨万千，如果把婆娘跟崽女带来坐坐电梯，那该多好。现在，林立只是一个人有幸福感，如果全家人来，那么，全家人都有幸福感了。

那天，也该是老天爷让他幸福一回，一时间，竟然没有人上下。林立升上去又降下来，降下来又升上去。大街上的人呀车子呀，小了又突然变大了，大了又突然变小了。

林立兴味盎然。

坐了几个来回，林立想，自己也不要太贪婪了，坐了几个来回很好了，所以，他想下电梯了。这时，电梯突然不动了。林立吓得要命，不晓得发生了什么事情，电梯悬在半空中，上不得，下不得。大街上的那些人呀车子呀，好像永远定格了。汗水从身上流下来，像河流决堤。更让他感到害怕的是，如果电梯突然掉落下去，自己岂不是会一命呜呼了吗？

林立使劲地拍打着电梯，大声叫喊，可谁也没有听见他的求救声。他几乎吓瘫了。正在他绝望时，忽然听见有人在电梯外面搞来搞去的。他想，大约是救他的人来了吧？所以，他更加猛烈地拍打电梯，催促外面的人赶紧把他解救出来。

好不容易，电梯门终于打开了，外面有三个人，其中一个是那个圆脸保安。林立惶惶不安地走出来，满面泪水地对保安说，是我错了……我再也不贪小便宜了。接着，狠狠地扇了自己一个耳光。

保安惊讶地说，你打自己做什么？这是停电嘞。

林立却绝对不相信。他始终认为，肯定是保安看自己上上下下地玩耍，所以，故意惩罚他。然后，林立狼狈不堪地溜走了。

回到工地，和子问他买到钢笔没有，林立只说没有合适的，不是太便宜，就是太贵。他没有说坐电梯发生的意外，如果说出来，也太没有面子了。

2

林立到工地，尝到了民工的苦累。

其实，苦累林立倒是不怕，从小跟苦累打交道，已经练出了吃苦吃累的本事了。只要注意安全，不摔断手脚，再苦再累，咬咬牙也挺过去了；何况，还有工钱在等着你拿嘞。让人感到比苦累更加难受的是，这里没有家庭的温暖，没有妻儿的身影。生活枯燥极了。现在，他觉得婆娘的嘀嘀咕咕倒是很温馨的，也觉得喂养的猪呀鸡呀狗呀很可爱。这里呢？下工之后，人们不是像猪一样呼呼地睡觉，就是埋头打牌，或喝闷酒，打发这寂寞而单调的日子。

林立跟和子、又生都是小工，搬运红砖、水泥、河沙。幸亏现在不必挑着担子，一层层地走跳板往楼上送了，那样既苦累又危险。现在有升降机，红砖、水泥什么的，只需他们装到升降机上，然后，升到某个楼层，再把它们卸下来。林立每天都提醒和子跟又生戴安全帽，看见他们取下安全帽扇风，马上催促说，赶快戴上，万一砖头掉下来了呢？和子跟又生很听话，迅速地把帽子戴上。

林立来工地还没有一个月，工地上就接连出了三次事故。一次是那个往粉碎机里倒石头的人，姓王，江西人，不知是太疲惫，还是忽然走神，把石头倒进搅拌机时，他整个身子竟然也跟着"倒"进去了。操作员一时慌张，没来得及关电闸，姓王的身体被搅得粉

107

碎，惨不忍睹。姓王的女人带着崽女哭天哭地，人们的心都被哭碎了。第二次，是个姓张的人，在楼上卸红砖，卸着卸着，不知怎么从高楼上掉下来，像一只大鸟，幸亏下面有防护网，不然，就没命了。

第三次是这样的。当时，林立他们都在往升降机上装红砖。他们先把红砖装在斗车里，再拖着斗车，连车带砖送到升降机上。当林立把装着红砖的斗车推进升降机，再拉着空斗车去装红砖时，突然发现长长的一堵围墙坼裂了，摇摇欲坠，而和子跟又生正站在墙边往斗车里装红砖。林立急得大叫，和子又生，快跑。和子跟又生先是怔了怔，然后，赶紧惊慌地跑开了。他们刚刚离开，那堵墙哗的一声垮塌了。又生跑得急促，重重地摔倒在地上。

林立飞快地跑过去，扶起又生，说，没事吧？

三个人都吓坏了。林立说，如果我没看到，你们就出大事了，两条命嘞。

和子一脸的惊慌，他抹一把脸，壮着胆子说，立哥，我们不会出事的。

林立瞪大眼睛，凶凶地说，你以为你是神仙吗？不注意就会出事。谁也不能吹这个牛皮。

又生拍拍胸脯说，我们命大嘞。

林立板着脸说，我警告你们，千万不要麻痹大意，这不是开玩笑的，人有几条命？

所以，在工地上，林立每时每刻提心吊胆的，自己不能出事故，如果出了事故，婆娘和崽女这一世就惨了；和子跟又生也不能出事故，他们才二十几岁的人，还没有成家的。

每天散了工，许多人在工棚里打牌，打得昏天暗地。和子跟又生从不打牌，他们觉得打牌没多大味道，喜欢到街上走走。林立也不打牌，老是待在工棚里，也觉得很沉闷；所以，经常跟随和子他们上街走走。

有一天，两人叫林立到街上逛逛。林立说，今晚我不想出去，太累了，要去你们去吧。他明白，两个后生喜欢到街上看女人。

和子神秘地说，立哥，我们今晚带你去看录像。

又生附和说，立哥从来也没看过的，不晓得那个味道。又生使劲地搓动着双手，说，那个味道好得很嘞。

两人软劝硬拖，把林立从床上拖起来，拉到工棚外面。他们走过那片空寂之地，又经过那所大学，朝很远的一条小街走去。

走着走着，林立问，看录像要钱的吧？

和子说，当然要钱，只有在街上看女人不要钱。说罢，跟又生嘎嘎地大笑起来。

工地离城里有不短的一段距离，如果一个人拖着疲倦的双腿，是很难走完的。当然，有三个人说话，那种疲倦就不觉得了。

终于来到一条小街上，小街上有美容店、歌厅，也有录像厅，都是小规模的。粉红色的灯光，从那些玻璃门内射出来，一种勾引、一种诱惑，像是挑逗着人的欲望。

这时，林立突然被一阵歌声吸引住了——

  城里的月光把梦照亮，
  请温暖他心房，
  看透了人间聚散，
  能不能多点快乐片段。

  城里的月光把梦照亮，
  请守护他身旁，
  若有一天能重逢，
  让幸福洒满整个夜晚。

林立不懂音乐,却觉得这几句歌词写得太好了,旋律也很好听,让人有一丝温暖感,也让他想起了婆娘跟崽女。他不晓得这个歌名叫什么,心想,也让月光把我的梦照亮吧,我的梦就是要多挣钱,要让崽女有书读,要亲人平安。他抬头朝天空上看去,月亮朦胧,像也在做梦。

过门奏罢,歌声又响起,林立感到很温馨。忽然,他不走了,想再听听。

又生说,哎,立哥,你怎么不走了?

林立说,我想听听这首歌。

又生拖着他走,说,听个毛!这有什么好听的?哪里比得上录像好看呢?

和子跟又生熟门熟路的,带着林立径直往一家录像厅走去。那家录像厅很小,门口亮着粉红色的灯光,显示着快乐录像厅五个字。小门窄窄的,显得有些神秘,他们走进去,好像要和犯罪分子接头。

林立为自己这个突如其来的联想,感到有点得意。

录像厅里面很破旧,墙皮脱落了,一排排长长的板凳呆头呆脑的,观众随来随坐,没有什么讲究。终于,他们在光线黯淡的屋里坐了下来。和子跟又生神秘地对视一眼,意思是把林立叫来了,可以让他见见世面了。

录像厅里坐着满满的人,大都是民工,他们在叽里呱啦毫无顾忌地说着话。烟雾缭绕,空气十分浑浊。有人在大声地咳嗽,很响亮。似乎是条件反射吧,林立不由得也跟着咳了一下。没过多久,录像开始了,观众的说话声顿时消失了,大家眼睛鼓鼓地望着宽大的屏幕。那些男女热辣的镜头,以及肆无忌惮的呻吟声,让林立感到十分难堪,心里噗噗乱跳。他是第一次看这种录像,不由得面红耳赤——婆娘如果晓得他在看这样的录像,还不晓得会怎样恶骂他。

林立的确害怕婆娘——也许说害怕严重了,应当说是谦让。婆娘乖态,比他小七八岁,平时对林立管得很严。如果林立多看了哪个女人一眼,婆娘就要嘟着嘴巴嘀咕,夜晚在床上故意不让他解裤子。虽然现在婆娘管不到他了,林立在心理上还是害怕婆娘。他感觉到婆娘厉害的目光远远地射了过来——风尘仆仆地穿过了四百里路程,然后,射到录像厅。

他低下眼睛,有点害羞,瞟瞟周围的人,人们都抬着脑壳伸长脖子,在痴痴地看着。和子的眼珠鼓突,像要掉下来了,不时激动地抓抓头发。又生却不停地吞口水,像一只口渴的猴子。林立又把眼睛抬起来,渐渐的,看得入神了。那些肆无忌惮的镜头,让他浑身的血液猛烈地冲刷起来,裤裆下面也跟着有了强烈的反应。他不晓得和子跟又生有反应没有,也不晓得那些人有没有。他在想,自己四十多岁的人都有了反应,他们这些身强力壮的后生,哪里会没有反应呢?有时,他意识到自己看得太专注了,有点不好意思,假装吐痰,借以掩饰自己的表情,然后,继续看。他的这种遮遮掩掩,其实大可不必,谁也没有注意他,就连坐在身边的和子跟又生也没有注意他。林立心里很矛盾,既希望这种让人脸红心跳的录像快点放完,又希望它继续放下去。

从录像厅出来,又生笑嘻嘻地说,立哥,好看不?

林立不置可否地嗯一声。他忽然想起了什么,胆怯地说,喂,这样的事情,回去千万不要对你们嫂子说嘞。

和子说,立哥,你放心,男人的事怎么能够对女人说呢?

又生说,立哥是害怕嫂子晓得,回去要跪搓衣板的。

林立仍然不放心,停下脚步,说,我不相信你们说的话,你们要发个誓。

和子跟又生听罢,哈哈大笑,说,立哥,你怎么像个细把戏呢?然后,又非常理解地说,好好,我们发誓。

和子抓抓头发,说,我如果说了,就是一头猪,一头蠢猪。

又生接着说,我如果说了,我就是一条狗,一条癫狗。

林立严厉地盯了他们一眼,这才放心地往前走去。

连林立也没有想到的是,那晚上他睡得十分香甜,甚至还做了梦。在梦中,他梦见自己跟婆娘在床铺上翻江倒海,两人像猛虎般,酣畅淋漓。打了水铳之后,他忽然醒过来了。工棚里一片漆黑,鼾声一波一波地推送着疲惫和梦想。

对于看录像,林立是这么想的,虽然对婆娘很是愧疚,可那终究是纸上谈兵、画饼充饥而已,没有多大关系,对婆娘也不会造成什么伤害。实在是工棚的夜晚太难挨了,不然,他也不会看的;再说,这也不会出什么事故。他觉得最大的事莫过于出事故,三个人,无论是谁受了伤,或出了人命,他都难以交代。

3

世界上有些事情,一旦有了第一次,就会有第二次、第三次。比如男女之事,比如赌博,再比如看录像,都会成瘾的。

当他们第二次去看录像时,却出了个麻烦,林立竟然跌进了化粪池。

那天,他们三个人又去快乐录像厅,正看得入迷,突然有人大喊,派出所的来了。

一时间,观众们吓得纷纷往外逃跑,录像厅顿时像个跑马场,跑动声、惊叫声,一片混乱。林立三个人朝着一道小门跑去。录像厅有三道门,派出所的人只堵住了那道大门,而两道小门,一道往南,一道往北,竟然没有人堵。和子跟又生迅速地往南边的小门冲去。林立本来是跟在他们后面的,跑着跑着,于混乱和情急之中,却往北边的小门冲去了。

林立冲出去之后,哪里敢停下来呢,一路狂跑,跑得连心脏都快跳出来了——如果被抓住,是多么的丢人!他慌不择路,加之又没有路灯,漆黑一片,他简直像只跳蚤,在黑暗中跳来跳去。他逃跑的那个方向,根本没有路,只有一块狭长的空地。这里是个死角,空地上堆满了垃圾,还有一些坛坛罐罐,臭不可闻。林立想往回跑,又一想,如果往回跑,不是自投罗网吗?他惊慌地朝后面看了一眼,发现没有人往这边跑来,也没有派出所的在追赶。他暗暗地感到庆幸,却还是不敢有半点松懈,继续拼命奔跑。跑着跑着,脚下突然一空,整个身子掉了下去,幸亏在那一刻,他本能地用双手去抓,结果抓住了坑口的边缘。

他闻到了浓烈的屎尿臭气——天啦,原来掉进了化粪池。

一大截身子泡在粪水里,林立暗暗大骂,是哪个绝子绝孙的,居然无聊到极点,把化粪池的盖子揭开了。林立又气又怒,幸亏脑壳没有掉进去,不然,非吃几口屎尿不可。林立丝毫也不敢怠慢,双手赶紧用力地往起撑,把身子慢慢撑上来。整个身子上来之后,他走了几步,然后,湿漉漉地坐在地上,臭气熏天。这时,他竟然不紧张了。他想,老子现在这个卵样子,即使派出所的来了,老子也不害怕了。老子都沾了一身粪水了,还有什么可怕的?害怕的应该是他们。他们敢走过来吗?

林立喘着粗气,不晓得下一步怎么行动,看一眼从远处那扇门里透出来的微弱灯光。他听得见里面那喧哗的声音。他不晓得和子跟又生是否跑掉了,他希望他们不要被抓住。他想把臭不可闻的湿漉漉的衣裤脱下来,又一想,难道穿条短裤走出去吗?人家不把他看成个癫子才怪呢。

一直等到录像厅没有了人声，林立才慢慢地站起来。他想，派出所肯定处理完了。然后，他蹑手蹑脚地朝那门口走去。走到门口，他还是不敢贸然地闯进去，只躲在门边小心地往屋里观察，发现里面没有派出所的，也没有观众，只有那个女老板神情沮丧，独自坐在最后面的座位上，靠着墙壁，呆呆地抽烟。她一定被重重地罚了款。

林立憋足了气，做好冲刺的准备。突然，他发疯似的朝南面的那道门奔跑而去。他听见女老板一声尖叫，她一定被眼前这个突然出现的湿漉漉的男人吓坏了，她一定不明白这个男人为什么要惊惶失措地疯跑。

林立从录像厅穿过，飞快地从南面的小门窜出去，然后，沿着巷子飞奔。他浑身臭气，吓开了三三两两的路人，他听见有人在骂他癫子。林立边跑边说，你娘才是癫子，我没有癫。他想，我如果慢慢地在小街上走，我肯定会癫掉的。

终于离开了是非之地。城市的边缘已陷入一片黑暗，让人产生一种恐怖感。

这时，忽然听到有人喊他，他陡地吓了一跳。

立哥，别害怕，是我嘞。哦，是和子的声音。

他慢慢地走过去，原来和子跟又生在等他。和子说，我们担心你被抓了。然后，和子跟又生同时尖叫起来，喂，立哥，你怎么浑身臭气呢？哎呀，滂臭的嘞。

林立沮丧地说，别说了。

又生说，还不赶紧去河里洗洗！

不远处有一条河，和子跟又生捂着鼻子陪着他走过去。两人距离林立很远，不断地催促说，立哥，你快点走啰，一世界都是臭气嘞。

林立一边走，一边动手解衣服，然后，走进河里。河水有点凉，林立发癫似的大洗一通，又把衣服反来复去地搓，洗了许久，才穿着短裤走上来。

和子问，立哥，你到底怎么搞的？

林立这才说出了事情的原由。

和子跟又生一听，禁不住哈哈地笑起来。

林立恼怒地骂，你们笑死？又说，不要说出去嘞。

和子跟又生说，我们不说，我们不说。

和子责怪地说，你如果跟着我们往南边跑，不就没有事了吗？

4

看来，和子跟又生的嘴巴太不牢靠了，到底还是把林立跌进化粪池的事情说出去了。当然，他们没有说是看录像害怕派出所抓才掉进化粪池的——毕竟还是给林立留了一点面子——只说是没有路灯，一不小心才跌进去的。所以，工地上的人老是嘲笑林立，说林立大概是很久没有跟屎尿打交道了，想念它们。还有些人更可恶，见到林立，故意伸出手，在鼻子上扇来扇去的，好像他身上还是臭不可闻，搞得林立十分恼怒。他把和子跟又生狠狠地骂了一餐，说，你们的嘴巴比屎尿还要臭嘞，你们的嘴巴哪里这样忍不住呢？他甚至发誓说，我以后再也不去看录像了。

林立一言既出，果真再不看录像了，不论和子跟又生怎样劝他，甚至还说请他的客，他也坚决不去。他自嘲地说，我害怕再掉进化粪池里，让别人的嘴巴不清闲。

一到发工钱的那天，民工们都很高兴，林立也很高兴，他似乎看到了婆娘的笑脸。

和子说，立哥，今天发工钱了，我们去喝点酒，好吗？

林立说，没问题。

工钱一般是趁吃饭时发放的，不至于耽误工夫。那天吃了午饭，准备上工了，却还没有发工钱的迹象。大家的心理不平衡了——每天累死累活的，不就是盼望着这一天吗？这突然没戏了，心脏里像掉落了一根横梁。人们先是嘀嘀咕咕的，嘀嘀咕咕成了气候，就渐渐地愤怒起来了，纷纷找到那个大嘴巴包工头吵闹。吵着闹着，形势开始恶化，有人气急败坏地挥起工具要打大嘴巴。

大嘴巴也不是那么好惹的，看形势不妙，害怕吃哑巴亏，赶紧摸出手机打电话。没过多久，突然从外面开来一辆车，一车人都戴着黄色的安全帽，手里拿着一米多长的铁棍，像一群恶狼，气势汹汹地冲进工地。民工们先是仗着人多势大，不太害怕，怒吼着，叫喊着，打呀打呀，我们不想活了。还有些人纷纷地从工棚里跑出来，手里拿起家伙，冲上去，跟冲进工地的人激烈地对打起来。

本来，林立三个人也跟着别人问大嘴巴讨要工钱的；可看到车子气势汹汹地开进来，林立顿觉不妙，想赶紧把和子跟又生叫开。而此时，和子跟又生早已拿了家伙，血红着眼睛，骂骂咧咧地要冲上去。

林立挡着他们，劝道，你们绝对不能去，如果打断了手脚呢？

和子愤怒地说，他们这样欺侮人，我们决不能无动于衷。说着，又吼着要往前冲。

林立伸开双手挡着他们，气愤地说，你们要打，就打我，你们绝对不能去。他担心和子、又生跑掉，用吃奶的力气，拼命地拖住他们。然后，三个人远远地站在一边，怔怔地看着那一场混战。

叫喊声、哎哟声、咒骂声、铁器尖锐的撞击声，乱响一片，工地上极其混乱。有人流着鲜血倒在了地上，也有人正抱着脑壳惊慌地逃跑。阳光静静地洒在大地上，似乎有一丝颤抖。

林立不断地拼着力气大喊，你们别打了，别打了嘞。

谁也不听他的。此时，双方像癫了一样，拼命地厮打着。渐渐地，对方占了上风。民工虽然人多，却很快处于劣势。尽管他们理直气壮，却没有对方那样的凶狠和歹毒。对方打得十分凶猛，好像一下子要置人于死地。民工们不比对方，民工们的底气显然不足，他们的顾虑太多：如果打伤了，没有人给他们出医药费，没有人给他们出工钱，他们以后的生活也没有着落了。所以，打着打着，民工们无心恋战了，四下里逃窜。对方也没有继续打下去，教训一下已经达到了目的。所以，在听到一声响亮的呼哨后，他们迅速地收了阵势，爬上汽车，胜利地扫视着倒在地上叫喊的民工，发出阵阵怪笑声，开着车轰隆隆地走了。

一直等到汽车看不见了，林立和大家赶紧把受伤的伙伴送到医院。这次受伤的七个人，有头破血流的，也有断了腿的。民工们骂骂咧咧，说大嘴巴太歹毒了。

从医院回来，和子不满地说，立哥，你也太胆小了，人家那样欺侮我们，我就是断了手脚也值得，人争的是一口气。

林立承认说，我是太胆小了，我看还是胆小一点好。你看那些被打伤的人，以后怎么得了！有的人眼睛被打瞎了，耳朵被打掉了，已经破了相。听说那个安徽人还被打断了腿，如果治不好，一辈子不就完了吗？

林立感到庆幸，他时时记得和子跟又生爷娘的嘱托，提醒他们注意安全。上次围墙倒塌时，是自己救了他们一命；这次为讨工钱的事打架，又是自己力阻他们参与，避免了一次严重的伤害。

那个安徽人的腿终于没有接上，截了肢，被人家用一万块钱就打发回了老家。当林立把这个不幸的消息告诉和子跟又生时，他们吓得冒出了冷汗，连连说，立哥，幸亏你挡住了我们，不然，也不晓得落到什么地步。以后不管什么事，我们保证听你的。

林立听了这番话，感到十分安慰，觉得他们毕竟还是不错的。

后生么，血气十足，也是一时的冲动，只要冷静了就好了。

林立再不看录像了，每次和子跟又生去看录像，他总要提醒，千万不要被派出所的抓住了，罚款划不来嘞，几个辛苦钱，哪里经得起罚呢？

其实，他们有所不知，派出所根本不会抓观众的。观众有什么罪？没有人放录像，观众会来看吗？派出所要查的是录像厅的老板，所以，观众根本用不着逃跑的。只是民工们害怕，看到派出所的威风凛凛地出现了，一种求生的本能，会驱使他们四下里慌忙逃跑。

和子却蛮有把握地说，立哥，你放心吧，我们已是老手了。

又生说，对，是老手了。

尽管他们说自己是老手了，也尽管没有出过事，林立心里还是替他们担心。晚上不见他们回来，他就不睡觉，靠着墙壁想着许多的心事。他熟悉他们的脚步声，只要听见他们那好像要把浑身的力气踩在地上的脚步声，他一颗心就陡地放下来，身子顺势一滑，摊在床铺上闭起眼睛睡了觉。

5

这天吃罢早饭，林立准备回工棚拿安全帽上工，安全帽挂在自己床当头的墙壁上。他走进去一看，惊讶了，自己的铺盖以及安全帽移了位置——同和子对调了地方。

正疑惑着，和子有一声没一声地哼着歌走进来。

林立困惑地问，和子，是你把我的铺盖移开的吧？

和子点点头，坦然地说，没错呀，是我移的。

林立觉得很奇怪，说，我刚来的时候，你们不是让我睡在你们中间的吗？

这时，又生也跟着进来了，听见林立在问移铺位的事，说，立哥，这没有什么奇怪的，我跟和子挨着睡说话也方便一些。

林立释然地说，哦，是这样的呀。

林立不会去为这样的小事多想，他似乎理解他们，他们毕竟还是后生，后生之间说话自然要多一些。所以，他没去多想，拿到安全帽，夸张地扬了扬，示意他俩别忘记戴安全帽。

这天晚上，林立像往常一样，等到和子跟又生回来，然后，睡觉了。他已经习惯在工棚里睡觉了，也不嫌床板太硬了。他认为，自己是一条贱命——在这样所谓的床铺上居然也睡习惯了，不是一条贱命，又是什么呢？白天很累，几乎连一丝喘气的机会也没有，看着渐渐往上升高的楼房，林立觉得，那一行行红砖的缝隙里，都压着民工们沉重的喘气声。所以，他睡得很沉很沉，像沉到了大海底下；然后，又做梦。林立老爱做梦，一做梦，竟然要梦见跟婆娘斗榫子，两人在床铺上翻过来，又翻过去，快活无穷。婆娘简直像一头母猪，哼哼叽叽地叫喊着，叫得他勇猛无比。有时，从梦中惊醒，他自己都觉得有些不好意思，怎么老是做这种梦呢？不是有些荒唐吗？他曾经想问问那些结了婚的男人，看看他们是否爱做这种梦，可话走到嘴边，又难以启齿。

这晚上，当他梦见跟婆娘解衣宽带准备唱床上戏时，不晓得是什么声音把他从美梦中吵醒了。他懊恼地睁开眼睛，整个世界一片漆黑，唯有工地上的灯光，从工棚的缝隙中漏进来。人们的鼾声此起彼伏，而这根本不足以把他惊醒。再仔细一听，在这片沉沉的鼾声中，掺杂了另外一种不同寻常的声音。他这才发现，这不寻常的声音，原来是从自己身边发出来的，呼哧呼哧的声音，激动、亢奋，好像水牛耕田时发出的粗重的呼吸声。

他觉得十分奇怪，到底是什么声音呢？是谁发出来的？黑暗中，他睁大眼睛，隐约地看见又生的被子拱得老高，微微地耸立着，好像一座小山包；而那个小山包，像发生了地震，激烈地一抖一抖。

林立惊讶极了，睡意全无，头脑变得十分清醒。他娘的肠子，莫不是又生悄悄地把女人带到工棚里来了？如果是这样的话，又生的胆子也太大了，太无耻了。据他所知，还没人有这么大的狗胆。如果让人晓得，不知别人会怎样地骂他。工棚里，好像除了他，没有任何人发觉，当然也无人干涉，那一波一波的鼾声，沉沉地充斥着黑暗的工棚。

他正准备发脾气，看了看和子的床铺，床铺上居然是平平的，好像没有睡人。这个和子，天黑地暗的跑到哪里去了呢？难道他不睡觉吗？林立担心他莫明其妙地消失了，或者发梦游症了——如果是梦游症，还得赶紧去寻找。

林立又似乎有点不相信，悄悄地伸出手在和子的床铺上摸了摸，的确没有人。突然，他意识到是怎么回事了，不由得愤怒起来，也不说话——担心惊醒别人——把身子抬起来，斜过去，伸出手，狠狠地在那高高拱起的被子上抽打了几下。

粗重的声音立即没有了，烟消云散了，被子也没有拱起了。

林立闭着眼睛，不想看见这丑陋的一幕。他觉得作呕，胃里好像有东西要冲出来，一股一股地冲，很强烈，令人十分难受。林立十分愤怒，强忍胸腔内将要爆发的怒吼。他感慨万千，唉，这人哪里还像人呢？简直畜生不如嘞。

他没有任何的言语和动作，拼命地压制着满腔的怒火，不让怒火喷射出来。工棚里睡了那么多人，他不想闹得乌烟瘴气、众所周知，那太没有脸面了。和子毕竟是他的堂弟，又生也和他是一个村子的。人家如果晓得，连他也会被嘲笑的，那些话，他想想也知道要多难听有多难听。林立已无法入睡，他感觉得出来，没多久，和子便悄悄地爬到自己的铺上了。

第二天，林立什么也没有说，他的心情很不好。自从来到工地，他还没有过这样的坏心情；即使是上次掉进化粪池，也没有这样呕心。他板着脸，不跟和子、又生说话。和子跟又生呢，不再说话，小心翼翼地做事，好像担心会遭到他的痛骂。所以，林立和他们像是陌生人了。当然，林立生气归生气，却没有忘记自己的责任，虽然没有理睬他们，却还要偷偷地瞟瞟和子跟又生，看他们是否注意安全。

午饭之后，趁着一点空隙，林立把和子跟又生叫住，让他们跟着自己走。和子跟又生默默地对视一眼，不敢提出任何异议，三个人来到工地的角落里。林立气呼呼地盯着他们，然后，厉声地问道，他们昨晚在床铺上搞什么鬼？

和子两人低着脑壳，很羞愧的样子，不吱声。

林立突然扬起大手，一个耳光狠狠地打过去，重重地落在和子脸上。接着，他又大骂起来，你丢不丢人啊，和子？你就是搞个女人，也没有这样丢人啊，和子！

又生害怕地躲在一边，担心林立的巴掌捆过来。林立没有打他，他不能打别人，他却可以打堂弟。堂弟从小是他带大的，他有这个资格打；况且，打了和子，就等于打了又生。

林立还想继续骂，大概是过于激动和气愤了，骂完几句，一时不知骂什么了，一只手老是指着和子，抖动个不停。

一直沉默不语的和子捂着疼痛的脸，忽然愤愤地说，立哥，你有什么理由打我骂我？你倒说得轻松，叫我们去睡女人，我们哪里有钱睡？我娘瘫痪在床上，我舍得这几个血汗钱吗？我睡一回女人，能够给我娘买多少药，你晓得吗？你是结了婚的人，尝过女人的味道，我们呢？二十多岁了，还不晓得女人的滋味。

晶亮的泪水从和子眼里流下来，又从沾着灰尘的脸上往下流；

所以，泪水已不再晶亮了，已极其浑浊了。他擦擦眼泪，委屈地说，我们也是男人……我们碍了你的事吗？你难道没看过电视吗？人家外国人……

林立气愤地推他一下，吼道，你有本事就去外国呀！你怎么不去？如果让别人晓得，真是丢祖宗的脸嘞。

和子冷冷地哼一声，说，丢什么脸？像我们这种人，还有什么脸可丢的？早已没有脸了。每天累死累活的，吃的连人家喂的宠物都不如。生活单调、枯燥、寂寞，说不定还要出事故，命短的丢了命，命大的一世瘫痪，或是断脚断手的。你说，我们还有什么盼头？和子的眼睛凶横地看着林立，又不屑地别开，看着那片荒凉之地，冷漠地说，我告诉你，你今后少管点闲事。

我偏要管。林立鼓大眼睛说。

你凭什么管我？和子握着拳头，好像要打架。

林立说，是你娘叫我管的。

和子却不买账，要挟地说，好呀，你管吧，我回家要对嫂嫂说，你看了那种录像。

林立说，你去说，我大不了离婚，你以为你这一手能够吓倒我吗？我就不管你了吗？

又生看到两人这样吵得没完没了，息事宁人地说，不要吵了，和子，立哥也是好心。

那天晚上，林立坚决叫和子跟又生分开睡觉。他把自己的铺盖重新插在两人中间，像一把尖刀隔断两边。他真是害怕别人笑话，他不相信不能阻止他们。和子虽说嘴巴很硬气，说不要林立管他，但他还是让林立插在他跟又生的中间。

林立也晓得在工地上，不止是和子跟又生这样，其实，好些人暗地里都是这样的，但大家却还明白这样的事并不光彩，还晓得掩人耳目。林立也清楚，这是男人实在熬不住了，才这样做的。其实，谁又愿意这样做呢？谁不愿意搂个女人舒舒服服地睡觉呢？这叫作逼上梁山。唉，这到底能怪谁呢？要怪只能怪老天爷，让人在上面吃了喝了，下面还要泄，如果不泄，就会憋出毛病来的。自己不也是老爱做梦跟婆娘睡觉吗？不也是在梦中泄了吗？

当然，别人的事情他管不了，也用不着他管，他只管住和子跟又生就好。他是个狭隘的地域主义者，超出了他的那个地域，他就不管了。他明白，这日子实在是难挨，更何况，和子跟又生年轻，还是两头骚牯子嘞，累不死的。正因为累不死，他俩就要节外生枝，要去想女人。他希望工地天天夜里加班，累得他们一丝力气也没有，外出的时间也没有——没有精力想那件事了，可能还要好一些吧？！

其实，如果有可能的话，他也巴不得天天往家里跑，搂着婆娘睡觉，暂时把苦累忘记，把危险忘记，一头钻进温柔之乡。可自己要挣钱，家里还有几张嘴巴等着自己吃饭。

有时，林立想得非常之美好，如果工地有房子，允许大家带婆娘，那该是多么美好的事情。大家做起事来，肯定浑身是劲。工地上也不至于这样的单调和枯燥，那会到处充满着笑语与欢乐。可世界上哪里又有这么好的事情呢！老板想到的仅仅是自己的快活，他们哪里会替民工们着想呢。民工们像是一网可怜的鱼，密密麻麻地挤在狭窄的工棚里，哪里还有女人们的一席之地！

6

也并不是说，工地上没有女人。

有。

仅仅一个。

那个煮饭的就是个女人。

女人叫张桂花,四十几岁,长相也不怎么样,嘴唇厚得像两块切菜的砧板,居然还有那么多的男人盯着她。那些男人,不是趁机摸摸人家的奶子,就是趁机掐掐人家的屁股。男人们差不多都像癫了,把张桂花当成一朵水淋淋的鲜花,粗鲁地一瓣一瓣地掐着。

林立担心哪天非出大事不可。

那些成家的男人,非得回过家后,才会清静几天,像一条吃饱的安静的水牛,静静地卧伏着。没过几天,他们又憋不住了,浑身躁起来了,不是无端地骂人,就是为了针尖般大的事情吵架。像和子他们这些没有成家的后生,不是去看录像,就是到街上看那些花枝招展的女人,享享眼福,过过干瘾而已。他们从来也没跟女人睡过——实在是舍不得那些钱,而诱惑又是这样大,太容易出事了。

有时候,工地老板也来看看进度,锃亮的小车上,还会走下来一个乖态的年轻女人。她微皱眉头,十分不情愿地看着尘土飞扬的工地。这时,民工们都会睁着恶狼般的眼睛,停下手里的事情,死死地盯着女人看,恨不得一口吞了她。有个叫胡左右的后生,看老板的女人看痴了,一不小心,从楼上摔下来,造成终身残疾。胡左右撕心裂肺的哭泣声,让所有的人都叹息不已。当时,林立的眼泪都掉下来了。

林立是个厚道人,从来没有揩过张桂花的油,哪怕就是摸摸她的奶子,或是摸摸她的屁股。他觉得,那样太不地道了。一个女人家出来找点事做,已经很不容易了。听说,她有三个崽女,男人又不争气,游手好闲,靠她一个女人家挣钱糊口。而她每天除了煮饭菜,还要遭受这么多男人的欺侮和骚扰。

有一次,张桂花趁伙房无人,悄悄地对林立说,林大哥,你是个好人。林立嘿嘿地笑着,十分憨厚。当然,林立也不是愚蠢之人,从张桂花的眼神里能够看出来,她对他有那么一点意思,眼里脉脉含情的。林立却不敢承接女人的这种眼神,他明白,一旦承接意味着什么。他拘谨地低下脑壳,装着没有看见。其实,林立哪是不想张桂花呢。这个女人虽然长得不怎么样,没有婆娘乖态,毕竟还是一个女人。女人所具备的东西她都有的。更何况,不是他挑逗她,而是她对他有了想法。如果女人主动对男人有想法,男人要跟她办事,就没有什么困难了。

像这样的事情,如果摊在另外的男人身上,早已一拍即合。现在,恰恰摊在林立身上,所以,张桂花的如意算盘落了空。张桂花曾经悄悄地试探过林立几次,问他晚上是否可以陪她出去走走。她说她白天累得头昏脑涨的,也没有上街走走。林立当然明白她的意思,工地上人太多,太显眼,出了工地,是一片空寂之地,别人的眼睛就管不到了。他却腼腆地笑了笑,推辞说,我太累了,只想睡觉。林立担心跟张桂花闹出什么事来,如果和子他们把这件事传到家里,婆娘不晓得要跟他怎样的吵闹呢。

林立是个胆怯而谨小慎微的男人。

就在那天晚上,在工棚外面的坪地,有两个男人在打架。他们打得非常凶猛,拳打脚踢的,都恨不得把对方置于死地。幸亏手里都没有拿家伙,不然,肯定会出人命的。在工棚里打牌喝酒的人,都跑出去看,却没有人扯架。有人甚至还叫喊着,加油,谁打赢了,她就归谁。

等到林立走出来时,看见那个叫吴汉民的男人,已经把那个叫三桂的打在了地上。两人呀呀地叫喊着,简直像发了癫。林立还不明白他们为什么打架,问身边的人,别人告诉他,这两个家伙是为张桂花打架嘞,争风吃醋嘞。

林立心里一惊,幸亏自己没有跟张桂花有染,不然,也会有人吃醋的,说不定也会跟他打架,那多没有意思。看着在地上不断激烈滚动的两个男人,林立又想,她又不是你们自己的婆娘,哪里用得着这样大动干戈呢？唉，这也叫男人吗？真是丢尽了男人的脸。

林立抬头四顾，想看看张桂花是否在场，却没有看见她的影子。此刻，不晓得她躲在哪里。她晓得有两个男人在为她打架吗，在为她争风吃醋吗？她如果晓得，会有什么想法？围观的人们，不时发出啊啊的激动的叫喊声，让夜晚的工地上，有了一种粗野的热闹。他们眼里射出了兴奋的光芒，他们认为这太刺激了，比起打牌、喝酒新鲜多了。

而林立觉得乏味极了，没有继续看热闹，也没有去扯架，独自回到工棚，双手枕着头躺在铺上。又想，也许这就是男人吧，男人大概就是为了争夺女人才生活在这个世界上的吧。听说，历史上还有为女人打仗的嘞。

那晚上，林立奇怪地没有梦到跟婆娘翻江倒海了，而是梦到跟一个男人打架。那个男人究竟是谁，怎么也看不出来。那个男人的脸面非常模糊，也没有人围观打架，只有自己的婆娘站在一边不停地哭泣，她好像在劝着两个男人，你们不要打了，不要打了嘞。林立听了婆娘的话，放下了愤怒的拳头，谁知对方不晓得从哪里摸出把闪亮的菜刀，凶狠地朝他的脑壳上砍来，林立啊地惊叫一声。

他惊醒过来，才发现是个噩梦，浑身汗水。

张桂花肯定晓得两个男人为她大动干戈，她却不为所动。林立明白，其实，张桂花在等着他主动，只要他开口，张桂花一定会跟随而来的。这从平时的点点滴滴中能够看出来。比如打菜时，她总是悄悄地给他多打一点，还不时地问寒问暖。说实话，仅仅如此，林立就感到了女人的温暖。那种温暖，是一丝一丝浸入身体里的，然后，慢慢地伸展到每条神经末梢。

有时候，张桂花趁无人时，伸手拍拍林立身上的泥灰，轻轻地问，要不要我给你洗衣？或是把你的被子洗洗？林立都委婉地拒绝了。他拒绝的原因是，一旦接受了她的关心，那么，跟她斗榫子是不可避免的了。如果跟她斗榫子，那对不起婆娘。另外，工地上只有她一个女人，男人们都在争风吃醋，像吴汉民跟三桂凶猛地打架，三桂的伤痛了好几天，那几天的工钱也没有了。所以，他不想参与，不想掉进这个可怕的旋涡之中。他担心也会有男人跟他打架，万一打断了手脚，说出去真是难听死了——为了女人被别的男人打伤了。再说，和子跟又生的爷娘还叫他管着他们呢，自己如果惹出这样的丑事，脸面往哪里放呢？还怎么管人家呢？

张桂花一直对林立很好，可看到他丝毫也不主动，又再三地拒绝了她，渐渐的，张桂花也灰心了，对他没有了那种热情，眼神里也缺少了一种特别的东西。

林立想，这样也好，两人之间清清白白的，谁对谁也没有什么亏欠，就算是在外打工认识的一个朋友吧。

7

那天散了工，林立匆匆地跑到邮局，给家里寄钱，并在附言上写了一句我想念你们。这既是想婆娘，也是想崽女。寄完钱，他又想去坐电梯，他认为自己能够自如地把电梯上上下下地开动——他还没有忘记如何揿那些按钮。可他又担心会停电——他娘的肠子，这个城市怎么老是停电呢？如果突然停电，那是很尴尬和难堪的。如果人们半天都没能把他解救出来，那就会耽误他睡觉的。耽误了睡觉，明天哪里还有精力上班呢？没有精力，如果上班出了事故呢？

所以，他决定不去了。

林立想，尝过梨子的滋味就可以了。既然吃过了梨子，为什么还要老去吃呢？

紧接着，又一个念头悄悄地冒出来：不如单独去看录像吧！他觉得录像对自己还是有一定的吸引力，那些活色生香的镜头，让他热血沸腾，不能自已；而且，单独去又避开了和子跟又生。

他往录像厅走去。

这时，他又听见了那首熟悉的歌曲。他喜欢听，觉得很温暖。

　　城里的月光把梦照亮，
　　请温暖他心房，
　　看透了人间聚散，
　　能不能多点快乐片段。

　　城里的月光把梦照亮，
　　请守护他身旁，
　　若有一天能重逢，
　　让幸福洒满整个夜晚。

林立情不自禁地抬头朝天空上看了一眼，那晚上没有月亮，月亮不知躲藏到哪里去了。在乡下，不是这样的，没有高楼大厦的障碍，天空可以一览无余，轻而易举地就能够看见月亮。林立嘴里轻轻地哼着这首歌曲。

哼着走着，他突然想起了什么，一下子呆住了，怔怔地望着前面。他好像看到派出所的已经冲进了录像厅，人们像一群惊慌的湖鸭子，四处奔逃。他甚至还闻到一股浓烈的屎尿臭味，那股臭味充斥着整条街道。他好像又看到自己那副狼狈的样子，那慌张的神色，像一个可怜而又可悲的小偷正落荒而逃。

林立没有犹豫，决定不去看录像了。他不愿意再受到那种惊吓，快步朝工地走去，甚至头也不敢回，好像派出所的已从后面追赶过来了。

先是经过那所大学。校门口三五一群的学生，出来的，进去的，伴随着咯咯的笑声。他快步走过，渐渐的，那些笑声听不见了。快到工地时，要经过一个小山包，山包下面是一片草地。草地长得甚是茂盛，弥漫着青草的气息。林立晓得，用不着多久，这片草地就会消失。巨大的铲车会残酷地把这一切通通地铲掉，铲出一条宽阔的道路来。天色已很黑了，也没有人经过，四周显得十分的冷落和寂静。

这时，林立模模糊糊看见草地上有个男人把另一个人掀翻在地，那人还轻轻地叫了一声。哦，是个女人的声音。看情景，女人肯定是不情愿的。不然，为什么还要男人把她掀翻呢？她为什么还要叫喊呢？

一定是强奸！

顿时，男子汉的气概让林立义愤填膺，鲜血奔腾，力气骤增。林立决定去解救那个受欺侮的女人。他从地上找到一根粗棍子，然后，急忙跑过去，边跑边喊，打流氓——

林立挥动着棍子，飞快地冲过去，然后，狠狠地朝那个男人打去。那个男人鬼哭狼嚎地叫了起来，听这声音，好像是吴汉民。他娘的肠子，原来是这个家伙。为了争张桂花，他把三桂打了，现在他又作出这种畜生不如的鬼事来，他肯定没有想到他还有今天。此时，林立来不及注意那个女人是谁了，女人是谁并不重要，重要的是教训这个流氓。

吴汉民企图反抗，可他的裤子却是脱落的，裤脚紧紧地绊着他，进退困难；所以，他怎么也使不出力气来抵抗或反击，只好一手抓着裤子，一手挡着林立挥过来的棍子。林立于愤怒的击打之中，发现坐在地上的女人好像是张桂花，心里更加愤怒了，怒火噗噗地冒了出来：这吴汉民不是趁机欺侮人家吗？人家不愿意，你就采取暴力吗？像他这样无耻的男人，不教训教训行吗？

张桂花先是一阵慌乱，然后，匆忙地系好裤子站起来，既想逃走，又想帮吴汉民，却又害怕那不断挥舞着的棍子。当张桂花终于看清来人是林立时，哇的一声大哭起来，哀求道，林大哥，别打了。

此时，林立哪里还听得进去呢？心想，这个张桂花实在是太愚蠢了，吴汉民要强迫你跟他睡觉，我替你出口鸟气还不好吗？如果不是你张桂花，我才懒得费这个神呢，最多把他赶开算了。而对于吴汉民，老子根本不想轻易地放过他。想罢，手中的棍子击打得更加凶火，一棍一棍地打在吴汉民的身上，发出叭叭的让人惊心动魄的声响。

吴汉民哎哟哎哟地叫喊着，显得十分可怜：想跑吧，跑不动，退下的裤子成了他逃跑的巨大阻碍；抵抗吧，自己赤手空拳，哪里抵挡得住呼呼作响的棍子？但他却没有求林立棍下留人，他还要充个硬汉，那意思好像是，老子只要睡了张桂花，即使挨餐痛打也是值得的。

事实上，即使吴汉民苦苦地求林立放他一马，林立也不会轻易地放过他，他要叫吴汉民立下保证，保证以后再也不打张桂花的主意。可让林立万万没有想到的是，这时，张桂花猛叫一声，像一只母老虎似的疯狂冲过来，拼命地抱住林立，苦苦地求道，林大哥，别打他了……是我愿意的。

然后，她软软地跪在地上。

林立陡地像被电麻了一下，马上住了手，低下头来，呆呆地望着张桂花。黑暗中，他看不清张桂花的脸，可那哭泣声却直直地冲破了黑暗。

林立叭地丢掉了手里的棍子，垂头丧气地走了。他怎么也想不通，这女人到底是怎么搞的——家里有个男人，还要在外面找野男人？

　　以前，张桂花总说林立是个好人。自从这事之后，张桂花看见他，低着头，匆忙地走过去，好像是害怕看见他，也不再说他是个好人了。

8

　　为此，林立很是沮丧。

　　他没有把这件事情说给任何人听，甚至，对和子跟又生也是瞒着的。他觉得说出来没有什么意思，就像和子他俩对别人说自己跌进化粪池一样没有什么意思。在乡下，如果碰到男女苟合之事，是很背时的，很晦气的。所以，尽管林立舍不得花钱，也非常节省，却还是按照乡下的风俗，悄悄地买了一挂鞭炮，拿到那片草地上，噼里啪啦地放了一通，只为了冲掉晦气。他担心碰到这种事情会给自己带来不利，他最害怕的是在工地上出事故。另外，他也觉得这是张桂花和吴汉民两相情愿的，自己棒打野鸳鸯，也没有多少道理。如果说出去，人家兴许还会嘲笑他多管闲事。男人跟女人，一旦到了外面的世界，谁还能够管住胯下的东西呢？

　　和子是个很敏感的后生，他之前发现张桂花对林立很不错，就怂恿他说，立哥，张桂花蛮可以的嘞，睡睡也无妨，又不会要你的钱，天下哪有这样便宜的事呢？

　　又生也劝过他，说，立哥，像张桂花这样的女人，不睡白不睡。我们可以保证，绝对不会说给嫂嫂听的，谁说谁遭雷打火烧。

　　林立却没有动心。被两人说得恼火了，他眉毛一顿，说，你们想睡她就去睡吧。

　　和子兴奋地抓着头发，突然嘎嘎地大笑，说，那不行嘞，如果她年纪跟我们差不多，还可以考虑考虑。她那么大岁数了，我们睡她，岂不是太亏了？立哥，你不是健忘吧，我们还是黄花崽嘞。

所以，当和子发现张桂花对林立没了兴趣，看见林立也是冷眉冷眼时，便问林立这究竟是怎么回事。林立两手一摊，说，我哪里晓得呢？我又不是她肚子里的蛔虫。

有几回，林立准备对和子他们说说发生在草地上的那件事，话到嘴边，又吞了下去——就算不给吴汉民面子吧，也得要考虑张桂花的脸面。何况，张桂花以前对自己还是不错的。只是自己不愿意上钩罢了，这能怪谁呢？来到嘴边上的肉，你不张口，难道还要别人把你的嘴巴撬开吗？

当然，张桂花对林立不理不睬的态度，还是让林立有点生闷气的。张桂花嘞张桂花，我是看在你的面子上才没有说呢，你应该感谢我才是嘞。而你这个女人，好像并不领我的情，是不是怪我坏了你们的好事？

倒是吴汉民挨了林立一餐暴打，却不怎么计较，好像还特别感谢他。道理是明摆着的，林立没有把自己跟张桂花在草地睡觉的事情掀出来，没有说他打了自己，毕竟给自己留了面子。可他并不晓得，其实林立是看在张桂花的面子上才没有对别人说的。当然，无论如何，不管林立是看了谁的面子，吴汉民终归还是要感谢他的。

后来，吴汉民老是请林立喝酒。吴汉民本来是个牌鬼，一到夜晚喜欢打牌，甚至还嘲笑林立不打牌，说他每晚像个木菩萨似的坐在床铺上。现在呢，吴汉民居然也不打牌了，一到晚上，就买酒，就买花生米，叫林立喝。两人坐在床铺上说着闲话，像生死之交。

那些打牌的人，对于吴汉民的变化感到吃惊，问他怎么不打牌了。吴汉民一张油嘴，嘻嘻哈哈地说，老子金盆洗手了，你们也不看看人家立哥，从来不打牌的，把一分钱都往屋里寄。这么好的男人，我们难道不学学吗？

现在，吴汉民觉得自己是最幸福的男人了，张桂花死心塌地跟着他，两人不管谁想那个事了，只需悄悄地递个眼神，到晚上，那片草地就成了他们的快乐之地。

本来，林立是很讨厌吴汉民的。现在，他又觉得这个人毕竟像个男人，想到的事情，一定要做到，不达到目的，决不罢休；而不像自己，在男女之事上犹犹豫豫、瞻前顾后，把本来能够归于自己的张桂花也让了出去。当然，张桂花既然说她是自愿的，那又何必再跟吴汉民计较呢？

所以，两人端着酒杯碎碎地抿着，咔嘣咔嘣地嚼着花生米，心照不宣地谈笑风生，把夜色一寸一寸地抿得漆黑起来。

9

如果没有加班，和子跟又生每晚必定要出去的，在这潮湿的乌烟瘴气的工棚里，他们绝对待不住。除了上班，他们是一对油盐罐子，形影不离。两人喜欢看录像，或是在大街上闲逛，看那些五彩缤纷的灯光，看那些形形色色的女人，看那些各式各样乖态的车子。说是饱饱眼福，满足心理上的需要，其实，更多是勾起了他们强烈的欲望。

晚上回来，他们看见吴汉民总是跟林立在喝酒，喝得津津有味，抿一口，再往嘴里丢一粒花生米，不禁感到十分奇怪。林立以前不怎么跟吴汉民来往的，现在，怎么像亲兄弟了呢？

和子悄悄地问林立，他没有问，你为什么跟吴汉民来往，只问，吴汉民平时是个小气鬼，打牌连一分钱也不准别人欠他的；现在，他怎么这样大方了呢，居然天天请你喝酒？这不是把你当皇帝供了吗？

林立装聋卖傻,说,我怎么晓得?大概是他打牌打厌了吧?看见我能够喝几杯,所以,老想跟我喝吧。他极力控制住自己,千万不要把那个秘密说了出去,以防当成人家茶余饭后的谈资。

和子仍然不心甘,又背着林立问吴汉民。他目光尖锐地看着吴汉民,冷嘲热讽地说,吴大哥,你现在怎么对我立哥这样好呢?是不是他给了你什么甜头?

吴汉民心里微微一震,明白和子对他有了怀疑,正试图套出他的话来。他轻描淡写地说,这有什么好不好的?在一个工地上做事,认识了,就是一个缘分。说不定以后分了手,一辈子都见不到了。你说是不是?而且,他又不打牌,我呢,也打厌烦了,就喝喝酒,扯扯闲话吧。吴汉民当然也不会愚蠢地把那个秘密说出来。

为此,和子感到很失望,对又生说,他觉得这里面肯定大有文章,一定要搞清楚。他忽然又像想起什么似的说,哦,莫不是为了张桂花?对对对,肯定是为了张桂花那个女人。

和子扳起手指头,列举了所观察到的极为反常的现象,叫又生帮他分析分析,试图解开这其中的秘密。又生对这些事情并不太感兴趣,劝他,和子哎,我们自己的事都解决不了,你怎么还去操别人的心呢?这不是咸(闲)萝卜操空心吗?吴汉民想请立哥喝酒,就喝他的吧,只要他舍得几个钱。再说,立哥也是有所得,一来有酒喝,二来有人陪。

和子听又生这么一说,也觉得有道理,再不去想弄个什么水落石出了。两人只要没有加班,仍然看录像;可录像看多了,也觉得没多大意思,终究解不了渴。到街上看女人吧,看车子吧,路程又太远,倒不如去附近的大学门口看乖态的女学生。

所以,他俩现在经常坐在马路对面,装着在等人,东张西望的,实际上,是在看那些女学生。这所大学是新建的,孤零零地立在这片土地上，四周除了一片黄土，就是一些不连贯的小山包，颇有些荒凉的意味。校门两边，有很多卖水果的，卖烤红薯的，卖槟榔的，以及卖各式各样小吃的。那些淡淡的香味，以及撞击耳鼓的吆喝声，对于和子他们来说，是没有任何吸引力的。他们的注意力，都放在了那些女学生身上。看着一个个鲜嫩的女学生来来往往的，他俩不时地针对某个人品头论足，说到奶子和屁股时，情不自禁地说些痞话，然后，又粗鲁地大笑起来，像两只高兴的鸭子。

那天，和子感慨地说，又生，我们的命运太苦了，如果家里有钱，我们也能够来读大学的。

又生也有同感，点点头说，我读初中时，是班上第一呢。老师说，又生，你一定要读高中，你考个大学没有问题的。当然，我也想考呢。我怎么不想呢？天天做梦都想。而我屋里穷得一塌糊涂，哪里还读得起呢？是的，我后来考上了高中，我家却没有钱，我一气之下，把书本通通地烧掉，大哭了一场，然后回家。

两人说得泪水也快流出来了，唏嘘不已。

和子忽然哼一声，冷漠地说，不说了，不说了，说起这些很让人伤心，我们还是看这些学生妹子吧。一个个长得水灵灵的，白白嫩嫩的，老子恨不得抱一个睡。睡一个大学生，老子也就值了。

又生附和说，就是就是，我也是这么想的。这辈子读不上大学，睡一个大学生妹子，也不枉做一世男人。

和子接着苦笑一声，深深地叹息说，我们这是做白日梦。人家怎么会跟我们睡觉呢？我们连叫花子都不如嘞。

校园门口，到黄昏时分，从通往城里的那条马路上就会开来许多小车，在校门外面等着。此起彼伏的喇叭声，好似一栏猪崽在嗷嗷乱叫。不多久，陆续有那些乖态的女学生目不斜视地从学校里走出来，脚下发出咔咔的响声，走到车子跟前，苗条的腰子一弯，飞

135

快地钻进了车子,车子呜的一声开走了。

这的确是一大景观,也是和子跟又生最爱看的,最羡慕的,最眼热的,同时,又是最痛恨的。和子看着看着,不由得激动起来,抓着头发,说,天老爷也是不长眼嘞,我们也是没有钱嘞,不然,也能够带这些妹子走嘞。

又生伤感地说,唉,有钱的男人能够带人家走,我们无钱的,只有眼睁睁地看着。

和子没有再说话,沉默了许久,好像在思索什么。他突然站起来,朝身后那片荒凉之地看了一眼,又把目光移到校门口,狠狠地抓着头发,愤愤地说,谁说的?谁说的?我不相信,我们难道没有钱就睡不到这些妹子吗?

又生迷茫地说,和子,你想哪样做?

和子像癫了,说,哪样做?你这个蠢宝,难道还要我说吗?

哦哦,我懂了,我懂了,和子!又生恍然大悟,也很激动。

10

有一天下了工,和子跟又生匆匆地吃罢饭出去了,他们没有叫林立。他们晓得林立现在很少出去了,更何况,还有吴汉民有酒有花生米地侍候他——过着神仙般的日子。当时,林立问他们去哪里,和子淡淡一笑,说,还不是随便走走。

林立估计和子跟又生无非是又去看录像。他却不明白,他们怎么看不厌呢?

其时,天色已经有些黑了,工地上的灯光散散的,像没有丝毫力气,像忙累了一天的民工,无力而疲惫。林立站在工棚外面,看着和子跟又生渐渐远去的背影,心想,千万不要被派出所的查获了。其实,他也明白,自己只是瞎操心而已,自从上次后,再也没有听他们说碰到过。

林立回到工棚,看伙伴们打牌。林立不打牌,担心输了,输的是血汗钱,实在舍不得。其实,他也晓得打牌的,看着别人打牌,手也有些发痒。如果手发痒,他就左手打右手,或右手打左手,打上一阵,手就不发痒了,只是有点痛。

吴汉民拿来了酒和花生米。那就喝吧,不喝白不喝。林立晓得,吴汉民是叫自己喝感恩酒。那件事情谁也不晓得,只有两人心照不宣。吴汉民拿的是米酒,米酒是他在附近的农家买的,价钱便宜。吴汉民之所以这样巴结林立,一是对林立替自己保守秘密感激涕零,二来也是为了自己能够更长久地跟张桂花来往。张桂花自从跟了吴汉民,居然死心塌地地跟着,不再让别的男人摸她掐她了。别的男人如果惹了她,在她屁股上腰上摸摸掐掐的,她就鼓着眼睛大发脾气,你是不是发灾了?而在以前呢,她只是默默地忍受。

大约两个钟头之后,酒喝完了,林立靠在床铺上,等着和子跟又生回来。这时,和子跟又生慢吞吞地回来了,他们走进工棚,若无其事地看人家打牌。林立想,还好,人回来了,肯定没有碰到派出所的。看着他俩每天安安全全的,在工地上没有受伤,在外面没有出事,林立心里仿佛落下了一块巨石。他晓得,自己太操心了;可如果不操心,又有违他们爷娘的嘱托。

林立坐在床铺上,无所事事地看着吆三喝四打牌的人们,昏暗的灯光罩着一堆黑色的脑壳。他准备坐一阵子再睡觉。突然,他发现好像哪里有点不对头。到底是哪里不对头呢?一时又说不出来。他重新睁大眼睛,仔细扫视着那堆人,不论是打牌的,还是看牌的,眼睛一律盯在桌子上。哦!他终于还是发现了某种反常——有两双眼睛不时地惊恐不安地望望门口,迅速地看一下,又马上收回目光。

那两双眼睛，在昏暗的灯光下，显得相当胆怯，却又十分可疑。

那是谁的眼睛？

哦，原来是和子跟又生的眼睛。

这是怎么回事？难道出了什么事吗？不然，他们用得着这样惶惶不安吗？工棚里的人，谁也没有注意到那两双略显惊慌的眼睛，人们的注意力都放在了牌桌上。

而这两双惊慌不安的眼睛，却被林立于无意之间发现了，截获了。

林立虽然起了一丝疑心，却也没有马上把他俩叫出去问问。他想，即使有了什么事，迟早也会暴露的；如果没有事情，即使问也是白问。

林立躺下睡觉了。

没多久，和子跟又生也上床睡觉了。林立发现和子跟又生睡得十分不安，一个睡在他左边，一个睡在他右边，两人翻来覆去的，像生了满身的狗虱。他很想问问他们，但夜深人静了，再问他们，恐怕也不是太合适。

想着想着，林立迷迷糊糊地睡去了。

也不知是什么时候，寂静的工棚突然喧哗起来。林立睁开迷糊的眼睛一看，原来是几个民警闯了进来，叫大家通通醒来，然后，一一查问。他们没有说发生了什么事情，只挨个盘问，昨晚七点到九点之间，你在哪里，是否有证人。打牌的人都在工棚，还有些人在看打牌，林立和吴汉民在喝酒，还有几个人说他们看录像去了。

问到和子跟又生时，和子显然有一丝慌张，他忽然指着又生说，我跟他帮我堂哥买药去了。

民警说，你堂哥在哪里？

和子指着林立说，他就是我堂哥。

民警盯着林立说，他们是帮你买了药吗？

林立居然非常冷静地点点头，说，是。

那你的药呢？民警伸出一只手。

林立从枕头下面拿出一瓶药，说，这就是。

民警把药拿过去，仔细地看了看，是枇杷露。然后，民警对其他人说，你们能够证明吗？

大家其实并没有注意到和子跟又生是否去买药了，却都信口开河地说，能够嘞。

几个民警失望地在人们充满睡意的脸上扫了一遍，然后，沮丧地走了。林立看见和子跟又生深深地透口气，好像把内心所有的紧张和惶恐透了出去。

直到民警离开了，大家才纷纷打听，到底出了什么事。到底出了什么事？谁也不晓得。林立却已经猜测到了，肯定是和子跟又生惹了事；不然，和子跟又生回来时就不会那样惊惶不安了，也不会胡乱地说是帮自己买药去了。

其实，那瓶药还是前天自己跟着和子、又生去药店买的。

到了下午，大家才晓得发生了什么事。在那所大学附近，有两个男人抢走了一个女学生，拖到小山包上，然后，轮奸了她。

林立一听，顿时惊呆了。

他不愿意相信这个事实，又不能不相信。其实，在他心里，早已肯定这件事是和子他们做的。这从昨晚上两人惊慌的神色就能够看出来，从今天上午在工地上的举动也能够看出来。和子站在升降机上卸红砖，鬼使神差，居然差一点从楼上摔下来。如果不是下面有防护网，一条小命肯定报销了。还有那个又生，运水泥的汽车开来了，他竟然呆呆地站着不动，好像是故意等着汽车撞他。被司机大骂一餐,他才突然惊醒过来。

这两个人,实在是太反常了。

林立一直在悄悄地观察着他们的表情,他觉得晚上要找他们谈谈。而他又多么不希望那事和他们有关,如果真的是他们做的,他怎么向他俩的爷娘交差呢?

11

散工之后,吃罢饭,林立冷静地对和子跟又生说,我们去走走吧。

这是林立第一次主动说出去走走。

和子却说,不不,我跟又生早就商量好了,我们晚上请你喝酒。

林立想,那也好。这也许是他们晓得瞒不过我了,想趁早来封我的嘴巴吧?

轮奸的事的确是和子跟又生做的。其实,他们轮奸了别人之后,也吓坏了。他们本来是想逃走的,逃得远远的,最好是天涯海角。他们明白轮奸意味着什么,所以,心里一直惶惶不安。和子说,如果逃跑了,这不是就明摆着了吗?人家会来抓的呀!我们也不会有好日子过的,不如按兵不动。只要林立不说,鬼也不晓得。

三个人若无其事地走出工地,经过学校时,和子跟又生似乎十分害怕,低着脑壳,不敢抬头看那些学生。两人的脚步也快了起来,显得十分慌乱。林立把这些细节都看在眼里,没有说话。

到一家小店子,他们要了个包厢。和子跟又生表现得特别热情,一个吆三喝四地点菜,一个热热闹闹地点酒,竟然要了一瓶椰岛鹿龟酒。和子把门紧紧地关上，先给林立满满地倒一杯，然后，再给自己和又生倒满。

和子举起酒杯，说，立哥，你来这么久了，我们还没有请你好好地喝一杯。今晚上，老弟和又生设薄酒一杯，先敬你。说罢，他跟又生一饮而尽。

然后，和子看了看林立的杯子，惊讶地说，立哥，都喝了吧！

林立没有一口喝尽，只是小小地喝一口。他脸上没有多少表情，更无喜悦，先用阴沉沉的眼光看看和子，然后又看看又生，低声而又艰难地说，那事是你们做的吧？

和子跟又生呆呆地对视着，脸色骤然紧张起来，肌肉一扯一扯的，不知该怎么回答。

林立突然一拳重重地打在桌子上，满面愤怒，说，我看你们是想死了嘞！这叫你们的爷娘怎么想呢？他们好不容易把你们带大，想靠着你们享点福，你们倒好，作出这样伤天害理的事来。唉，只怪我没有管着你们嘞……林立的脸色变得极其痛苦。

和子跟又生明白瞒不住了，突然一齐跪在地上，呜呜地哭起来。和子哀求说，立哥，这件事只有你晓得，你不说，谁也查不出来，看在我们兄弟的分上，求你千万不要说嘞……我从小是你带大的，你不会眼睁睁地看着老弟被他们抓走吧？

又生抹一把泪水，哽咽地说，立哥，再怎么说，我们毕竟是一个村子的，如果我被抓了，肯定会被判刑的，我爷娘会气死的嘞……

林立看着跪在地上的和子跟又生，愤怒得脸都扭曲了。他又担心店老板闯进来，只低低地咬牙切齿地说，还不赶快站起来把眼泪擦掉！让人家看见，会起疑心嘞。

两人如释重负地站起来，小心地坐下，生怕惹林立不高兴。

和子抖抖索索地给林立递上一根烟，又生赶紧点火。

和子感激地说，立哥，我们毕竟是兄弟嘞。说实话，我跟又生现在很后悔，真的，狗骗你！我们不该去做这种事的，那是害人嘞。

又生叭叭地拍打着脑壳，说，我们真是色迷心窍了。立哥，你不会说吧？

两人的眼睛紧张地看着林立。

林立没有说话，抽着烟，只是闷闷地喝酒。

和子端起酒杯，朝又生眨眨眼，又生赶快举起酒杯，两人又毕恭毕敬地向林立敬酒。他俩把林立看成了最后的救命稻草，说，立哥，从今以后，我们什么事都听你的，录像也不去看了，我们坚决改，彻底改，如果不改，随你怎么处置我们。

那晚上，林立几乎没有说什么话，心里很沉重，也很难过。他别过脸，甚至不敢看和子跟又生那副可怜兮兮的样子。他甚至觉得杯子里的酒很苦涩，像黄连，再也喝不下去了。

这真是两头蠢猪嘞，竟然作出畜生不如的丑事。他怎么面对他俩的爷娘呢？两家的爷娘把他们交给自己，叫自己好好地管着他们，在工地上小心一些，不要像有些人不是摔死了，就是摔伤了，给家人造成巨大的痛苦。林立明白他们爷娘的心事，看着好好的人去工地，也一定要看着好好的人回家。

而现在呢……人都是好好的，一没伤腿，二没伤手，三也没有伤腰，甚至，连一块皮也没有碰破。而现在发生的这件事，简直比伤了残了还要严重万倍——如果被抓去，要坐牢的嘞。你想想吧，这不是强奸，是轮奸，轮奸还要罪加三等。如果自己没有发觉这事，也并不晓得，那倒也罢了；问题是自己晓得了。晓得了，去不去报案呢？知情不报，良心上也过不去。如果去报案，和子是他的堂弟，他老娘还在床上瘫着；又生又是同一个村子的，自己是看着他长大的，实在于心不忍。如果报了案，人家会说你林立六亲不认，人家会说你林立没有一点乡情，冷酷无情。林立犹豫极了，报案还是不报，分明成了一道人生的难题。

除了犹豫之外，林立心里还十分难受。他深深地自责，最终还是没有管好和子跟又生。如果我每晚看紧他们，坚决不准他们外出，他们哪里会作出这种事来呢？真是该死呀！

12

从那天起，不论在工地上，还是睡觉，林立的耳朵里，总是隐约地响起一个女学生撕心裂肺的绝望的叫喊声，还有她爷娘痛苦的哭泣声。他甚至梦见，两只耳朵里湿漉漉的，流出来的都是他们滚烫的热泪。

五天之后，趁和子跟又生睡熟了，林立悄悄地溜出工地。他很害怕，害怕看到和子跟又生哀求的可怜的眼睛。现在，他们睡熟了，工棚里又是黑漆漆的，他看不到和子跟又生可怜而胆怯的眼神了；所以，他像贼一样走了出来。

工地上没有机器的轰鸣声，也没有嘈杂的人声，寂静得让人害怕。他小心地避开值班员的视线，向黑暗中走去，他明白自己会走向什么地方。

黑夜里，在寂静无人的路上，林立摇摇晃晃地走着，像醉了酒。经过那所大学时，校园里的灯光绝大部分都熄灭了，大门口两边的路灯看起来很模糊，像被泪水打湿了。这时，他又想起了那个被强暴的女学生，她一定还在悲愤而失望地流泪——案犯尚未抓捕归案。他似乎听见了女学生绝望的痛哭声，她面对着警察，在歇斯底里地叫喊，你们什么时候能够抓住他们？

突然，林立的心脏像被什么物器重重地击中了。他踉跄地走了几步，神经质地喃喃自语，快了快了快了快了。他一直这样边走边念。

不知走了多久，才终于看到了电话亭。

路边的电话亭，像一尊黑色的可怕的鬼怪，无声地站立在那里。林立看看四周，发现没有一个路人，连汽车也没有。他浑身发抖地闪进电话亭子里，拿起电话。他哆哆嗦嗦的，然而，又是清楚地说出了两个轮奸者的名字，然后，啪地挂掉电话，好像话筒十分烫手。

林立深深地透口气，浑身顿时轻松了许多。那种感觉，像是肩膀上忽然卸下一副重担。他想，以后要到牢房里看看他们，还要对他们说，在这个世界上，有些事情，我们是可以尝尝味道的，比如去坐坐电梯，或是哪怕看那些录像；而有些事情呢，是绝对不能尝试的。

他慢吞吞地走着，好像并不急于赶回工棚，他要独自在寂静的夜晚散散步，领略一下这个城市的那份少有的宁静。

经过一条小街时，他似乎又隐隐约约地听到那首熟悉的歌——

  城里的月光把梦照亮，
  请温暖他心房，
  看透了人间聚散，
  能不能多点快乐片段。

  城里的月光把梦照亮，
  请守护他身旁，
  若有一天能重逢，
  让幸福洒满整个夜晚。

林立抬头望了天上一眼，月亮好大，雪白雪白的，像一块巨大而透明的银币。

十月怀胎

第一个月

——呆子,你在哪里?
——哦,你在哪里?
——我在东站。
——哦,那我在西门口。

金晓英于二十五岁这年的元月份发现月经没来,明白自己肯定怀孕了。她不免暗暗焦急,这是她第一次怀孕,惊喜中又有些许紧张。她赶紧打电话给呆子,她说,呆子,你赶紧到妇幼保健院门口等我。

当时,呆子正在街上闲逛,东张西望,像个乡下人,好像对这个城市不熟悉似的,张着好奇的眼睛,打量着这个世界。他接到电话,有气无力地唔一声,说,我晓得了嘞。把手机放在口袋,然后看看表,已经是下午四点多钟了,他还以为金晓英叫他过去吃饭。

那天的风很寒冷,也很大,把整个城市吹得一片嘈杂,同时,也把呆子的耳朵吹得红红的。阳光弱得像毫无气力,含含糊糊的,街上的人们都匆匆地走着,恨不得立即赶到温暖的窝里去。只有呆子在悠闲地走着,吹着口哨,双手插在裤袋里,好像一点也不怕冷。

呆子是坐公共汽车去的,然后,站在妇幼保健院的大门口等着，医院雪白的大墙让人生出一丝恐怖感。当时，呆子有点疑惑，他娘的吃饭就吃饭吧，为什么叫我在这个地方等呢？医院门口是等人的地方吗？说家饭店不就行了嘛，害得老子站在这里受冻。呆子一时无聊得很，拿出烟抽，缩着脖子，将棉衣的领子竖起来，双手窝着凑在嘴巴上一口口吸烟，双脚不停地跺地。他先是索然无味地看着街上的行人，后来，觉得身后的妇幼保健院有点神秘感，就时而往大门里看一眼。他看见的大都是挺着大肚子的女人，从门洞里一摇一摆地走出来，像老母鸭似的。当然，也有肚子不大的女人，但她们只有两种表情，不是满面春风，就是郁郁不乐。

呆子等了半个小时，也不见金晓英出现在马路上，就骂娘。这个女人怎么搞的？她以为我是钢铁长城呀，风雨无惧呀！我如果再多站一分钟，肯定会感冒的。他正暗暗地骂着，没有想到金晓英居然也从门洞里出来了，手里拿着一沓单子，脸上微微有些高兴。呆子眼睛一瞪，以为看错了人，再仔细一看，果然是她，心里陡地一沉。呆子再蠢，也能猜测得到金晓英的肚子里可能有货了。不然，她来这个鬼地方做什么呢？

果然，金晓英走到他身边，娇气地说，呆子，我肚子里有了嘞。

呆子没有表情地嗯一声，说不出到底是高兴还是痛苦，或是已经被寒风冻麻木了，然后，手一挥，飞快地说，走走走，冷死人嘞。赶紧走进医院旁边的一家小饭店。

金晓英跟在后面，又笑着说，呆子，你就要做爸爸了嘞。

呆子又毫无表情地嗯一声，然后，叫上酒菜。那天，金晓英似乎格外兴奋，根本顾不上吃饭，也根本顾不得呆子的情绪。她满脸喜悦，滔滔不绝地说了许多：女人进了医院，像杀猪似的。呆子，你是没有进去看嘞，手术室那边叫声连天，让人浑身颤抖，好像到了屠宰场一样的嘞。

如果在平时，呆子最喜欢听关于女人的事情了，尤其是听女人说女人，他会尖起耳朵，生怕漏掉一个字，而且，要打破砂锅问到底，后来呢？后来呢？然后，嘿嘿地坏笑起来。而这时，呆子似乎一句话也没有听进去，像独自坐在饭店，脸色阴沉沉的，眉头紧皱着，老是高兴不起来，好像有谁来催债似的，举着啤酒闷闷地喝着。

他真是没有一点思想准备，虽然已经三十三岁了。他乡下的那些伙伴早已做父亲了，崽女都好几岁了，他却还是一个单身汉。呆子的父母也天天催他找对象，然后，赶快把婚结了。父母的那些啰啰唆唆，都快把他耳朵听出了茧子，而呆子呢，却根本不性急。

呆子是长子，妹妹已经结婚生崽，弟弟也谈了对象，对象也是铁定的，唯有他好像还无动于衷。其实，说他无动于衷也不是事实，呆子曾经跟好几个女人睡过觉。当然，那是以谈爱的名义进行的。他却根本没有结婚的打算，谈一个，丢一个，像猴子摘苞谷。如果有女人谈到婚姻，呆子就会悄悄地撤退，再不跟她见面了。当然，他更没有把那些女人带回家给父母展览，只带着女人去他的租屋。

按说，金晓英怀了孕，呆子不说手舞足蹈吧，至少也应该高兴才是。呆子之所以高兴不起来，是因为他目前还没有结婚的打算；并不是他不想结婚——结婚至少可以免去父母不断地重复那些让人厌烦的话——而是他有自知之明，非常清楚自己的底细。其实，他是一个名副其实的"五爷"：一无房子，二无票子，三无学历，四无工作，五无长相——像沙漠上的一抔沙子，今天呼啦啦飘到这里，明天呼啦啦飘到那里，想起来，就叫人惭愧，哪里还有能力结婚呢？

金晓英兴致很高地说了半天，看见呆子一丝高兴也没有，马上意识到了什么，心里就像吹进了寒风，凉了一大截。她猜测，呆子肯定不希望她怀孕。像他们这种没有说定关系的,男人把怀孕看成是一种包袱,而女人把怀孕看成是一种幸福,这就是男女之间的区别。

两人吃罢饭,金晓英不客气了,敲山震虎地说,呆子,你要听清楚,我肚子里已经有了嘞,我不想去刮胎的,你赶紧买房子吧。

呆子仍然没吱声,却清晰地听见自己在心里愤愤地说,买房子?这个女人真是异想天开嘞,我用卵子买吗?

金晓英敲敲桌子,又重复一遍,你听见没有,呆子?

呆子郁闷地说,你……还是去刮了吧。

金晓英一听,脾气上来了,桌子一拍,瞪着眼睛说,你休想。说罢,气势汹汹地走了。

金晓英走了很久,呆子才把单买了,然后,漫不经心地走出饭店。他站在饭店门前,望了望滑到一边去的太阳。阳光懒懒的,一点精神也没有,就像他此刻一样。寒风把树木吹得呼呼作响。一只白色的塑料袋,被风刮得在空中飞扬,显得十分无奈;紧接着,居然被吹得挂在了树枝上,叭啦叭啦地乱响。没过多久,呆子摆出一副无所谓的样子离开了。他想,东西在你肚子里,又不是在我肚子里,我急什么急?

呆子小时候生活在离长沙很远的一个山村,十五岁就跑到长沙了,给一个姓古的书商打工,其中的甜酸苦辣,就不去说它了,反正是忙碌起来,累得像崽一样,腰杆子都直不起。当然,他还是感到高兴的,毕竟比那些还在种田的伙伴们强多了,起码他的生活环境大不一样。乡下哪里能够跟城市相比呢?古老板每月发给呆子三百块钱,还包吃包住,这在当时是非常令人羡慕的。回到乡下,伙伴们听说他一个月三百块钱,舌头都伸得长长的,像吊死鬼一样;所以,呆子心里不无得意。后来,古老板的生意渐渐地做大了,在书商中也有了名气,呆子以为他一定会给自己加薪水的。他娘的肠子,谁知仍然是三百块,多年来雷打不动。不是说古老板对他不好,这么多年,朝夕相处,毕竟是有些感情的。呆子从少年打工打到了青年,汗马功劳也是有的。有一次,古老板酒喝多了,醉醺醺地对呆子说,将来要给呆子一笔钱,让他自己去独闯天下。所以,呆子凭着他这句话,一直没有离开,这是他的希望所在。古老板说要给他一笔钱,他不知在梦中梦见了多少回。说老实话,那些工资,一是呆子自己要用一点,二是要给父母寄一点,哪里还有多少积蓄呀!如果以后老板真的给他一笔钱,那么,他就可以自立门户了。

天有不测风云。到呆子三十岁那年,古老板竟然患了肝癌,花了多少万,也没有用处,人是一天天地差下去,肚子却一天天地大起来。所以,呆子紧张了,虽然天天在医院招呼古老板,却更希望古老板慢慢地好起来——如果实在不行了,非得要去见阎王爷了,那也得要在遗嘱里写上给他那笔钱的事情。呆子盼望这笔钱盼了多少年,简直像盼星星盼月亮一样。古老板的兄妹很多,加上他老婆和两个崽女,大家都惶惶不安,望着躺在床上眼里满是痛苦之色的古老板,都不晓得他到底怎么分配那些银子。有几次,呆子和他们在医院旁边的饭店吃饭,为了财产的分配问题,大家说着说着竟然争吵起来,面红耳赤、口水飞溅。呆子明白没有自己说话的分,只能默默地看着,心里想,这人真是悲哀,老板还躺在床铺上没有落气,肚子胀得像大气球,亲戚们就在这里差点大动干戈了。当然,他心里还是有点把握,老板的遗嘱里肯定有他的一笔银子。最后的结果,真是令呆子沮丧和绝望,老板不仅没有在遗嘱里写上要拿笔钱给呆子,竟然连他后三个月的工资也没有补发。

那一刻,呆子真是感到天旋地转,他多年的希望,就这样破灭了。他觉得,古老板也太不够义气了,老子给你卖命卖了这么多年,把青春献给了你的事业,况且,你自己也说过要拿笔钱给我的；现在呢，不仅没有给，连我的工资也不补发。呆子简直要疯了，恨不得将古老板从停尸房拖出来，用高压电激活他，问问他是否还记得他说过的话。呆子没有找古老板的老婆讨要工资，即使讨要，又讨要得到吗？古老板的老婆本来就是一个抠婆子，即使捉住一只虱婆，都要挤出一滴血来，她哪里还会认这笔账呢？何况，欠条也没有。呆子很气愤，本来追悼会也不想参加的，后来，冷静一想，人家都死掉了，再说，我没日没夜地招呼他那么久，肉都瘦掉了好几斤，为什么追悼会不去参加呢？唉，把好事做到底吧。

老板死了之后，呆子坚决地离开了，老板娘怎么劝他留下来，他也没有答应。在这里流血流汗流了多年，到头来，伤透了他的心。所以，他走出店子的那天，一时不知做什么才好，眼睛茫然地看着这个城市，好像突然被它无情地抛弃了。虽说对这个城市，他熟悉得不能再熟悉了，可此刻，他觉得这个城市对于他来说，仍然是非常的陌生，甚至是非常可恶可恨的。呆子耸耸鼻子，泪水差一点流了出来。这件事情，对他的打击非常大，甚至影响了他做人的原则，使本来该他负责的事情，他也不负责了。虽然有别的书商请他帮工，他却实在不想去了。老子打工打了十多年，仍然是一个帮老倌，真是无脸见江东父老。

当然，呆子又不想回到乡下，他已经闻不惯那股牛屎臭气了，他过惯了城里生活。所以，呆子租了房子，哪里也不去帮工，天天在街上转来转去。这样，手上的一点积蓄，看着看着就渐渐地少了。幸亏他以前发书时认识一些朋友，他就这里跟着别人混一餐，那里跟着人家混一餐。至于收入，当然就不像以前那样正常了。他却乐意这样混，至少是不再依附于某个人了，自由自在。他或是偶尔帮人家去北京、上海等地催书款，往返食宿费不说，人家还要给他报酬。或是有人出了交通事故，急忙打电话请他出面解决。他认识某个交警，所以，迅速地把问题解决了，别人自然会感谢他的。

甚至他还帮人拉过皮条，人家满意了，也不会亏待他的。所以，如果人家问他在做什么，他无奈地笑笑地说，打流嘞。

呆子长得很粗壮，头发很长，浓眉大眼，很逗妹子喜欢。那些妹子，要么是在饭店打工的，要么是商场的售货员，甚至，也有机关里年龄大、长相不怎么样的嫁不出去的老姑娘。虽然也是说谈爱，可他从来只是跟别人睡睡觉而已，闭口不谈结婚之事。他清楚自己的底气不足，所以，也不去承担这副婚姻的重担。曾经跟他睡过觉的那些妹子，也从来不为难他，看他不谈婚姻，也就罢了。当然，也有一不小心怀孕的，呆子马上让人家刮胎。人家最多只是流几滴痛苦的泪水，骂他几句没良心，就去刮掉了。所以，他几乎没有碰到过什么大的麻烦。

谁料到，却碰到这个金晓英不愿意刮胎，甚至还逼着他买房子，那岂不是分明要逼着他结婚吗？她怎么也不问我愿意跟她结婚吗？真是岂有此理。

从此，呆子不再主动给金晓英打电话了，他已兴致全无。金晓英却一天好几个电话，像催命鬼一样，急切地问他准备好了没，还说革命后代在一天天长大。呆子油腔滑调地说，你叫我准备什么呢？我人一个，卵一条，有什么准备的？

金晓英生气地说，呆子，你不要装糊涂，好不好？

呆子说，我崽！装糊涂！难道我说的不是真话吗？

金晓英寸土不让，说，呆子，你是不是让我以后抱着崽女来看你？

呆子说，你抱不抱是你的事，我看不看是我的事。

呆子看金晓英来真的了，觉得这种女人没有一点味道，一上手，竟然这么认真。别的女人也不是没在他手里怀过孕，而人家的心胸是多么宽广，简直像大海一样包容他。所以，呆子马上采取措施，干脆跟她玩起猫捉老鼠的游戏，千方百计地躲避她，不再跟她见面了。呆子想，老子惹不起，难道还躲不起吗？这么大个城市，我看你到哪里找？

所以，如果金晓英打电话问他在哪里，他首先要问她在哪里，金晓英如果说在东门，那他就说他在南门，反正不跟她见面。他不愿意金晓英当面来缠他，往他耳朵里说七里八里的狗屁话。其实，有时候，他离金晓英可能只有几十米距离。

金晓英电话打来打去，终日不见呆子，终于明白呆子的阴险计谋了。她暗暗骂，你这个流氓跟老娘来这一套，未免太小儿科了吧？你千方百计躲避老娘，老娘偏偏不放过你，肚子里的这团肉让他（她）慢慢地膨胀，看你急不急？

在那段时间里，金晓英几乎天天打呆子的电话，她要当面跟呆子这个流氓说清楚。天底下哪有这样的事情，你让别人的肚子膨胀了，难道就甩手不管了吗？

有一天，她忽然不打呆子的电话了，打也是白打，呆子反正不露面。金晓英关掉店铺门，静静地守候在他的租房旁边。她在一家茶馆等着，茶馆嵌着大玻璃窗，可以看见来往的路人——这儿是呆子的必经之路。那天，她一直等到半夜，终于把呆子捕获了。

呆子那天喝醉了，脑袋晕晕乎乎的，城里的灯光在眼前摇摇晃晃，那些楼房像马上要倒塌似的。所以，他放松了警惕性，根本忽视了金晓英的存在；于是，就这样轻而易举地让金晓英捕获了。

两人走进屋子，金晓英张嘴就跟他吵，瞪着眼睛说，呆子，你到底买不买房子？

当时，呆子心里后悔莫及，他娘的肠子，怎么没有多个心眼呢？喝醉了酒，怎么把心眼也喝掉了呢？居然让她逮住了呢！呆子一进门，就四脚朝天地躺在床铺上，像个死人。听金晓英这么一说，他忽地坐起来，红着醉醉的眼睛，说，我拿什么买？我只有一条命嘞，我一无所有嘞。他指了指自己的胸膛，然后，又陡地朝天

153

倒了下去。

其实，呆子还很想对她说说以前的那些女人，那些女人没有给他添过一点麻烦，睡了就睡了，有胎了就打掉，痛痛快快、潇潇洒洒，哪里像你这样麻烦呢？喊，如今的男人女人，都是多一事不如少一事，她还偏偏往自己身上涂屎。

金晓英可怜地坐在凳子上，双手捧着脸，呜呜地哭起来，话语连着哭泣声，从手指缝里流出来，在灯光下发着光芒。她说，呆子，你不能这样没有良心嘞……我反正是要生的嘞……你现在至少要拿些钱给我。

呆子从未碰到过这种顽固不化的女人，所以，心里烦躁极了。如果给她钱，她去打胎，那还另当别论；问题是，她根本不会去把这祖国的后代打掉的。她是想拿钱买营养品，然后，像猪一样呱唧呱唧吃得身体胖胖的，让肚子里的那团血肉迅速地膨胀起来。

呆子趁着酒力，突然从床上翻下来，摇摇晃晃地走到桌子边，然后，把双手摊在桌面上，一脸悲壮地说，金晓英，我真的没有钱，你如果想要我的手指头，那你随便砍下哪一根，好吧？他又指了指桌子上那把锋利无比的菜刀。

金晓英当然不会去拿菜刀，只是气得牙齿格格响，然后，破口大骂，我金晓英真是瞎了眼嘞，怎么让我找到你这么个五爷呢？

呆子一听，不仅没生气，反而忍俊不禁，咧开嘴巴，咯咯地笑起来，说，我又没有隐瞒什么，我本来就是一个五爷，你又不是不晓得。

金晓英好不容易捕获了呆子，可谈判又谈不出一个结果。所以，那天晚上，她好像不从呆子手里拿走一点东西，心里就很不平衡似的。她以为，拿走呆子的一点东西，就等于把呆子的那颗心也拿走了，以后他会乖乖地听她的话。她扫视着这个熟悉的屋子，屋子里空空荡荡的，除了床铺、桌子和凳子，以及锅盆碗筷，就没有什么值钱的东西了。金晓英泪眼花花地说，那，那把你的手机和手表给我。

呆子眼睛一瞪，说，手机怎么能够给你呢？难道我不打电话了吗？手表你拿去吧。他取下手表，啪地摆在桌子上。

本来，他以为金晓英是说着好耍的，谁知这个女人真的把手表扫在手里，然后，放进挎包里面——生怕呆子后悔了再把手表收回去。她马上站起来，擦了擦眼泪，凶狠地说，呆子，你等着吧，我是不会放过你的。说罢，怒气冲冲地走了。

呆子恍恍惚惚的，朝着漆黑的门外无奈地一笑，把门砰地一关，然后，熄灯睡觉。

第二个月

——呆子，你在哪里？
——哦，你在哪里？
——我在南门。
——哦，我在北门。

在金晓英没有怀孕之前，呆子还经常跟她见面，那是以谈爱的名义进行的，吃吃饭，喝喝茶，唱唱歌，睡睡觉。那时候，呆子在感情上正处于空档期，没有跟其他的女人来往，所以，他便将就将就了。当然，一开始，他根本没有打算跟她结婚。现在，呆子手里满打满算也只有三万多块钱，平时不敢乱花，小打小唱还是可以的。这一切，他没有告诉金晓英。

后来，呆子担心金晓英又会去他的租房守候，再找他吵闹；所以，有时连房子也不去了，干脆睡在朋友家里。即使有时非要回去不可，他也先要睁大警惕的眼睛，细心地观察房子周围的动静，看金特务是否在暗中守候。一直到他觉得的确没有人了，才敢像老鼠似的悄悄地溜进屋里，也不开灯，蒙头就睡。这时，呆子庆幸没有给金晓英配钥匙，不然，金特务会天天找他吵架的。当然，这也是呆子的一贯做法，他不给任何一个女人配钥匙，他不喜欢女人像逛商店似的在他屋里随便进出。

呆子不齿自己，金晓英伤心至极，没想到，竟然碰到这么一个不负责的男人，真是后悔也来不及了。金晓英只读过大专，找好一点的工作也找不到，所以，帮别人守着一个小店铺，卖点杂货之类，倒也清闲，收入也还马马虎虎。问题是，金晓英的长相实在不怎么样，皮肤黑黑的，脸上没有光彩，五官也不好看，加之个子又矮。她曾经谈过几个男人，却都被那些男人骗了，不仅骗她的吃喝，还骗她上床睡觉；为此，她简直伤透了心。社会上，像这类男人还真是不少。碰上呆子之后，她觉得，他起码比那些男人大气一些，至少不骗她的吃喝，每回都是呆子买单。所以，主意就这样定了下来——不如认定呆子算了，跟他一辈子，反正自己也不是新鲜货了；再说，自己年龄也不小了。所以，跟呆子睡觉时，她不像要求以前的那些男人一样要求呆子采取避孕措施。她打着如意算盘，如果怀了孕，马上跟呆子结婚。谁料到，这个死呆子竟然也是一个十分可恶的男人。她怀了孕，他居然不管她了。

这实在让她想不通。

现在，金晓英也不是一个好欺侮的女人了，她汲取历史的经验：凡事要硬不要软，越软你越吃亏。你呆子不是想躲避我吗？那好，老娘要打到你的大本营去，让你家人都晓得这件事情，看你还怎么躲避我。

二月份过春节，金晓英和姐姐金晓云都没有回家。她们的家在邵阳，两人在长沙过年。过年那两天天气不好，又是雨又是雪，冷得连一点过年的气氛都没有了——她们本希望春节出太阳，可以到处走走。鞭炮劈里啪啦地响个不停，令人更加感到烦躁；街道上更是难看死了，路面稀糟稀糟的，像是乡间牛踩马踏的泥泞小路。

金晓英还没有把怀孕的事说给姐姐听，担心姐姐责怪她。幸亏她的反应不大，不像别的女人呕吐呀，要吃酸的呀；所以，她姐姐也没有发觉。那几天，金晓英没有去呆子家开的那个饭店。他们一家人肯定也回老家过年去了，她晓得饭店一般要初八才开张；所以，她一直等到初十才去。

想着即将要面对呆子的家人，金晓英还是有点害羞的。这像什么话呢？婚还未结，倒把窑装上了。当然，她还是克服了这种害羞的心理，决计豁出去！不这样不行，肚子一天天大起来了。她自以为是地认为，自己会打一个大胜仗的，她可以得到呆子家人的全力支持。所以，她去的那天，眼前总是出现自己骄傲地站在高高的阵地上，手里不断地挥舞着战旗，兴高采烈地叫喊着"我胜利了，我胜利了"的场面。

以前，金晓英去过呆子家的饭店；所以，她除了转两趟车外并没有花什么工夫就到了。饭店位于城区的边缘，离市中心很远，坐车需要一个多小时。金晓英走进饭店时，呆子的家人都在。

那是一家不大的饭店，倒是有个不错的店名，叫老地方。呆子仅仅投了一点资，主要还是他父母和弟妹投的资。呆子的家人不想在山村待下去了，觉得城里的钱还是来得快一点；所以，举家搬迁，每年只有过春节才回老家。他们原来都以为，呆子在城里混得不错，起码有一笔可观的积蓄。谁知进城一看，呆子并没有多少变化，甚至连个女朋友也没有找到手。唯一的变化是，呆子能够说一口流利的长沙话而已。饭店办起之后，呆子从来不管饭店的事。他有言在先，我投点资可以，我不参加经营。他说他看见油腻腻的环境就恶心，这也许是他多年发书养成的习惯吧。那些一捆捆的书籍都是干干净净的，哪里像饭店这样邋遢呢？尤其厨房地板，脏兮兮的，一不小心就滑倒在地。呆子很少在家吃饭，他听不惯父母的嘀嘀咕咕：呆子，你也是三十多岁的人了，该找对象了嘞。他听见这些话，心里就烦躁，就不舒服，宁愿在外面逛来逛去，至少耳朵能够落下一个清静。

还是去年冬天，金晓英跟呆子去过一回那饭店。当时，她穿着厚厚的绿羽绒服，戴着淡红色的毛线帽子，加之她的脸本来很小，所以，很有可能，呆子家人连她到底长得是个什么样子都没有看清楚。更何况，那时她还只是跟呆子熟悉，两人还没有正式谈爱。那一次，呆子也没有叫她在饭店吃饭，坐一阵马上出来了。按呆子的话说，只是叫她认个门而已。

那天，金晓英找到那家饭店，走进去说她找呆子。当时，上午十点多钟，店子里没有人吃饭，显得空空荡荡的；厨房里，择菜的择菜，洗菜的洗菜，不时有笑声传出来。她看到了呆子的父母和弟妹以及妹夫，他们的双手冻得红红的。

呆子的父亲看见金晓英，眼睛不由得一亮，心想，大概是呆子的女朋友来了，马上叫呆子的妹妹赶紧上茶，然后，遗憾地说，呆子不在家。

金晓英说，你们不记得我了吧？

呆子的家人眨着眼睛看着金晓英，一律摇晃着脑袋，抱歉地说，不记得了。

金晓英喝了一口茶，鼓起勇气，脸也不红地说，是这样的，我叫金晓英，我肚子里有了，是呆子的，现在我催他买房子结婚，他却老是回避我。我实在是没办法了才找你们的。口气中有一丝哀怨和求助的意味。

呆子的家人一听，都怔住了。他们从来没有听呆子说起过这码事。呆子的父亲毕竟老练一些，赶紧向老婆和崽女们眨眨眼睛，意思是去厨房商量一下再说。然后，一家人迅速地去了厨房。呆子的母亲好像有种预感，生怕闹出什么事情来，战战兢兢地说，你们千万要好好说话嘞。

呆子的弟弟说，莫不是骗子吧？我哥哥给她装上窑——怎么没有听他透露半句呢？

呆子的妹夫也说，如今，像这种敲诈的多如牛毛，不如赶她出去。

呆子的父亲皱着眉头考虑了一下，不断地搓着双手，说，还是不要先把话说死了，搞清楚再说吧。然后，他果断地对呆子的弟弟说，小建，你马上打电话给你哥哥，问问他到底是怎么回事。

小建立即拿出手机，打通了呆子的电话，他把手捂在嘴巴边，小声地说，哥哥，有个女人找上门来了嘞，说她的肚子里有你的种嘞。

当时，呆子独自在公园观赏从自贡来的彩灯，一听电话，顿时万丈怒火。他没想到这个不要脸的家伙，居然跑到大本营去吵事了，所以，很干脆地说，不要齿她，你们只说我根本就不认识她。

小建如实地把哥哥的意思说了，呆子的妹夫气愤地要冲出去，把金晓英赶走。呆子的父亲飞快地拖住他，说，我们做生意的，要和气生财。今年才开张两天，千万不要去动手发火。你们今天谁发火，或动手，我绝对饶不了他。

说罢，呆子的父亲带头走出来，搓着枯瘦的手，和气地说，妹子，实在是对不起，我那呆子的手机关了机，你看怎么办？我们的确不清楚你跟呆子的关系，是不是等他回来再说？我看是这样，你先歇歇，等一下要吃饭了，你最好是吃了饭再走。我店里有几个特色菜，味道蛮不错的嘞。

金晓英一听，很想发作。她对于呆子父亲的话也有所怀疑——她只要打呆子的手机，就可以证实他的手机是否关机——却看见呆子的弟弟和妹夫冷着脸，紧紧地握着拳头，带着几分凶样；所以，她忍气吞声地说，让我再等等吧，我来一趟也不容易。

那好那好，你先坐坐吧。呆子的父亲松了口气，说罢，又赶紧眨眨眼睛，让大家各忙各的。餐厅里只剩下了金晓英一个人，谁也不齿她。

天气还很寒冷，看她坐在外面，呆子的父亲想从厨房出来开空调，却被呆子的弟弟挡住，还眨了眨眼睛，意思是，不要开空调，不如把她冷走算了。当时，金晓英心里气鼓鼓的，看他们没有人开空调，心想，是不是想把我冷死呢？她盯着那台立式空调，想去打开，想了想，又没有去。心想，老娘也不是不认识社会上的歹人，不如干脆叫人来打烂这个鬼店子，闹它个鸡犬不宁，看他呆子露不露面。

那天，金晓英并没有在饭店吃饭，也不好意思吃——她又不是来做客的，是来找他们算账的。再者，她已经气饱了，哪里还吃得下饭呢？她望着他们既忙碌又躲闪的样子，怀疑他们早已跟呆子串通一气了。所以，她又一次怒火中烧，老娘的肚子已经两个月了，呆子却不露面，你看气不气死人？

她实在想大吵一场，不如捅破这个马蜂窝。可他们人多势大，自己怕是吵不赢他们的。再说，一旦吵闹起来，外面的人肯定会来看热闹的，一问是怎么回事，人家肯定不会站在自己一边的。人家会说，那是呆子搞出的事情么，又不是他家里人搞的么，你应该去找呆子解决么。

所以，金晓英孤单地坐了坐，看见没有人注意她，马上灰溜溜地走出来。她走在路上，迎着冰冷的风，泪花也飘了出来，她咬牙切齿地说，下次看见他，老娘要杀了他。

金晓英走了之后，呆子的父母又喜又惊。喜的是，这个呆子并不呆嘞，他早已走到我们群众的前面去了，我们却还在替他空操心嘞。你看,把人家肚子都装上窑了,看来这婚是结得成的。惊的是,呆子为什么不认账呢?按金妹子的话说,呆子一直是躲避她的。呆子竟然还说根本不认识她,这到底是怎么回事呢?

呆子的父亲马上打电话叫呆子回家,要他彻底说清楚。呆子却不肯回家,还在公园逛荡。呆子的父亲威胁说,你不回家?那我和你娘老子上吊算了。

呆子只好慢吞吞地回来了。

呆子的父亲疑惑地问,你把人家的肚子都弄大了,怎么不认账呢?

呆子轻描淡写地说,你们不要听她乱说,她有精神病,你们千万不要惹她。

呆子的母亲说,我看她没有精神病,好好的一个妹子嘞。至于她乱说不乱说随她吧,我看你也该成家了。

呆子站起来,愤愤地说,这样的人,我还跟她结婚?丑陋不堪不说,还是这么个鬼脾气,到时候还不把你们气死?

呆子的父亲冷冷地看着呆子,然后,一针见血地说,你说的这些恐怕不是真心话吧?我看你是口袋里没有钱吧?这个问题好办,我们全家支持你,赶快把婚事办掉。至于你说她长得丑陋——你长得蛮好看,是啵?

呆子一听,额头上的青筋都急得暴了出来,说,我是长得不好,却不是我的责任么。我就是长得不好,所以,更要找一个好看的。至于我有没有钱结婚,我首先声明,我绝对不要家里的钱。

呆子这点骨气还是有的——其实,也是一种虚荣心在作怪——自己在长沙混了这么多年,到头来,结婚还需要从家里拿钱,那也太没有面子了吧。

第三个月

——呆子,你在哪里?
——哦,你在哪里?
——我在西门。
——哦,我在东门。

金晓英一直没有流产的想法。她认为,即使是万不得已要流产,也还来得及的。主要是,她不相信她不能够制服呆子。她要叫呆子在现实面前乖乖地低头,赶紧买房子。呆子的钱如果不够,她相信呆子家里一定会支援他的。而且,她金晓英的要求又不很高,有两室一厅就可以了。更高的要求,她也不敢奢望。虽然她并不想拿肚子里的血肉做赌注,但也不能够否认,她其实是有那么一点点意思的。

春天已悄悄来临,路边的树木发出了新芽,花蕾开始一点点地绽放。空气中虽然还有寒意,但毕竟也有了一种温暖的感觉——由那春天才有的风带来。

本来,金晓英不想把这件事告诉姐姐的,觉得羞于启齿。而在这个城市,除了姐姐,她又没有其他的亲人,更何况,肚子已经有三个月了。所以,有一天,她终于告诉了姐姐。

金晓云在一家不太景气的房地产公司上班,比妹妹大三岁,至今也没有结婚,爱也谈过一些的,却总不顺利,连连遭遇挫折。所以,她对于婚姻十分悲观,产生了独身的想法。

说来也有意思,把金晓英介绍给呆子认识的,正是姐姐金晓云。呆子本来是看中金晓云的,他觉得这个女人小小巧巧的,眼睛晶亮,说话也很得体。有一天,两人偶尔认识了,他请她吃饭,呆子喝着酒,然后,厚着脸皮说要跟她谈朋友。当时,金晓云一惊,她一点思想准备也没有,觉得这个呆子也太唐突了。她却没有见怪,她已经适应了这种求爱方式。然后,她咯咯地笑起来,说,呆子,我俩的年纪相隔太近了,我把我妹妹介绍给你,好吗?呆子傻乎乎地说,我只要你。金晓云哈哈地笑起来,说,不行不行,我俩不合适。没有给呆子一点希望。

后来,她果真把妹妹介绍给呆子。呆子一看,不由得大失所望,心里顿时冷了半截。他娘的肠子,这两姐妹简直像是两个娘生的。如果金晓英有她姐姐那个样子,他也就认了,只是差得太远了。呆子开始不答应,金晓云耐心地做工作。她没有说她妹妹长相差,只是说她妹妹的心地善良,并且还举了不少动人的例子来证明,而且还说,她的收入也不错,不会给他添很多的麻烦。呆子那段时间没跟女人交往,正处于空档期,每天心里空落落的,像被鬼捉到一样,五心不定,听金晓云这样一说,就勉强地答应了。谁知后来居然惹出了这种麻烦,哪里像金晓云所说的,她妹妹不会给他添麻烦呢?

金晓云听罢妹妹的诉苦,差一点跳起来。她眨着眼睛说,呆子不会是这样的人吧?呆子哪里是这样的人呢?当即打电话给呆子,问他是否有这样的事情。呆子开始一怔,没有想到,金特务已经向她姐姐汇报了,就说,姐姐哎,我也不晓得她肚子里到底有没有。问题是,你妹妹硬要逼着我买房子结婚,你是晓得我的,我是个名副其实的五爷,手头上哪有这么多的钱呢?你妹妹这样逼我,如果逼上梁山,我眼前只有两条路,一是跳河,二是抢银行。问题是,这两条路都是死路一条嘞。

挂了电话,金晓云也无可奈何。同时,她觉得呆子说的也不无道理,便对妹妹说,你也不会采取点措施吗?言下之意,责怪妹妹没有避孕。

金晓英低着头,没有说话,也不好意思说出来。心想,我以前跟别的男人上床还是比较清醒的,当我看准了呆子之后,人就不清醒了。到那个时候,只图快活了,哪里还顾及得到避孕呢?她没有正面回答姐姐的问题,却埋怨姐姐给她介绍这么一个臭男人,简直一点责任心都没有。现在,他害得她上不得下不得,像吊在屋梁上的一条毛毛虫。

金晓云有点发火,说,妹妹,我也只是介绍你们认识,我又没有叫你跟他上床,更没有叫你怀孕。又轻轻地叹息说,妹妹,我看你只有去流产了,谁叫我们是女人呢?

金晓英冷冷地说,我偏偏不流产,我倒要看看他呆子能把我怎么样?

金晓云劝她,你不流产,到时候还不是害你自己?这个气,斗不得嘞。

金晓英赌气地说,害就害,不就是一条命吗?说罢,气冲冲地走了。

两姐妹闹得不欢而散。

妹妹愤然离去,金晓云心里毕竟还是有点内疚和后悔。如果不把妹妹介绍给呆子,事情也许不会搞得这样僵了。当然,也难说,如果碰上另外一个男人也是这样,那还不是一样吗?另外,她也怪妹妹的性格太固执。呆子的条件分明还不成熟,一下子哪能拿出那么多的钱买房子呢?你就是再逼他,也无济于事,只可能越逼越出错。

她放心不下,又给呆子打电话,几乎是用哀求的口气说,呆子,我妹妹的肚子已经有三个月了,她又不愿意流产,你还是要认真对待嘞。再说,我妹妹的脾气很拗,万一出什么事呢?

呆子在那头伸着颈根申辩,姐姐哎,我哪里不认真?我是这个世界上最认真的男人。没有钱,就没有钱。没有房子,就不结婚。你说我怎么不认真?我说过一句谎话吗?我也劝过她,她怎么也不听我的,好像我所说的话都是闹药。我又有什么办法呢?杀死她吧,犯罪;把她丢到河里吧,也犯罪。姐姐哎,你说句公道话,我到底错在哪里?

金晓云一时语塞,还真不好说只是呆子的错。妹妹的肚子大了,是两个人的事情。妹妹如果不是草率地跟他上床,哪里会有这样的麻烦呢?

所以,她只是说,呆子,你要认真处理嘞。

呆子烦恼地说,我晓得,我晓得。啪地挂了手机。

金晓英自从在呆子的租房跟他吵架之后,再也没有看到呆子了。如今想看到呆子,简直比看到神仙还难。她一天要拨打许多次电话,有时呢,碰到呆子的心情不错,还勉强地跟她说几句话;有时呢,呆子的心情不佳,干脆不接,哪怕手机响烂也不接。如果呆子接电话,金晓英就要发牢骚,呆子,你不要再自欺欺人了,你以为你不见我,肚子里的毛毛就不长了吗?毛毛照样长嘞。你如果再回避我,我哪天要站到长沙最高的楼上,跳一个空中飞人给你看看。

呆子哪里会被这样小小的威胁所吓倒呢?他在长沙城混了这么多年,什么稀奇古怪甚至惊天动地的事没看过呢?他嘿嘿地笑起来,故意怄她说,妹妹哎,那是你自己的事,我是管不到的嘞。其实,你想出名,也不要用这种愚蠢的办法。你一旦死了,我可以保证,第三天就没有人记得你老人家了——很可能会出现有人从飞机上跳下来的大新闻,那你不是亏了吗?其实,现在要想出名的手段有很多。你只说是被人强奸的,强奸犯是个什么样子也不晓得,天太黑看不清人,而肚子里的毛毛一定要生下来,然后,千方百计找到那个凶犯算账,这不是很好的吗?那么,这样一来,新闻媒体一直会跟踪报道的,天天炒你,那妹妹你就忙不赢了嘞,天天出现在电视和报纸上;而且,社会上一定会有许多人来关心你,支持你,关注事态的进展，提供许多似是而非的线索。警方也会出动大量人马，决心在最短的时间内破案。你呢，千万不要飞快地把我供出来，那样就没有意思了。你要让这个热点保持几年或是十几年，到时候你再把我供出来，你看是不是很有意思呢？至于我，那就成了天底下人人皆知的大坏蛋了。

金晓英一听，气得简直吐血。她恨姐姐，也恨自己，更恨呆子。她明白，呆子再不会跟她见面了。所以，无奈之下，她又逼着姐姐去说服呆子。其实，她还是想把这个剑拔弩张的局面慢慢地降温和化解的。她想通过各种办法，让呆子转过弯来。只要呆子转过弯，她也不会去计较呆子的，毕竟毛毛在她肚子里，不在呆子肚子里。

金晓云一听，眉头却微微地皱起来，为难地说，她也看不到呆子。她说，我曾经试着约呆子出来喝茶，想再说说你俩的事情，呆子却说太忙了，根本没有时间。金晓云不明白他每天在忙些什么，呆子耐心地解释说，我不忙怎么搞呢？我想结婚，不是连房子也买不起吗？所以，她最多只是在电话里说说呆子，并不起什么作用。

金晓英无计可施，只好重蹈"旧"辙，去呆子的租房静静守候。令她奇怪的是，呆子这个家伙居然再不出现了，好像从这个城市悄悄地消失了。而他的声音又无处不在，她给他打电话，他还在嘞。现在，他一定躲藏在某个黑暗的角落，像老鼠一样窃窃地发笑。

想到这里，金晓英更是气愤。她看着呆子租房那扇沉默的门，多次想破门而入，又担心被邻人指责，房东也肯定不会放过她的。现在，她还不想把事情搞得太僵，毕竟她觉得还有缓和的余地。当然，她更不想闹得满城风雨。

她却完全没有想到，其实，呆子多次看到她的。自从有了上次的教训，呆子再也不敢有丝毫马虎，每次回来，总是小心翼翼地在租房附近观察,看见确实没有金晓英的影子了,才敢迅速地溜进屋子,连灯也不开。如果发现她在守候,呆子就一声不响地偷偷地溜走,像一条在黑暗中慌忙逃窜的狡猾的狗。

再说,呆子社会上的朋友多得很,这个朋友家里如果没有睡处,他就走到那个朋友家里睡。呆子是个游荡惯了的人,又不像有的人择铺,在别人家里睡不着觉。呆子没有这个坏毛病,他习惯得很,无论是床铺也罢,沙发也罢,或是地板也罢,一倒下,迅速地呼呼大睡,很快进入梦乡,像是睡在自己家里。或者说,他把别人的家当成自己的家,好像没有一点心理负担,也好像,早已把金晓英肚子里的毛毛忘记了。

金晓英在租房碰不到呆子,马上放弃了守株待兔的策略。她争取主动出击,寻找呆子。然后,她去呆子的那些朋友那里,想将呆子捕获。其实,她也没有很明晰的线索,只是沿着一些隐约的线索去寻找。平时,听呆子说起过那些朋友,其中有些朋友她也见过一两回。她却没有料到,呆子早已留了一手,他把这件事情告诉朋友们,说如果看到金晓英,只说你们不晓得这件事情,当然,更不要供出我在哪里。那些朋友三四,当然是坚定不移地站在他这边的。

金晓英真是有耐心,像大海捞针,决心在茫茫黑暗的世界中,将呆子找出来。

有天晚上,金晓英差一点就捕到了呆子。那时,呆子正在一个姓王的朋友的租房扯谈,两人喝着啤酒,吃着花生米。那个王朋友也是一个五爷。王五爷叹息地说,如今城里在婚姻上最困难的,肯定是我们这些五爷了,所以,不必冒失地喊结婚,先痛快地玩耍几年再说。呆子说,那是那是。又说,现在那个金特务,真是烦死老子了,天天寻着我要结婚,好像她嫁不脱似的,老子偏偏不尿她那一壶。王五爷笑着说,你真的像一个播种机呢,播了种,人家连你这个播种的人都找不到。呆子笑了笑,大叹一声说,当然,有时候想起来，她也是很可怜的。

两人正说着说着，门铃音乐响了起来。呆子凭直觉，猜测是金晓英那个女特务找上门来了，赶紧向王五爷眨眨眼。

王五爷也是聪明人，当然领会他的意思，所以，门也不开，只打开门上的小窗口，明知故问地说，哦，是小金呀，你找哪个？

金晓英一脸疲倦，幽幽地说，呆子在不？

王五爷懒洋洋地打个哈欠，说，好久没看见他了，我想，他是不是被公安抓去了？你如果要找，我看到拘留所去找找看，说不定在那里面嘞。

金晓英晓得他不会说真话的，很不高兴，转身走开了。王五爷以为她会离开，谁知金晓英也不是一个容易上当的角色，立即拿出手机拨打呆子的手机，呆子的手机响了。当时，呆子吓出一身冷汗。万幸的是，呆子用的是振动。呆子担心金晓英怀疑他在这里，赶紧跑到卫生间把门紧紧地关了，再接电话。

金晓英问，呆子，你在哪里？

呆子轻轻地说，我在湘江边嘞。

金晓英问，你在湘江边做什么？

呆子故意绝望地说，唉，你还不晓得吗？我痛苦万分嘞，悲观失望嘞。现在，我在河边上徘徊，考虑到底跳不跳河。不跳吧，我实在很痛苦，觉得这个世界没什么意思了，不如眼不见为净。跳吧，又觉得我爷娘可怜，他们把我辛辛苦苦地带到这么大，我如果一声喊就跳了河，他们会怎么想呢？

金晓英气愤地说，你有什么事情想不开的？想不开的该是我。

呆子说，我不是为别的想不开，我是忧国忧民嘞！我看到世界上有这么多人，你想想，一天要吃多少大米？我不如跳了河，给世上人省口饭，也是为世界人民做贡献。

金晓英冷冷地说，呆子，你要是有这么高的觉悟，你如果跳河，老娘我会给你送一个世界上最大的花圈。

呆子说，那真是太感谢了嘞。

第四个月

——呆子，你在哪里？

——哦，你在哪里？

——我在北门。

——哦，我在南门。

俗话说，强扭的瓜不甜。呆子的父母原本想，随他吧，如果逼着呆子结了婚，以后吵呀闹呀打呀，那太没有意思了。他们希望呆子能够讨个既有感情又很温柔的媳妇。他们还以为金晓英流产了——近期没有听到她的消息，也不见呆子提起这件事情了。

有一天，他们终于害怕起来，有人打电话威胁他们，说你们家呆子在外面胡作非为，把人家妹子的肚子搞大，又不管人家了，如果不处理的话，你们家的饭店哪天被人砸掉，千万不要后悔嘞。打电话的是个男人，气势汹汹的，不像长沙口音。

呆子的父母吓坏了，看来金晓英肚子里的那团肉还在，并不像他们以为的流产了。呆子的家人不用分析，明白是金晓英指使人打电话来威胁的，所以，赶紧想对策。

他们没有猜错，这是金晓英实在无可奈何了，才想出来的不得已的计谋。你想想吧，看呆子又看不到，如果威胁说要砸他的租房吧，房东会跟她没完没了的，想来想去，只有拿他家的饭店开刀，以便让呆子家人给呆子施加压力，把这个像沉没在大海的秤砣一样的呆子，逼出水面。至于电话号码，是金晓英二月份去他家饭店时得知的。

金晓英不想自己出面威胁,那没有什么威慑力。那天在街上,她碰到一个民工模样的男人,就说请他打个电话,她可以给十块钱报酬。那个民工一听,顿时高兴起来,心想,这个好事到哪里去找呢?简直不用吹灰之力。只是民工的笑容马上又消失了,他有所警惕,如今社会上的陷阱很多,所以,他怀疑这个女人是否在搞什么见不得人的勾当,比如贩毒、贩军火、拐卖人口———一不小心,是会把自己牵连进去的,到时候不是枪毙就是坐牢,那岂不是活活地害了自己?所以,那个民工试探着问金晓英要说些什么话。她如实地告诉他。民工一听,觉得这是无关要紧的事情,无非是威胁威胁对方罢了;再说,这个女人也可怜,肚子大了,男人却不齿她了。所以,他照着打了,故意装腔作势、气势汹汹的。

呆子的父母紧张极了,好不容易在城里扎下根来,如果店铺被人砸了,所有的投资岂不是一江春水向东流么?所以,叫呆子的弟弟小建打电话给呆子,命令他马上回来,说有人命关天的事情要跟他说。

呆子根本不想回家,问到底是什么事情。呆子父亲接过电话说,鬼崽崽,你到底回不回来?如果你不赶紧回家,你就看不到我们了。话说得这么严重,呆子只好乖乖地回家。

呆子悠悠晃晃地走到饭店,只见家人如临大敌,弟弟和妹夫连菜刀和铁棍子也准备好了,时刻准备跟前来侵犯之敌血拼。总而言之,整个饭店充满了混战之前的紧张和不安。

呆子淡淡地说,跟谁打呀?

呆子的父亲惊恐万状,将他拉进里屋,细细地说了有人打电话威胁的事情。呆子听罢,微微地笑道,那还不是金晓英出钱叫人打的,跟老子来这一套!这有什么害怕的呢?我当年给古老板打工时,人家欠账不还,我不晓得请人打过多少威胁电话,告诉你们,不要紧张嘞。

呆子的父亲苦口婆心地说，如今社会复杂得很嘞，我们又不清楚金晓英有什么背景，如果她叫人来害我们呢？

呆子坐在椅子上抽烟，吐了一个漂亮的烟圈，然后，一挥手把烟圈搅烂。他轻松地说，哼，她有什么背景？屁背景，她的背景是一张白纸。难道她的背景比我的背景还复杂吗？我是黑白两道都有人的，她不就是有个姐姐在长沙吗？两个女人，我怕什么怕？

呆子的父亲仍然不放心，说，那也难说嘞，如果你被人打断手脚呢？

呆子蛮有把握地说，你们不要把事情想得那样复杂，好不好？我曾经碰到过好些女人，没有谁像她这样的，她算是一个非常特别的例子。看来，她肯定是有精神病了。我看她也翬不过我的手掌，现在，她连找我也找不到嘞。

呆子说罢，居然有点得意起来。难道不是吗？任凭她金特务怎么处心积虑地寻找，也找不到他的鬼影子。

呆子的母亲紧紧地抓着他的手，说，崽呀，你要替我们做父母的想想嘞，万一你出了什么事情，我们只有去死嘞。

呆子轻轻地拍拍母亲的手，说，娘老子，你放一万个心吧，我保证没有事的。

呆子的父母却没有放弃努力，他们不希望看到一种悲惨的结局，他们要把可怕的事态扼杀在萌芽之中。所以，他们不准呆子走，一直在逼呆子，硬要呆子在这件事情上妥协。

那天，呆子的父母显然做了充分准备，饭店关门之后，又把呆子的弟弟妹妹以及妹夫，都叫来劝说呆子。

其实，也只有呆子的父母说话，他的弟弟妹妹和妹夫却不太劝说，他们毕竟年轻，没有那么胆怯。呆子的弟弟愤愤地说，他们要来，就让他们来吧，老子跟他们拼了这四两命。

呆子的父亲呵叱道，你有几条命？然后，又跟呆子的母亲一道劝说呆子。

父亲说，其实，看来金晓英还是很贴你的，不然，她也不会三番五次地厚着脸皮来找你。呆子，算了算了，你就是这个命。

呆子就说，你们不要勉强我，好不好？我自己的事，能够处理好的。

父亲说，你哪里处理好了？她不是找到这里来了吗？现在，又打威胁电话。

呆子就说，这个臭不要脸的女人，你们根本不要齿她。

父亲说，不齿行吗？你难道不晓得隔壁的那家饭店吗？男人跟女人离了婚，离了半年，后来，那个女人不是叫人把饭店砸得一塌糊涂吗？

呆子就说，这是这个，那是那个，两回事嘞。

双方就这样你来我往地说了一阵子。呆子显得不耐烦了，喝杯茶，说，你们再也不要叫我回来说这件事情了，好不好？然后，拔腿就走。

呆子走出店门，走到公共汽车站坐车。他轻轻地吹着口哨，若无其事。他上车刚坐下来，只见一个挺着大肚子的孕妇上来了，别人都不让座，呆子立即站起来。他抓紧扶杆，漫不经心地望着窗外。

呆子脸上没有流露出什么表情，其实，心里还是非常气愤的。金晓英他娘的肠子，居然有这么大的胆子，雇人打电话威胁我爷娘，她怎么不叫人打我的电话威胁我呢？他娘的肠子，想把我全家搞得鸡犬不宁。

下车之后，他站在马路边，一个电话打给金晓英，气势汹汹地说，金晓英你听着，你有本事就对着我来，不要去威胁我爷娘，我娘老子有严重的心脏病，如果有个三长两短，惹火了老子，老子就把你丢到河里喂鱼，连公安都破不了案，你相不相信？

当时，金晓英正孤独地躺在床铺上，看是呆子主动打来的电话，以为呆子是来向她求和的，心里顿时高兴起来。谁知一听，呆子却是怒火冲天地威胁她，所以，她的心一下子凉透了，也毫不相让，硬邦邦地说，呆子，你有本事就来，老娘在这里等着，我倒要看看，你是怎样将我跟你的血肉丢到河里去的？

呆子发泄了一通，再不跟她啰唆了，立即把手机关掉。他有点茫然地看了看热闹的街道，一时，竟然想不起自己现在究竟要到哪里去。

第五个月

——呆子，你在哪里？
——哦，你在哪里？
——我在东塘。
——哦，我在蔡锷北路。

五个月的身孕，对于一般女人来说，已经很显怀了。那时节，哪个女人不是肚子翘翘的，两瓣屁股绷得紧紧的，走路一摇一摇的，脸上满是欲做母亲的兴奋和神采呢？尤其是在五月的季节，衣服又不像冷天那样厚实，薄薄的衣服就更容易显怀了。

金晓英却是一个特例。一是她的妊娠反应不大，或可说根本就没有；二是她根本不显怀。基于这两点，鬼也不晓得她怀孕了。她不说，谁也看不出她居然有五个月身孕了——自然的，也避免了不少的麻烦，且不会引起许多讨厌的目光。她只是走路的速度缓慢一些，别人也不晓得她是因有身孕而放慢速度的，还以为她是喜欢这样慢慢悠悠地走路。她不像别的孕妇，喜形于色，甚至理直气壮地承受着别人的眼光。她讨厌那些不经意地打量她的目光，她是一个言不正名不顺的孕妇。刚开始时，她还有点喜悦，而现在，她没有丝毫的得意和满足了。她只是觉得肚子里塞得满满的，而且还在不断地动弹；另外，人也容易感到疲倦，只想睡觉。有时候，她在店铺里坐着，瞌睡像一堆蚂蚁似的悄悄地来临，迅速地占领她的眼皮。除此之外，她好像没有其他的反应。

金晓英一直没有放弃争取呆子的行动，她不相信，呆子是这样的无情无义，毕竟人心是肉做的。哪怕是铁板，她也要用猛火慢慢地熔化它，让它彻底地变成一滩水。当然，她现在开始改变方式了，给呆子打电话少了，也没有请人再打电话威胁呆子的家人。她觉得，像呆子这样的男人，是根本威胁不了的；所以，她决心要用另一种方式——真情实意——来打动呆子。

她不断地给呆子写信——写信在这个时代显得多么落后，她却还是选择了它——几乎一天一封，每封信起码在五页纸以上。她写得情意绵绵，每当写到动情处，泪水就情不自禁地流下来，纸上溅湿了一片。有时，她写着写着，居然再也憋不住了，哇哇大哭。她把笔丢到一边，一时再也无法写下去了。

她不断地在信中写到自己的无助和忧虑，写到孤独和伤感，写到胎儿在肚子里微妙的动弹，写到自己整天昏昏欲睡像在梦中一样，写到黑夜里的盼望和黎明中的惊惶。当然，她还写到他俩认识之后的那段情意绵绵，回忆他俩在一起快乐的笑声，描绘呆子醉醺醺的可爱的神态，甚至还夸张地写到呆子在床上超人的表现。

她把这些感觉写得非常细腻，很有质感，一点一滴，一丝一毫。每次写罢，她静下心再来细细地读这些文字，甚至连自己都感到十分惊讶。她不相信，自己竟然能够写出这么动人而奇妙的文字来。她甚至还激动地注视着笔尖，不知它怎么能够流淌出如此流畅的语言，这些语言像春天潺潺的山溪水，浮动着桃花和叶子以及青草，激情澎湃地流向远方。如果有可能发表，那么，这些书信应该是天底下最好最感人的散文。她相信，无论哪个人读了，都会为之动容的。所以，她不相信呆子不会被它们所感动。

金晓英每天写信寄信，幸亏邮局不远，写完了就去寄，来来往往，那些程序像流水作业一样。现在，她总是处于猜想之中，呆子肯定在读她的书信了，他一定读得非常认真，他一定会被这些书信深深地感动，甚至悄悄地流出眼泪。他读罢，一定会激动，在屋里不安地走动着，脸上流露出愧疚之色，良心受到巨大的冲击，他会为此感到无地自容的。而且，他会为她的宽容感激不已。当然，他甚至好像看到她默默地站在他面前，眼里闪出一丝忧郁和艾怨。他甚至还看到了她肚子里的毛毛在不断地动弹，小手小腿像他一样结实和可爱。然后，他开始采取补救措施，飞快地打来电话，请求她的原谅。他无限忏悔的话语，像河水般滔滔不绝，说着说着，不由得潜然泪下，泣不成声。他狠狠地骂着自己，并且不停地捶打着结实的胸部，发出噗噗的响声。或是，他没有打来电话，而是出其不意地出现在自己面前，发疯般的冲上来，紧紧地抱住她，让滚烫而悔恨的泪水洒在她脸上，甚至跪下来，苦苦地求她宽恕。或是他冲进来，什么也不说，叫她赶紧把店铺关掉，然后，跟他去扯结婚证。她也没有再叫他买新房子了，她已经被突如其来的巨大惊喜冲击得不知所以，她全身洋溢着无比的幸福，她激动的泪花，像珠子般洒在呆子的脸上。她会故意问，呆子，我们现在去哪里？你说啊说啊。呆子却不说，只是紧紧地抱着她，让的士司机感到惊讶而羡慕，从反视镜里时而偷偷地看他们一眼。他们却什么都不顾及，拥抱着，亲吻着，好像多年没见却偶然相见的情人。

每天把信发走之后，金晓英就盼望呆子的电话突然打进来。她没希望呆子写回信，她明白呆子没有这份心思。他只要来电话，她就感到心满意足了。所以,无事时金晓英把手机放在桌子上,呆呆地看着,希望它能快乐地响起来,然后,显示出呆子的手机号码。手机倒是经常响起,却都不是呆子打来的,全是生意上的鬼事,这弄得金晓英没有一点心情。

有一回,店铺的老板打来电话,问她生意如何,金晓英用低沉的声音回答,老板一听,问道,小金,你是不是病了?怎么有气无力的?金晓英说,只是有点不舒服,没关系。

金晓英不晓得的是,呆子的确收到了这些信件。每次收到之后,他居然连信封也没有拆开,顺手往字纸篓一丢。每当积到厚厚的一沓,他就把它们堆在厕所里,一把火烧掉。那些花费了金晓英不少心血的动人文字,就随着烟火消失在空中。

呆子根本没有耐心看这些东西,虽然心里也偶尔有过一丝触动——为金晓英的这种韧性,而这种感觉,飞快就消失了。他可以猜测得到信中的那些内容,无非是一些甜言蜜语,一些忧郁的诉说。这不过是金晓英换了一个更为阴险的手段而已,目的是一步步地打动他,软化他,最终叫他乖乖地举手投降,然后,彻底地让他归附于她。

如果说,金晓英一开始就用这种手段来软化他,不是跟他来强硬的那一套,呆子很有可能会接受这种现实的;虽然买不起房子,租一套房子也是可以将就的。他是一个吃软不吃硬的角色。可惜的是,金晓英已经错过了这个宝贵的机会。金晓英首先把她可恶的一面,完全暴露给了呆子;所以,呆子早已心灰意懒了。

这些情况,如果让金晓英晓得,不知她会感到何等的悲哀。

金晓云倒是经常打电话,劝妹妹早点把毛毛打掉。她不无担忧地说,如果再不打,就来不及了。

谁料金晓英又犟了起来,激动地说,我偏不去打,我不相信呆子不管了。他下的种子,他难道不管吗?金晓英仍然把希望放在她的软武器上,她相信呆子一定会回心转意的。

姐姐焦虑地说,你现在还不打,到时候,吃亏的还是你呀,妹妹!

金晓英生硬地回答,吃亏就吃亏。

所幸来买东西的人并不多,所以,除了收钱,金晓英总是伏在桌子上,眼睛怔怔地望着从店门前走过的行人。那些行人说说笑笑的,浑身轻松,他们哪里晓得坐在店铺里的她满身沉重呢?哪里晓得她一肚子苦楚呢?想着,想着,她眼睛潮湿了。

金晓英很无聊时,就给呆子打电话。她再也不气势汹汹的了,只是无限伤感地问他在哪里,能不能够来看看她,她说她现在痛苦极了。她的口气中,有了许多的哀求,甚至显得非常可怜,像一只被套住的野兔,企求别人的怜悯和帮助。她从来也不问他,是否收到她的那些信件,她要呆子主动说出来。呆子也不说是否收到了,他依然如故,总是找这样或那样的借口说没有时间来。

金晓英感到伤心极了。

一到晚上,金晓英躺在床上,双手不断地抚摸着鼓鼓的肚子,感受着毛毛的动弹。毛毛调皮极了,时不时地来那么一下,踢脚伸腿,毫无顾忌,好像把母亲的子宫当成逼仄的练武场,也好像是急不可耐地要冲出来,来到人世间尽情地表演一番。这叫金晓英既感到惊喜,又觉得惶然。不是吗?毛毛还有几个月就要来到世间了,做父母的竟然还没有消除彼此之间的隔阂,那个播种的人居然也不来看一下。

金晓英骤然觉得心里苦死了,真是苦到极点。在黑夜中,她也冷静地反省自己以前那种威胁呆子的手段——那也太草率,太轻浮了。她没有料到,呆子根本不吃这一套。有时,她真想一死了之。这个想法,让她感到非常惊讶。她从来也没有想到过死的,她只是想结婚,然后,顺顺当当地把毛毛生下来,让幸福和欢乐充满着整个家庭。而为什么现在却有了这个念头呢？

她不由得感到一阵战栗。

当然，这个绝望的念头只是一闪而过。她觉得肚子里的毛毛可怜，毛毛是无辜的——毛毛还来不及看看这个世界就胎死腹中，她于心不忍。再者，她即使死了，呆子也不会怎么样，他照样会活得好好的。那么，自己不是等于白死了吗？

第六个月

——呆子，你在哪里？
——哦，你在哪里？
——我在南郊。
——哦，我在北郊。

金晓英每次给呆子写信时，就顺便在日历上画一个小娃娃，那些小娃娃有男也有女。画着画着，她有时禁不住吃吃地笑起来，笑得天真而可爱，她为自己笔下各式各样表情的小娃娃感到乐不可支。那些小娃娃有的像她，有的像呆子，还有的既像她又像呆子。望着这些天真无邪的小娃娃，她有时又突然黯然神伤，一种苦涩悄悄地从心底泛上来。日复一日，那本日历上已经画了许多的小娃娃，可她还是没有从呆子那儿得到让她稍稍放心的话。

终于有一天，她实在忍无可忍了，一个电话打给呆子，愤愤地说，呆子，你他娘的真是吃铁钉长大的！我告诉你，毛毛已经六个月了，你千万不要指望我打胎嘞。

呆子却漫不经心地说，那好嘞，我预祝你做妈妈成功。

那你呢？金晓英说，你这个做爸爸的难道不管了吗？

呆子嘻嘻地说，我晓得毛毛的爸爸是谁？

金晓英骂道，流氓嘞你。

几个月过去了，呆子仍然没有回心转意，他并不把那件在金晓英看来是非常急迫的事情放在心上。她不打胎，那是她的问题，完全不关他什么事。当然，有时候，呆子心里还是很矛盾和复杂的，金晓英也很可怜，别的女人怀孕，有男人或大人细心照料，她却无人关心，自己的所作所为，于情于理都说不过去，毕竟是自己的血肉。只是这样的想法是一过性的，他更多的是想起金晓英可恶的一面——威胁他不说，这个女人还不顾实际情况，好像他呆子是一个富有的男人。

在这段时间，呆子仍然无所事事，除了跟着朋友去株洲和上海催款；但如果仔细算算，他还是帮人做了一两件事情的，只是没有什么报酬。

他的那个朋友王五爷，很早时认得一个三流画家。画家姓李，七十多岁了，妻子早已去世，就从外地来长沙散散心。他没有住宾馆，租一间屋子，每天画点画，或是见几个老朋友。王五爷晓得之后，叫呆子同他一起去见老画家。反正呆子也无事可做，所以，就跟着去了。老画家的身体看来还不错，他们也在一起吃了几顿饭，都是画家买单。王五爷争着买单，老画家却不答应，他说他无崽无女，钱也用不完，留着做什么呢？呆子觉得这个老画家还比较大气。

那天吃饭，当说起个人之事时，老画家顿时悲从中来，连连摇头叹息，说自己无儿无女，妻子又先他而去，心里悲苦和孤独极了。

王五爷劝老画家，李老，你可以找个伴。

老画家听罢，连连摇头，叹息说，如今不好找，那些女人，都是冲着他的财产来的，急着要跟他结婚，其实，是巴不得他快点

179

死。唉，太没有意思了。

呆子一直没有说话，只顾埋头喝酒，后来，他突然插话说，找情人不就解决问题了？

老画家没有见怪，还是摇头，说，找情人没有意思，没有感情，你说有什么意思呢？

呆子和王五爷会意地看一眼，明白老画家既不想结婚又需要有个女人，且这个女人又是要有点素质的，一定要懂点艺术，这样才跟他有共同语言；另外，又必定是漂亮年轻的女人。问题是，现在年轻漂亮而且有点素质、懂点艺术的女人，哪里会跟着你这个老倌子呢？当然，或许也不排除有这样的女人会跟着你，而你如果没有很大的希望给予她，她会死心塌地跟着你熬日子吗？她的胃口肯定大得很，恨不得你早点见阎王，然后，她就是理所当然的接收大员了。当然，找那些徐娘半老吧，如果没有一点素质，老画家肯定也不会答应的。这的确是一个两难问题。

既然老画家有这样的苦衷，王五爷大约也是出于同情，悄悄地对呆子说，呆子，你的路子宽，你去给他找个合适的女人来。

呆子筷子一放，说，爷哎，你叫我到哪里找呢？

呆子虽然嘴上这样说，心里还是很乐意帮老画家找一找。他跟王五爷一样，是出于一种同情；况且，这个老画家给他的感觉不错。他叫王五爷先不要告诉老画家，万一没有找到，会叫他感到失望和尴尬的。

呆子具有的这副体谅老画家的心肠，很可能是在他帮古老板发书时养成的。那些作家啊画家啊书法家啊，还包括音乐家啊，像这类人的书，他几乎都发过；所以，他对这些人还是仰慕的。当然，他也晓得这些人的感情比较丰富，没有女人，尤其是没有情投意合的女人，那就过不得日子。加之老画家很孤独，人又好，总是热情地请呆子他们吃饭，呆子就觉得不帮他找个女人，心里是过意不去。

呆子本来想把金晓云介绍去的，在他看来，两人比较合适。金晓云对于艺术懂得一点皮毛，她经常买美术杂志翻翻，再说，金晓云近段可能还没有找男朋友（这是呆子凭感觉猜的，他却不晓得金晓云早有了独身的打算）；所以，不会有什么麻烦的。后来一想，他娘的肠子，不对嘞，我怎么这样蠢呢？我这不是惹火上身吗？他如果带金晓云去见画家，金晓云就会感觉出来，他呆子其实是在拉皮条；而且，跟她见面之后，她肯定会滔滔不绝地劝他跟她妹妹和好。说不定，她还会把她妹妹叫过来，然后，两个女人一起对付他，逼他低头认罪——她的心思都会用在这上头，所以，她绝不会去跟老画家诗情画意。算了，算了，呆子在心里马上把金晓云悄悄地画掉了。

呆子这个人毕竟还是有办法的，而且，说话算数，不会叫别人失望。第三天，呆子终于带一个四十多岁的女人去了老画家那儿。去之前，呆子对那个女人说，老画家太孤独了，想要个伴，你如果愿意就去看看，说不成也没关系。还说，如果双方同意了，老画家是绝对不会亏待你的。

女人叫张沛红，离过婚的。原先在一家工厂绘图，最近下了岗，无所事事，每天跟着街道上的老太婆打三分钱的麻将，打得天昏地暗。呆子以前认识这个女人，那天正巧在街上碰到她，见她准备去搓麻将，呆子马上把她扯到一边，吞吞吐吐地说了这件事情。

张沛红一听，眼里立即冒出一丝希望，大方地说，那就去看看吧。

呆子明白，这类女人一般要求不是很高的，有口饭吃，再给她们买几件衣服，不要求她们动手做那些要费大力气的事情，她们还是愿意的。再说，像她们这样年龄的女人，已经没有什么优势可言了，在生活中，眼睛只能往下看而不能往上看了，很像往西边迅速下滑的夕阳,如果不抓住机会,一眨眼,就会陷入无边无际的黑暗之中。当然,张沛红虽然长得不是十分好看,一张马脸,但那对眼睛里,还残存着一点妩媚,笑起来,有点狐狸气。

呆子把张沛红带到老画家房里时,老画家睁着眼睛,把女人快速地打量一番,然后,礼貌地请他们去馆子吃饭。老画家点了许多菜,张沛红很可能好久没看过这么丰盛的佳肴了,眼睛惊喜地睁得很大。一坐下来,双方还留了电话。张沛红看样子很满意,所以,也很兴奋。一兴奋,她便很有节制地夸着老画家,让人感到比较舒服。并且,她不断地给老画家搛菜。老画家也让她搛,没有一点反感,只是一口一声地说谢谢。

那天,王五爷有事,没有来,所以,只他们三个人吃饭。呆子心里暗暗高兴,老子一出马,事情就成功了。他以为这两个人会有好戏,所以,吃得更是心安理得,一杯一杯地喝酒。吃了一阵子,呆子趁老画家去厕所时,赶紧跟进去,悄悄地问,李老,怎么样?并说,那个女人已经同意了。谁知老画家淡淡地说,我对她没有什么感觉。

呆子一听,明白,完了,他娘的肠子,白忙一场。

过了几天,张沛红试着打电话问呆子,说那个李老怎么没有给她电话,她又不好意思主动给他打。呆子敷衍说,哦哦,李老这段时间在忙着画画,要他画的人像蚂蚁一样在排队嘞。

张沛红迫不及待地说,那我可以照料他呀。

呆子忍着性子,应付说,你不晓得李老的习惯,他画画时不习惯屋里有人。心里却暗暗地说,要你照料个屁,你原来是这么个愚蠢的女人,脑子怎么这么不开窍呢?那天吃饭时,老画家就炒了你娘的鱿鱼。又想,这个张沛红怎么也跟金晓英一样,像一条蚂蟥似的缠着男人不放呢?

当然,至于后来张沛红跟老画家到底怎么样,呆子没有打听,也不见张沛红再给他打电话了。

王五爷晓得老画家没看中那个女人,所以,又催促呆子重新帮他找一个。呆子没有耐心了,说,再看看吧。

其实,呆子没有再留意找女人的事情了。当然,他还是时而去看看老画家,希望趁老画家情绪不错的时候,能够搞他几张画卖钱。

那天,呆子吞吞吐吐地对老画家说了这个意思,谁知老画家竟然支支吾吾地说太累了,一时画不出来,还委婉地说,我以后一定会送你一幅的。听那个意思,分明是拒绝了呆子。

呆子怔怔地坐着,一时还反应不过来。咦,我原还以为他很大方,每回吃饭都是他买单,而且,我也为他找女人的事情跑来跑去的,难道一张画也舍不得给我吗?你说以后会送我一幅画,我还不晓得你老人家是否能够活到那一天呢。

呆子的心骤然冷却下来,不再去老画家那里了。王五爷叫他去,他也不去,只推脱说有事,你自己去吧,我有事嘞,王五爷。

第七个月

——呆子,你在哪里?
——哦,你在哪里?
——我在西郊。
——哦,我在东郊。

金晓英如果晓得呆子整天在为老画家拉皮条,那肯定会气得吐血的。七个月过去了,她仍然只闻其声,不见其人。谁相信,世界上竟然有这种事情呢?天气一天天地热起来了,金晓英的肚子有点显眼了，她不可能还穿很多衣服来遮掩。有时候，她真不晓得怎么办才好。她总是偷偷地流泪，湿了一张纸巾，又迅速地湿了另一张纸巾，不多久，身边堆积了许多怪模怪样的纸巾。肚子里的胎儿动得更加厉害了，拳打脚踢的，鼓眼暴睛的，似乎恨不得一路叫喊着冲杀出来。

金晓英也曾经犹豫过，她费尽心机也不见呆子回头，倒不如悄悄地打掉算了，吃亏就吃亏。不然，一个未婚女子生个小孩，算什么事呢？虽然现在未婚生子的很多，她却不愿意，她还没有解放到那种地步，她要光明磊落地生。如果未婚生下小孩，她姐姐或许还能够理解她，如果让父母晓得，那他们还不会被她活活地气死吗？

如果在毛毛三两个月时把他打掉，她肯定不会欲死欲活的。可现在不行了，她的感觉大大的不一样了。这几个月来，都是胎儿在陪伴她，陪伴她度过孤独的每个昼夜。她一天天真切地感受着胎儿在渐渐地长大，胎儿的安静和顽皮，都使她像吃了一剂兴奋剂。她甚至还听见胎儿的微微笑声，那声音很细小，像摇动的小风铃，一阵阵地从遥远的地方响来，让金晓英如沐春风。在她痛苦的时候，只要胎儿一动弹，就似乎传来一种神奇的力量，让她暂时忘记痛苦。她赶紧擦掉泪水，把一只手轻轻地抚在肚子上，感受着那种奇异的跳动。

呆子似乎从来没有考虑过金晓英的肚子，好像金晓英的肚子渐渐地膨胀，跟他没有任何关系；又或者觉得她的肚子不会膨胀，那里只有一粒长不大的种子。他仍然在外面游荡。他再也没有接到家人的电话，焦虑地向他诉说金晓英的事情。这说明，金晓英没有威胁他家人了，现在，改为写信来软化他了。难道我是那么容易被软化的吗？我又不是一团雪花。当然，他也不是没有想过金晓英。他想她一定会去流产的，她如果答应流产，只要告诉他，他呆子也不是冷血动物，肯定会陪同去医院的。

当然，他也不晓得金晓英到底是否还挺着肚子——或许，早已打掉了，现在只是骗他罢了。如果还挺着肚子，他仍然不会齿的；如果不再挺着，只要金晓英还同意跟他来往，他也没有任何意见。那时，金晓英也就没有理由再逼着他结婚了。本来，他想叫王五爷去她的店铺侦察，看她的肚子是大是小；后来一想，算了算了，侦察什么鬼？她想生，就让她生吧。

有一天，呆子从王五爷那里吃中饭出来，一个人在街上荡着。天气很热，呆子专门荡大商场，那里面的空调效果令人舒服极了，一阵凉风轻轻地吹来，然后，又一阵轻轻地吹来。呆子荡到下午五点多钟，突然接到张沛红的电话。当时，呆子还以为她仍然想跟老画家来往，所以，不耐烦地抢先说，你这个女人怎么搞的？老画家早就走了嘞。

张沛红也恼怒地说，你撞见鬼了是不是？谁问他的事了？他走没走关我屁事？紧接着，她飞快地转到温和的口气，说，呆子，我想你来我家坐坐嘞。

呆子正闲得无聊，一口答应，说好啰，我就过来啰。

其实，呆子听张沛红的口气，已敏感地猜测到，这个女人一定是发骚了，又一时没有找到合适的男人，就明目张胆地找到他呆子头上了。对于这样的女人，呆子心里没有多少涌动，既然她找到老子的头上，老子也不客气，反正老子也是逢场作戏的人。

呆子按照张女人说的地址一路找过去。张沛红住在河边，那一线房子显得非常破烂，像乡下的似的，跟这个城市很不合拍，又像是被狠心的爷娘抛弃的崽女，可怜巴巴地站在河边上乞讨。

呆子找到张沛红的房子，轻轻地敲敲门，女人的声音响了起来，谁？

我。呆子说。

门窄窄地打开一条缝，呆子侧身进去一看，果然不出他的意料。这个女人居然只穿着一条黑网纱的三角裤，系着一只枣红色的乳罩，皮肤倒是白净，腰身却鼓出一圈吓人的赘肉。女人笑眯眯地叫一声呆子，居然还此地无银三百两地说，这鬼天气，真是热死人嘞。

呆子心里哼一声，你这一招，在老子面前耍什么耍？你无非是想上床罢了。本来，呆子没有丝毫兴趣，你一个四十多岁的女人，还想吃我这根嫩草吗？我本来是把你介绍给七老八十的男人，没有想到，你却打起我的主意来了。呆子心里很是看她不起。这时，他的眼睛突然又亮起来，他发现张沛红的奶子很大，像乡下的两个大擂钵，悠悠晃晃的——金晓英的两个奶子也比不上她一个，一时也就动了心。再说，又不要他呆子请客吃饭，像她这样年龄的女人，还要反过来请呆子吃饭。

呆子指着女人的胸部，嬉皮笑脸地说，喂，你那两个东西像泰山嘞。

张沛红也笑着说，你想不想看看泰山？

也不等呆子说话，她竟然迅速地把乳罩脱下来，两座白色的泰山陡然颤颤晃晃地显了出来，然后，她往床铺上一倒。呆子也不讲什么客气，马上爬上去，跟张沛红打起滚来。结果，两人滚得一身大汗，篾席子上像被大水浸过一样。

两人拼命地疯狂一阵后，呆子叫张沛红拿毛巾给他擦汗。他一边擦，一边说，他娘的肠子，这屋里也太热了，如果有空调那就有味道了。他想起大商场的习习凉风。这屋里只有一台老掉牙的风扇，摇头晃脑的，咔啦咔啦地乱响，响得人心里很烦躁。

张沛红却说，老娘连饭都快没有吃的了，还空调，空你娘嘞。她伸手在呆子结实的胳膊上死死地掐了一把。呆子像抽筋一样地抽回胳膊，叫着说，蠢猪，你想掐死我吗？

果不出呆子意料，张沛红和呆子调笑一阵，就下了床，说，你歇歇，我搞饭菜去了。呆子，你划得来嘞，睡了我的，还要吃我的。

呆子想说，我是可怜你嘞，又觉得这话过于刺激，不由得嘿嘿一笑，说，你不让我吃喝，我哪里有力气？你以为我是铁打的吗？

接着，呆子也下了床。他想回味刚才跟张沛红在床上的快乐，可除了女人快活的叫喊，居然没有什么可回味的，像喝了一杯寡淡的白开水。所以，他觉得沮丧，觉得上了这个女人的当。

然后，呆子打开电视机，一个人靠在沙发上看，想休息一下。电视上正放着丰乳广告，呆子本来想叫张沛红出来看看——如果让她去电视做广告，那是最绝的——嘴巴张了张，又没有喊。看着看着，呆子突然情不自禁地笑起来，想起跟张沛红上床的事情，不由得自嘲地想，自己倒像只鸭子了。鸭子跟女人上一次床，可以赚不少钱。老子呢，无非是喝杯酒吃餐饭而已。所以，要说是鸭子吧，也是一只低廉的鸭子。呆子就是这样公正而客观地评价自己。

张沛红疯狂了一回，情绪特别好，情绪一好，手脚也很快，三五两下，饭菜就摆了上来，还从冰箱里拿出一瓶啤酒。

呆子热极了，也不等张沛红拿启瓶器，先用牙一咬，再用一根筷子撬开了啤酒盖子，仰头就喝，连杯子也不要，然后问，哎，你的细把戏呢？

女人说，去他外婆家了。

呆子贼笑起来，那你更方便了嘞，随时都可以叫男人来嘞。

女人故意板着脸说，呆子，你要死了！你以为我是那样随随便便的女人吗？

呆子说，好好，你不是随便的女人，那你是守身如玉的女人，好不好？你死了之后，我一定给你立个贞节牌坊。

张沛红说，你放屁！我为什么要守身如玉？我替谁守身如玉？我这辈子也是瞎了眼，居然跟了那样一个臭男人，一点责任心也没有，离婚之后，连赡养费也不按时给，总是一拖再拖。唉，真是可怜我的崽。说着，眼睛红了起来。

呆子一听，陡地想起了金晓英，立刻觉得张沛红好像是在骂自己，心里阴沉了一下；又听说那个男人连赡养费也不给，便很想替张沛红打抱不平，叫几个兄弟去教训一下她的前夫。又想，唉，多一事不如少一事。再说，我是她什么人？不由得长长地打一个酒嗝，没说话了。

两人边吃边说，不知不觉到了晚上八九点钟。呆子吃饱了，抹抹嘴巴，就想走人。张沛红却不准他走，挤眉弄眼地说，你睡到这里没有关系的嘞。

呆子说，我还有事情嘞。心里却想，这个女人真是贪得无厌，吃了一餐嫩草，还想继续吃嫩草。你娘的肠子，你不要命，老子还想要命嘞。

女人看劝他不住，依依不舍地说，呆子，那你要常来嘞。

呆子木然地点点头。

出了门，呆子走在昏暗的灯光下，愤愤地想，你还想要老子来？来你娘！老子来一回，也是看你太可怜了。

后来，呆子果真再也不去了。如果张沛红打呆子的电话，呆子一看是她的号码，居然不接，面无表情地看着手机，让它一直坚忍不拔地响着，响到它不想再响的时候。

第八个月

——呆子，你在哪里？

——哦，你在哪里？

——我在北站。

——哦,我在南站。

金晓云看见妹妹的肚子这个样子了,心里非常焦急,劝妹妹赶紧去医院流产。她说呆子肯定不会回心转意了,千万不要对他再寄予什么希望。

可金晓云还是劝不动,看来金晓英是铁了心了。

她冷冷地说,姐姐,你别管我。

金晓云忧心如焚,说,我是你姐姐呀,我不管谁管?说罢,泪水出来了。

望着妹妹老不出气的样子,金晓云恨不得叫几个人,强行把妹妹抬到医院去做人流。如果父母晓得了,还不知该怎样骂她,说她这个做姐姐的,眼睁睁地看着妹妹肚子这个样子了,竟然不晓得采取措施,是不是想叫人家看笑话呢?当然,金晓云也很委屈,呆子的工作也做了,妹妹的工作也做了,口水都说干了,却没有一个人听她的。她真希望妹妹的胎儿能转移到她的肚子里来,那么,她立即会去医院流掉的。

金晓云无计可施,一天到晚想的就是妹妹肚子里的毛毛。有一天,她打电话给呆子,求他跟她妹妹结婚,说她妹妹的肚子已经八个月了,很快要生了。她说的全是实情,她甚至还说,呆子,如果你买房子的钱不够,我可以支援你,至于你还不还,以后再说。

金晓云急促地说着,竟然还说,以后你们如果搞不来,还可以离婚呀。

呆子听着听着,扑哧一声笑起来,说,姐姐哎,离婚那是以后的事情,问题是,我现在拿什么来结婚?至于说用你的钱,那我不会要的,我连我爷娘的钱也不要嘞。

金晓云又火急火燎地说,呆子,一个人要有点良心,你看我妹妹这个样子了，怎么办？

呆子说，我也不晓得怎么办，而你妹妹肯定晓得该怎么办。你说我没有良心，那你妹妹就有良心？她八字还没有一撇，就要生毛毛，她有良心吗？她就没有想过，以后毛毛长大了，天天会挨别人的臭骂吗？

八月的太阳晒得厉害，像巨大的火炉一样，严酷地烘烤着这个城市，路面上似都飘荡着烈焰。呆子不怕冷，却最害怕热，所以，呆子那一向哪里也不去，躲在屋里，让一只破风扇啪啦啪啦地响着。呆子每天除了吃饭，就光着身子躺在地板上，一个劲地骂道，这个鬼天气，怕是要把人热死嘞。他无事可做，胡乱地翻翻从古老板那里带来的几本书。又想，如果金晓英写给他的那些信没有烧掉，倒是可以拿来解解闷的。

这天，他突然接到金晓云的电话，她叫呆子赶紧去她那里一趟，她说她已经病得不行了。听那声音，有气无力的。

呆子不去，他明白无非是为了她妹妹的事情，便说，姐姐哎，你想骗我？还不是想劝我跟你妹妹结婚？

金晓云却说，绝对不是嘞。

呆子问，那你难道真是病了吗？你叫我来，外面的天气这样热，你想热死我吗？他提防金晓云两姐妹在设下毒网哄他上钩——他一旦上钩，就会被她们缠住的，一时脱不了身。

金晓云仍然病恹恹地说，呆子，我是病了，我本来想叫我妹妹过来的，我妹妹肚子那么大了，我怎么好开口让她来照顾我？所以，我只有叫你了。

呆子想了想，犹豫一阵，心软了，说，那我就过来。

金晓云的租房在一个狭窄的巷子里。那时，天又黑了，呆子七弯八拐地找了许久才找到，看清门牌号之后，呆子这才暗暗地叹道，这比在深山老林寻找金子还难嘞。呆子没有先敲门，静静地站在外面，侧着耳朵听了一阵子，认为家里的确没有其他人时，这才轻轻地敲门。他走进去，发现金晓云的房子虽然不大，却摆设得很精致。床铺也好，窗帘也好，桌椅也好，像她这个女人一样，精精巧巧的。据呆子的观察，这屋里是没有来过男人的。

呆子开玩笑地说，姐姐哎，你这里连公安也找不到的嘞。

金晓云看呆子来了，很高兴，又是发烟，又是上茶，然后，坐在沙发上。

呆子抽着烟，疑惑地说，哎，你不是说你病了吗？

金晓云笑了笑说，是病了。她指指自己的胸部，说，是你跟我妹妹的事造成了我的心病嘞——不然，你怎么会来呢？

听她这一说，呆子不由得迅速、警惕地扫视下屋子。他预感到，肯定上了她们姐妹的圈套，他担心金晓英会从厕所或厨房走出来，然后，她们同仇敌忾地声讨他，批判他，把他搞得无地自容，批得体无完肤。呆子不安地坐了一阵子，并没有见金晓英出来，也就稍稍地放下心来。

那天晚上，金晓云穿着一条粉红色的短裙子，显得很漂亮，也显得很精致。一时间，呆子心里美滋滋的，把烟抽得嗦嗦响，像吃肉一样。

呆子开始放肆了，油腔滑调地说，姐姐哎，我两个硬是没有缘分嘞，我本来是看上你的嘞，你却偏偏把你妹妹介绍给我。

金晓云说，那我也会被你害死的，你看我妹妹现在……哦，我说过的，不说我妹妹的事情。又说，我是想好了打单身的，所以，就……

呆子心里轻松了，说，哦，那你的想法跟我一样，还是打单身自由自在。呆子的话一出口，以为金晓云会接上他的话说的，起码也要指责他，你既然如此，就不必把我妹妹的肚子搞大了。让呆子感到意外的是，她并没有说话。

这时，金晓云从冰箱拿出一个西瓜，然后，用一把长长的水果刀小心地切开。那把水果刀很长，在灯光下闪闪发光。西瓜很红，水汁流出来，像鲜血。呆子看着看着，突然感到一种莫名其妙的恐惧。

金晓云将一块西瓜递给呆子，说，这西瓜很甜，你尝尝。

呆子吃了起来，点点头说，唔，的确很甜。

金晓云笑着说，等一下，我还有更甜的东西让你吃。

呆子兴味盎然地问，什么东西？

金晓云却故意卖关子，神秘地说，现在，我当然不会告诉你。

呆子吃了两块西瓜，心里不由得起了疑心，难道她叫我过来，就是为了吃甜的东西吗？比如说这西瓜，还比如说，她暂时还没有拿出来的神秘之物。

金晓云的屋里虽然也是风扇，呆子却觉得这屋里凉爽多了。比起那个张牙舞爪的老女人张沛红来，金晓云毕竟不一样，含蓄多了。

呆子又放肆起来，开玩笑地说，姐姐哎，我们如果走到一起，你肯定不会像你妹妹那样固执的。

金晓云说，何以见得呢？

呆子大大咧咧地说，个性不一样，你文静多了，不是你妹妹可以相比的嘞。

那也不一定吧。金晓云有点沾沾自喜地说。

两人东拉西扯地说了一阵子话，金晓云突然说，呆子，你晓得今天是什么日子？

呆子怔了怔，抓抓头发，什么日子？我不晓得，这鬼天气把人都热昏了，谁还记得是什么鬼日子？

这时，金晓云拿起桌子上的水果刀，先用大拇指在锋利的刀刃上试了试，说，我晓得今天是什么日子。还没有等到呆子说话，她突然站起来，脸色骤然一变，把刀子戳在呆子的胸部，愤怒地说，今天是你的死期。

金晓云突然变脸，呆子顿时吓蒙了，一下子还没有反应过来。闪闪发亮的刀子戳在他的胸部，只要她一用力，刀子就会噗的一声刺进胸膛。

呆子只穿着汗背心。

呆子惊惶失措地说，姐姐哎，你要做什么？手颤抖地想去拿开刀子。金晓云吼道，你不要乱动，你只要一动，我就要了你的狗命。金晓云是站着的，呆子是坐在沙发上的，所以，呆子显得非常被动。

呆子只好乖乖地把手放下来，浑身的汗像雨水一样流下来。他无限感慨地想，他娘的肠子，到底还是上了这个鬼女人的当，没有想到她图穷匕见。他也根本想不到，文文静静的金晓云，居然会作出这种凶狠的举动来。所以，呆子有些瞠目结舌地看着一脸仇恨的金晓云。

半天，呆子才缓过气来，求饶地说，姐姐哎，你有什么话就好好说吧，何必搞得这么吓人呢？呆子一点底气也没有了。

金晓云怒气冲冲地说，你是一个好好说话的男人吗？你把我妹妹害成了这个样子，看都不去看她，你今晚一定要给我说清楚，到底怎么办？

呆子眼睛的余光一直瞟着那把刀子。他想，只要金晓云稍微有所疏忽，他就要飞快地把刀子夺过来。他娘的肠子，让一个女人乖乖地逼在南墙上，这算什么男人？

所以，呆子采取了缓兵之计，低声下气地说，你说怎么办我就怎么办，我听你姐姐的哎。

我要你跟我妹妹结婚，马上。金晓云简直在叫喊着。

193

呆子嘿嘿一笑，说，结婚很容易的，但马上可不行。这个时候了，谁还在上班？明天好不好？明天就去扯结婚证，不就可以了吗？问题是没有房子，你妹妹老是逼我买房子。

金晓云说，她答应不要你买新房子了，你们结婚之后，住在她那里也行，或是住在你那里。情急之中，金晓云自作主张了。

呆子忍气吞声地说，好好，姐姐我听你的，请你把刀子放下来，我这个人看不得凶器，看了心里发慌，好像看见一摊鲜血，像河水一样地流出来了。搞得不好，会被你吓出心脏病来的，我如果有了心脏病，那不是也害了你妹妹吗？

其实，呆子心里怒火万丈了，恨不得跳起来，一下子扑过去，活活地掐死这个女人。他娘的肠子，居然拿这一手来吓唬老子，老子是能够轻易让你一个女人吓倒的吗？老子只是不想在这里大吵大闹。一旦吵闹起来，惊动了隔壁邻居，他们看见动了刀子，说不定会打110的，那事情就闹大了，没有意思了。

金晓云这才不太情愿地把刀子收回去，警告说，呆子，你如果反悔，你要记得这把刀子嘞，说不定，哪天你会尝到它的滋味的。

呆子发誓说，我崽反悔好不？你如果不相信，明天，你陪着我和你妹妹去扯结婚证。

金晓云想了想，话也只能说到这个地步了，所以，终于放过了呆子。

呆子站起来说，那我走了。

金晓云命令似的说，明天八点，我在我妹妹那里等你。

呆子摆摆手，说，没问题。

说罢，呆子迅速地走出来。他没有马上回家，而是走到马路边坐下来，狠狠地抽烟，以压一压刚才的一场虚惊。他擦了擦额头上的汗水，恶毒地骂一句，这个婊子养的，真是看不出，甚至比她妹妹还狠毒嘞。

第二天早晨,金晓云打电话给呆子,说她已经在晓英这里了,叫他快点过来,一起去扯结婚证。她说她陪同去。那天,她很高兴地对妹妹说,呆子终于让她摆平了。金晓英开始不相信,疑惑地看着姐姐,怀疑她在说梦话。她这几个月软硬兼施,什么办法都想过了,也没有把呆子摆平,所以,不明白姐姐是怎么摆平他的。

金晓云把昨晚的事情详尽地说给妹妹听,还示以动作。妹妹听得一惊一乍的,说,姐姐你好大胆嘞。金晓云说,这叫以毒攻毒。两姐妹说着说着,情不自禁地笑起来。当时,金晓英非常感激姐姐,泪水盈盈的。

谁知呆子回话说,姐姐哎,真是不凑巧,我乡下的一个亲戚死了,我得赶回去,我现在快到老家了。

金晓云凶狠地说,呆子,你不要跟我耍鬼花招,你到底过不过来?

呆子大声地说,金晓云,你还有点良心没有?人家死了人,你还要逼我,老子不结婚了。说罢,关了机。金晓云再怎么打,也打不通了。

两姐妹呆呆地坐着,刚才还在高兴,突然就变得十分沮丧了,半天也没有说话。斗来斗去,到底还是没有斗过这个狡猾而可恨的呆子。尤其是金晓云,不好意思地看着可怜的妹妹,把牙齿咬得格格直响。

其实,呆子就在长沙,哪里也没有去,更没有什么亲戚去世,他不过是找个借口而已;而且,找个死人的借口,就是想故意气气这两姐妹。他很想打电话过去,说你们姐妹想摆平我,那还嫩了一点。

第九个月

——呆子,你在哪里?
——哦,你在哪里?
——我在市中心广场。
——哦,我在东郊乡下。

金晓英无计可施了。

肚子这么大了,这个该死的呆子,竟然也不来看看她,真是可杀可恨。她闹也闹了,软武器也尝试过了,姐姐呢,也努力过了,最终还是没有看到人。呆子又是没有单位的,不然,还可以找他单位出面调解;有单位的人,一般还是要讲点面子的,是不愿意闹出这种局面来的。遇到呆子这样的人,你又有什么办法呢?

秋高气爽,而金晓英的心情却坏透了,打电话给呆子,呆子也接,就是不来跟她见面。现在,呆子也不得不有所提防了,人说狗急跳墙,说不定这两姐妹再次把他骗去,然后,用凶器对付他,逼着他去扯结婚证,那他就有大亏吃了。有时候呢,呆子也说,好好,我就过来,让金晓英等了半天,也不看见一个鬼影子。金晓英明明晓得他一直在耍她,却偏偏忍不住要等他,等这个播了种子就不管的男人。幸亏店铺只她一个人,不然,人家一定会笑话她的。难道不是吗?你一个妹子,婚也没有结,肚子却大如鼓了——你的思想哪怕再解放,也不至于搞得这样显眼么。

幸亏这个老板离婚之后,颓废极了,一天到晚都死在麻将桌上,不太管店铺的事情,似乎对金晓英也很放心——即使想问问生意上的事情,也只是打个电话而已。隔壁店铺的人看她肚子大了,还以为她结婚了,笑着说,多久吃你的喜糖?金晓英只好强装笑容。

金晓英明白，呆子活不久了。

这种感觉，一天天地强烈起来，并且以不可抗拒的力量，一步步地引诱着金晓英向那条绝路上走去。在她姐姐还没有拿刀子威胁呆子时，她早已准备了一包老鼠药。这本来是给自己准备的，她曾经吓唬过呆子，你他娘的再不露面，老娘要吃老鼠药了。你猜呆子怎么说呢？呆子说，你想死吗？那根本不需要吃老鼠药，我听说那东西吃了痛苦得很。现在自杀的办法多得很，一是开煤气，二是投河，三是割血管，你考虑一下，看采取哪个办法比较适合……

金晓英气得摔了电话，说，你巴不得叫老娘死，老娘偏偏不死。呆子你听着，我这包老鼠药是给你准备的。可金晓英却又无法跟呆子见面，即使想叫他死，也死不成。呆子自从有了金晓云的那次教训，肯定不会再露面了。他沉得很深，像一条潜伏着的狡猾的鱼。

有一天，金晓英百无聊赖地翻着报纸，突然，发现报上登的一则报道，说是一伙盗窃犯的手段极其高明，他们不需要工具撬锁，比如说起子啦扳手啦铁撬啦，他们只需一张身份证插入门锁，就可以将门打开。金晓英先是觉得好奇，真的拿身份证插入自己的门锁，果真打开了。她兴奋得不得了，心想，你呆子不给我配钥匙，老娘也可以进你的房门。

那天晚上，金晓英去了呆子的租房。她开始还担心有人看见，以为她是盗窃犯。幸亏当时没有人，她轻轻地将身份证插进门锁，果然不用吹灰之力，就把门打开了。

她悄悄地走进屋子，也不开电灯——让呆子误以为屋里没有人。当时，天还没有完全黑下来，她借着微弱的天光，把老鼠药放进呆子的杯子里。这时，她感觉手微微地颤抖，以致有一点药粉撒在桌子上。她赶紧清理干净，再往杯中添上开水，没有留下一丝可疑的痕迹。然后，她静静地躺在床上等待。

当然，她心里还是很慌乱的，毕竟是人命关天，她甚至想赶快把杯子里的药水倒掉。她矛盾重重，犹豫不决。而另一个声音又在她的耳边霍然响起，我告诉你吧金晓英，对付像呆子这样狠毒的男人，不必有什么怜悯之心。这样的男人死掉一个，对世界只有好处。不然，他又会去伤害别的女人。你自己不是被他害惨了吗？

这样一想，金晓英的心又坚定了下来。

当然，她没有忘记把呆子的手表带来，她不想留下呆子的任何东西，便把手表摆在桌子上。

那天晚上，呆子回来得很早，大概还只有八点多钟。他打开门，扯亮电灯一看，不由得大惊，发现金晓英坐在床铺上冷目以对。呆子没有料到她会闯进自己的屋子，也不晓得她怎么进来的。所以，他像被人捉弄了一般，顿时大发脾气，说，你怎么私闯民宅？你晓不晓得这是违法的？他还特别警惕地看了看金晓英的双手，发现她两手空空，没有刀子之类的凶器。

金晓英冷嘲热讽地说，哼，肚子里的崽在喊爸爸了，所以，我就来了，想让你也听一听。她指了指自己的肚子。当然，她心里毕竟还是有点紧张，瞟了瞟桌子上的茶杯。而这个极其重要的细节，却被呆子完全忽视了。

呆子走到桌子边，看了看桌子上的那块手表，把它戴在手上，说，好，终于物归原主了。然后，拿起茶杯一饮而尽。没多久，呆子发现不对头，指着金晓英说，你在茶杯里放了什么？

金晓英说，放了你喜欢吃的东西。她惊异自己居然如此冷静。

呆子愤怒地盯着金晓英，但眼底已泛出一丝可怜之色。

呆子一下子感到不行了，痛苦地倒在地上，浑身抽搐，四肢僵硬，嘴里噗噗地吐着白色的泡沫，紧接着，在地上打起滚来，那副样子惨不忍睹。

金晓英一直坐在床铺上，没有采取任何措施，泪水默默地流下来，痛苦地说，呆子，你害得我好苦嘞，你没有想到你也有今天吧？

然后，金晓英慢慢地走出来，把电灯扯灭，再把门紧紧地带上。

金晓英已经做好了一切准备。回到自己房里，她拿出一只包，她没有忘记把那本画上许多小娃娃的日历也带上，然后，匆忙打的去了火车站。

到了火车站，金晓英的理智和冷静才逐渐地消退，她不知呆子死了没有。她开始慌张了，心脏跳得老高，同时，也很矛盾。她巴不得呆子死去，他真是太可恶了，害得自己挺着大肚子，连婚也结不成。当然，她又希望呆子没有死，最终还是被邻居发现了，然后，急忙将他送到医院抢救，居然活过来了。

总之，金晓英心乱如麻，时时担心公安突然出现在她跟前，然后，亮出铮亮的手铐，将她带下车。所以，她一直是慌慌张张、东张西望的。这时，一个好心的男人看见她挺着大肚子，提出给她拿东西。她居然惊叫起来，紧紧地护着袋子，说，你要做什么？吓得人家连连道歉，慌忙解释说，我想帮你提东西。

她愤慨地说，我不要你帮。

火车咣当咣当地行进着，金晓英一点瞌睡也没有，脸色惨白，浑身哆嗦，像掉进了冰窟。这时，她好像才明白自己犯下了大罪，晓得自己迟早会被抓起来的，送上法庭，然后，再送到牢房。她是孕妇，可能在量刑上会偏轻，但那又能怎样呢？这一辈子还不是完蛋了吗？金晓英绝望极了，恨不得跳车自杀。

列车在夜色中飞速地行进，一直向南向南。金晓英却觉得，自己是在向死亡的墓地迅猛地行驶。

她一直逃到深圳。她本来是想去找同学的，一想，你现在已是命案在身，你一去，岂不是连累了别人？所以，她找了一家便宜的小旅店，暂时住下。她想，先休息几天再说。

　　第二天，她竟然迫不及待地去了医院，想去引产。

　　医生看着她挺着的大肚子，脸色严肃地说，这么大了还怎么引？你难道不要命了吗？我们只等着给你接生了。

　　医生又说，你已经超过预产期了。

　　金晓英无奈地从医院走出来，心里后悔得要命。本来，只是跟呆子赌一口恶气的，硬是拖着不肯去流产；现在倒好，不仅自己亲手害死了呆子，连肚子里的孩子也不得不生下来了。可之前，自己不是希望生下这个孩子吗？

　　金晓英站在医院大门口，望着天上灼热的太阳，再望着街上来来往往的行人，晶莹的泪水止不住地流下来。此刻，她多么想逃到一个没有人烟的地方去，离开这个喧嚣的尘世，在大山里搭一个简陋的茅草棚，然后，把孩子生下来；喂点鸡鸭，种点菜，安安静静地生活。突然，她觉得自己飞起来了，双脚似乎离开了地面；可因为被笨重的身体拖住了，她怎么也不能够高高地飞翔起来……

第十个月

　　——呆子，你在哪里？

　　——哦，你在哪里？

　　——我在深圳。

　　——哦，我在长沙。

二〇〇三年十月五日深夜十二点过五分，呆子和金晓英的小孩哇的一声，哭泣着来到了这个陌生的世界。

跟老鼠说声拜拜

1

董子的学名叫杨方兴。

进机修厂这么多年,每月只有会计叫他一回杨方兴,杨方兴杨方兴,领工资嘞。至于其他人,都董子董子地喊,从十八岁喊到四十多岁,有时居然连他的大名都不记得了。如今,会计却连每月一次叫他杨方兴的机会也没有了,厂里再也发不出工资了;当然,也用不着上班了。

董子的老婆王淑娟说,董子,你总不能老坐在家里看电视吧?

董子不看老婆一眼,盯着电视说,我不看电视做什么?你难道叫我去偷去抢去赌去嫖吗?

王淑娟的嘴巴也很厉害,生气地说,赌跟嫖你是不行了,你手里没有钱;去偷去抢呢,也犯不着。你万一被抓起来,老娘懒得为你守寡。你也不看看,厂里的人几乎都出去打工了,像你这样天天呆坐着,钱又不能从天上掉下来。

董子不再作声了,把个遥控器揿过来按过去。

董子以前是个非常活泼的人,下了班就打篮球,一直打到天黑,才汗水淋漓地回家;或是跟人掰手腕,掰得鼓眼暴睛的,总是要王淑娟骂着他回去吃饭。现在,厂里说以后用不着上班了,他突然对什么事情也没有兴趣了,也不好动了;甚至连一点精神也没有了,像抽掉了几根筋,懒洋洋的,天天待在家里看电视,好像变了一个人。

　　王淑娟说得不错,厂里许多人都外出打工了。有去深圳的,有到长沙的,也有在附近的。有干电工钳工刨工铣工木工的,也有开小饭店的,或开小铺子卖烟酒的,简直是八仙过海各显神通。董子原来是钳工,技术也不错,而他却不愿意出去打工。他很固执,不相信一个这么大的厂子不再开工了。他似乎很沉得住气,想默默地守到开工的那天。他觉得,到外面打工或开小饭店小铺子之类,就像甫志高叛变一样,就像出卖了工厂。有时,电视看累了,他就栽在沙发上打瞌睡,口水扯得一丝一丝的,像糖浆一样。有时呢,董子到厂里走走,宽敞的厂里已是空空荡荡的了,杂草丛生,居然有半个人高。那一台台生锈的机器,哑巴似的盯着他,让茫然无措的董子看了心酸。

　　董子不想外出打工,其实还有一个原因,那就是王淑娟变得越来越不像话了。王淑娟原来是车工,现在呢,是典型的牌迷和舞迷。她白天死在牌桌上,甚至尿胀了也紧紧地憋着,舍不得上厕所,生怕别人顶她的位置。没有钱,竟然打一分钱一盘的。晚上呢,她死在舞厅里。票价一块,她当然舍不得出钱,都是别人请客。舞厅就在楼下,原来是食堂,简陋得很,现在由黄大个承包。一台劣质的收录机翻来覆去嘈杂地播放着,让董子心里十分烦躁。

　　董子曾经冷冷地对黄大个说,你把声音放小一点不行吗?

　　黄大个说,放小了,人家说不过瘾。

　　董子苦笑一声,说,还过个屁瘾,饭都没有吃的了。

　　黄大个朝天喷口烟,说,我看你家就有饭吃,不然,王淑娟哪里天天有力气跳呢?

　　董子一时无话可说,脸上泛出尴尬。其实,他也不是没有听说过,王淑娟现在心野得很,似乎悄悄地跟别的男人好上了。董子苦于没有证据,不然,他一老拳愤怒地打过去,非把老婆打死不可。

现在，不是流行一句话么，说下岗女工最实惠。董子一直把这股气憋在心里的。你王淑娟天天潇洒，却逼着老子外出打工，说不定，哪天就把野男人带到床上来了。

有一天，王淑娟对董子说，李钳工从深圳回来了，说有一千块钱一个月。你的技术比他好，如果你也去，肯定比他拿得多一些。

董子不作声，像是没有听见王淑娟的话。

王淑娟说，你耳朵聋了？还是嘴巴哑了？

这时，董子才狠狠地看老婆一眼，说，你不去打牌跳舞，我就出去做事。

王淑娟却不愿意，嘲笑说，那你也要我跟着你像和尚样的坐在家里呀？人家的老婆都是靠着男人养的，你就甩手不管？

董子瞟老婆一眼，冷冷地说，我会管的。

董子这回真的管起王淑娟来了。当然，他也有他的原则。他没有管王淑娟打牌，他晓得她是跟厂里的三个女人打。打就打吧，反正一分钱一盘，输也输不到哪里去，也不会出事的。董子要管的是王淑娟跳舞的事情，他倒要看看老婆究竟是跟哪个狗男人跳舞。董子以前的确不管的，也不去舞厅，甚至懒得看一眼；现在，外在的风声渐渐地大了，董子觉得不管不行了。

有一天，董子躲在舞厅外面偷偷地看，发现王淑娟跟着一个叫牛胖子的男人进了舞厅。董子当然认识牛胖子。牛胖子原来是供销科的，也许是吃回扣吃多了，竟然吃出了一身难看的肥膘来。工人们恨死牛胖子了，说大家辛辛苦苦做出来的产品，都叫牛胖子吃到肚子里去了。公正地说，牛胖子的舞跳得的确很好，王淑娟呢，也跳得好；所以，两人自然而然地跳到一起了。他们在舞厅里疯狂地转过来转过去的，简直是旁若无人；而且，根本不跟别人跳。

董子气愤起来了，原来是牛胖子。他娘卖肠子的，以前吃我们的产品，现在，产品没有吃的了，又想吃我老婆了。这岂不是越来越嚣张了吗？董子想报复牛胖子，又怎么报复呢？想来想去，最好是狠狠地打他一餐。董子又考虑，打还是打不得，他晓得自己的力气很大，一拳打过去，万一打伤了，自己哪里有钱给他治伤呢？董子想来想去，最后，还是想出了一个绝妙的办法。

第二天，董子找到牛胖子，板着脸说，牛胖子，你不要跟我王淑娟跳舞了。你要跳，找别的女人跳。

牛胖子眨巴着眼睛，说，为什么？

董子煞有介事地说，王淑娟有心脏病，你有没听说过吧？万一心脏病复发，那就是你的事了。

牛胖子说，怎么是我的事呢？王淑娟又不是我老婆。

董子冷冷一笑，说，她是跟你跳舞跳的，不是你的事难道说是我的事吗？你如果不跟她跳舞，不就没有事了吗？你不要以为你有两个臭钱就不得了啦，到时候要治病，可能你那点钱也是不够的。董子两眼鼓得圆圆的，一双拳头握得像两坨铁。

牛胖子果然被董子的话吓住了，娘的肠子，以前怎么没有听王淑娟说起过呢？如果真的有心脏病，那真是要命的事情。同时，他也晓得董子的拳头很厉害，在厂里打架数第一的，连附近的农民都怕他。所以，他不再喊王淑娟跳舞了，以免以小失大。

王淑娟不明白牛胖子怎么不跟她跳舞了，牛胖子如实地说了。王淑娟听罢，真是哭笑不得，脚狠狠地一跺，立即回家冲着董子骂，你这个没有良心的，咒我生病吗？只要你有钱，我倒是愿意住院。这个家，我是眼不见心不烦。然后，又挖苦说，董子，你真是小气嘞，我跟人家跳个舞又有什么呢？又不是跟人家上床。王淑娟说完，照样找牛胖子跳舞，而且安慰牛胖子说，我已经把董子摆平了。

牛胖子却不敢，摇晃着双手说，王淑娟你饶了我吧，你就是摆平了董子，我也不跳了，我怕董子打嘞。

205

王淑娟叹口气说,娘的脚,你们男人都没有出息。

2

董子看到牛胖子不喊王淑娟跳舞了,心里暗暗地感到高兴。娘的脚,不用吹灰之力,就取得了伟大的胜利。要是早点管一管,不是早就没有这种烦恼了吗?董子觉得,自己还是有点聪明的。人一高兴,竟然电视也不看了,出去走走。他发现厂里有几个人在马路边开了小饭店,生意不火不淡。机械厂位于这个小城市的边缘地带,小城市有十多万人,边缘地带是一些厂矿,说热闹也热闹,说不热闹也不热闹。

董子反正无事,背着双手,像某位领导来视察一样,顺便走进了张小毛的饭店,然后,又若有其事地把菜牌子仔细地看一阵,说,张小毛,你这样办不好的嘞。

张小毛眨着疑惑的眼睛问,为什么呢?

董子似乎很有经验地说,没有特色菜,鬼会来吃?

张小毛问,我哪里搞得出来?你又不是不晓得,我也是半路出家。张小毛以前是个电工。

董子想了想,说,这样吧,你去买把气枪[1]来,我给你打老鼠。然后,你把老鼠熏干,再用茶油爆炒,放红辣椒和大蒜,再放点酱油,肯定是一道绝菜。

张小毛一听,思索一阵,认为董子的话也有道理。如今的人吃得刁,什么稀奇古怪的东西都敢吃,麻雀呀知了呀蝗虫呀,等等;却还没有人开发老鼠这道菜,如果开发出来,必定会有生意的,况

---

[1] 《中华人民共和国枪支管理法》自1996年10月1日起施行。本文时代背景设定为1993年前后。

且又不需要多大的成本。

张小毛明白，董子待在家里没有任何收入，于是，他试探地说，董子，我们兄弟也不要讲什么客气了，你开个价吧，一只老鼠多少钱？

董子笑了起来，拍了拍张小毛的肩膀，大度地说，钱什么钱？都是几个熟人。你炒两个菜，摆一瓶啤酒，不就行了吗？

张小毛暗暗惊喜，这不是财神爷从天上掉下来了吗？赶紧买了一把气枪，还买了一只塑料的小手电筒。

从那天开始，董子不再在家里吃晚饭了。王淑娟一搞晚饭，董子就溜了出去。

王淑娟疑惑地说，你饭也不吃？你是神仙吗？

董子很有气魄地说，人家请客嘞。

王淑娟感到很奇怪，人家请你董子的客，撞鬼啊？人家不是瞎了眼睛吗？你董子算老几？一无职，二无权，三不是生意人，人家就是请叫花子，也不会请到你头上来。

等到董子走了，王淑娟悄悄地到附近的小饭店，看到底是谁在请她的男人，而那些饭店里都没有董子的影子。她想，这家伙到底跑到哪里吃饭去了？难道是城里的大酒店吗？

其实，董子这时还是饿着肚子的，他正在聚精会神地打老鼠。董子做事情很有计划性的，如果在家里吃了饭，打了老鼠之后，再在张小毛的店子吃，那显然是不合算了。不如先打了老鼠再吃，这样，能够给家里省餐饭。你想想，一天省一餐，十天省十餐，一个月呢？一年呢？累计起来，这个数字就十分的可观了。俗话说，粒米成箩，滴水成河。再一个，如果先到张小毛的店子吃了再打老鼠，万一没打到呢？那也是不好意思的，不能白白地吃人家的。

天很黑了，董子一个人在马路边，或废墟里，或草丛中，或阴沟里，寻找着老鼠。董子很聪明，把轻巧的小电筒绑在枪管上瞄着打,这样,就不必一手端枪,一手拿小电筒了——那样是很不方便的。董子的眼法很准,放十枪,至少要打四只老鼠。打到一只,董子把它装进尼龙袋子里。

董子发现这老鼠其实也跟人一样,有胖子,也有瘦子。打到胖老鼠时,董子就要凶狠地莫明其妙地骂一句,打死你这个贪官污吏。打到瘦老鼠时,董子就要提着老鼠尾巴叹息,充满怜悯地说,你怎么也跟我一样瘦呢?至于那些小老鼠,董子一概不忍心打,有意让它们溜走,并且轻轻地唱起来,老鼠老鼠你快长大,长大好让我来打。

董子觉得这样一来,比坐在家里看电视有意思多了,多少还有点刺激;另外,还可以为家里省餐饭。董子的眼法很准,主要是他从小喜欢打弹弓,插队时还打。当了工人之后,经常借人家的气枪带着崽去打麻雀。这样,就把眼法练出来了。当时,董子建议张小毛打老鼠做菜吃,是因为他突然记起过苦日子时,爷老倌打过老鼠给他吃,那个香味真是无法形容。

第一天晚上,董子竟然打了十多只老鼠。张小毛很高兴,马上炒菜摆酒。董子也很高兴,老子不是白吃他的,所以,吃得心安理得。他打着赤膊,一只脚踩在凳子上,一边喝,一边吃,一边跟张小毛说打老鼠的趣味。他觉得自己的食欲特别好,吃了喝了,嘴巴一抹,然后,对张小毛说,明晚再来。

回到家里,王淑娟问,谁请你的客?

董子不再瞒她了,嘴巴上油光发亮地说,张小毛。

王淑娟却不相信,疑惑地说,张小毛?不可能吧?那是有名的铁鸡公,他会请你?

董子的心情很不错,笑眯眯地说,你不相信就去问他吧。当然,董子没有等到王淑娟去问,自己就忍不住把来龙去脉说了出来。

王淑娟一听，惊讶地说，哎呀，天下只有你董子这么蠢嘞！一餐饭值多少钱？张小毛问过你要多少钱一只，你怎么不晓得谈价呢？

董子满足地说，喝了吃了人家的，还谈什么价？反正坐在家里也没有事，好耍的么。

王淑娟说，那你是出了力气的嘞，猪啊。

董子说，那我韵了味嘞，就像你跳舞一样，不也是出了力气吗？谁又给你报酬了呢？最多是人家请你吃夜宵嘛。

王淑娟眼睛鼓鼓地望着他——被他摁得说不出话来。

张小毛大张旗鼓地把腊老鼠这道菜打出来，生意果然好了起来，客人纷至沓来，都说，没有想到这小店居然还有这么个好菜。旁边的饭店眼红了，也纷纷想效法，请人打老鼠，却没有人愿意打。你想想，老鼠那样肮脏，那种令人恶心的样子，这钱不赚也罢。当然，也有愿意打的，却喊着天价，提出一只老鼠要一块八，意思是要一起发。那些小饭店一算账，这么高的价哪里还发得起呢？不敢请。

张小毛更加高兴了，没有人跟他竞争，所以，每天脸上笑眯眯的，对董子也是越加客气和器重，简直供祖宗的一样。董子成了打鼠专业户，每晚上打了老鼠回来，张小毛赶紧叫人炒菜摆酒。那些在饭店喝酒的人，晓得老鼠都是董子打的，纷纷夸董子的枪法不错，还问他以前是不是当过兵。

董子听罢，笑眯眯的，连忙摇手，没当过。又谦虚地说，哪里哪里。

也有人开玩笑说，这真是辛苦你一个，幸福万万人嘞。

董子又笑眯眯地说，应该应该。

旁边的那些饭店也不是省油的灯。他们不愿意看到客人纷纷到张小毛的店子，可又没有人帮着打老鼠，便马上把目标对准了董子。他们悄悄地到了董子家里,苦口婆心,出高价(其实,也不过是多炒一个菜而已),企图把董子这个摇钱树挖过去。

董子却不答应,说,你们哪怕多炒两个菜,我也不会去的。我跟张小毛是什么关系?在一个车间十多年了嘞。你说一个人,一世有几个十多年?

王淑娟没有再跳舞了,除了白天打打牌,晚上是不出去了。她当着那些来挖董子的人说,董子,你莫蠢了,人家是看得起你呢,一餐饭算什么?

对对对,那些人一听王淑娟这话,也很机灵,连忙改口说,我们给你现米米[1],好啵?

董子还是不松口。他觉得做人要说话算数,悔来悔去的,还是男子汉吗?那些人看他如此顽固,只好失望地走掉了。

王淑娟等别人走了,大骂董子,你跟张小毛一个车间十多年又怎么样?如今钱是老大嘞。

其实,董子是嘴巴上硬,刚才,听那些人说给他现米米,心里还是有点震动的。而王淑娟老是说他,他又烦躁起来,说,王淑娟,那你去打好了。

一句话,把王淑娟梗着半天说不出话来。

3

董子的崽小名叫宝伢子,在长沙读中专,是花了四千块钱搞进去的。这说明,董子的崽读书是不行的。人家的崽女要么读高中,要么读大学,所以,这件事弄得董子很没有面子。王淑娟本来还

---

[1] 米米:方言,指钱。

不想让崽去读的,董子却坚决让去。董子说,我们这辈子没有读到书,难道还不让崽读吗?我们哪怕是卖血,也要让他去读。他咬紧牙关,硬是送崽读书。送崽上火车的那天,董子语重心长地说,宝伢子,你要发狠读嘞,读了书才有本事嘞。

其实,王淑娟也是一个争气的女人,看到董子好歹为家里省了一餐饭,自己如果再打牌,也太不像样子了;所以,她给有钱的人家带嫩毛毛。人家只肯出三百块钱一月,王淑娟不愿意,说至少要三百五,并且说,带嫩毛毛好吃亏的。

董子听了这事,说,算了,三百就三百,人家赚个钱也不容易。

王淑娟说,那你今后要搞饭菜嘞,我带嫩毛毛手脚不空嘞。

董子一口答应下来,我搞我搞。所以,董子每天总是把晚饭先搞好,才去打老鼠。

这两口子,男的每天可以为家里省一餐晚饭,女的能够有三百块钱一月,所以,觉得日子渐渐地有了一些起色。只是没过多久,学校突然一个电报打来,说宝伢子晚上出去喝酒,回来时,一不小心踩进建筑工地的大坑里,摔断了左腿。

王淑娟一听,把嫩毛毛放在床上,哇哇地大哭起来。她泪眼婆娑地说,这怎么办呢?董子皱着眉头说,哭能够解决问题吗?你要记着去对张小毛说一声,说我这两天有事去了。然后,董子拿着电报看来看去,一边恨恨地骂崽不听话,一边立即到银行把那点可怜的存款取出来,匆匆赶往长沙。

坐火车需要四个多钟头,董子一上车,就碰到开饭。董子一问,最便宜的都要五块钱。他实在舍不得把钱摸出来,又看不得人家吃;所以,干脆装着睡觉——睡觉不要吃饭,也忘记吃饭了。其实,董子的袋子里有两包饼干,但那是买给崽吃的,崽平时喜欢吃这种饼干,他怎么能吃呢?

好不容易到了长沙，董子的肚子已经饿得咕咕叫了，实在是抵挡不住了。他买了两个小包子，五毛钱一个，一个一口吞掉了，胃里却毫无反应。他想，娘卖肠子的，肯定是在张小毛那里吃呀喝呀，把胃胀大了。

转了三路车，一身汗水的董子终于寻到了那家医院。他看见躺在床铺上的宝伢子打着夹板，绑着绷带，一脸苍白。床头柜上摆着同学们送来的水果。

宝伢子高兴地说，爷老倌，你吃水果。

董子拍拍肚子说，我肚子饱饱的，吃不下嘞。然后，又从袋子里拿出两包饼干，说，这是你最喜欢吃的。

然后，董子喝了几口水，问了问崽的伤势。他默默地听着，居然没有发脾气。他晓得发脾气对崽的伤没有好处，所以，只是好言轻语地劝道，你以后要注意，最好夜里不要出去。不说摔伤哪里吧，你也晓得，如今社会上也乱，你万一再有个什么好歹，叫你娘老子怎么想得通呢？

宝伢子表态说，爷老倌，我以后再不出去了。

董子听了崽这句话，放心了，就去交钱。人家说，钱还少。董子怔了怔，说，我马上回去拿。

董子紧接着又来到崽的病房，说他马上要回去。宝伢子劝董子明天再走，这样太辛苦了。董子说，医院说钱还少，我要回家拿钱。

宝伢子疑疑地说，家里还有钱？

董子眼睛也不眨地说，还有嘞，这你不要操心，好好治伤吧。说罢，轻轻地拍拍崽的头，连夜往回赶。

其实，家里哪里还有钱呢！这次连存在银行的老底子都拿出来了。董子只是不想让崽晓得，害怕崽过于担忧。

董子当夜回来跟王淑娟商量，商量来商量去，只有一条路可走，那就是向别人借钱。而如今借钱等于借人家的命，谁愿意借呢？

王淑娟提醒说，你向张小毛借借看？

董子认为这条路可以试一下。他想，张小毛这点面子总还是要给我的吧？老子每天黑天黑地给他打老鼠，让他大赚其钱，老子都不要他一个钱呢。

第二天，董子问张小毛借钱。他还特意说明，如果不是崽摔断了腿，他是绝对不会向他借钱的。另外，他保证在最短的时间内把账还清。

张小毛一听，皱着眉头说，董子啊，我不是不借给你啊，我这是小本生意啊，我哪里还有钱借啊？

董子一听，脸一沉，觉得张小毛太不够意思了。老子给你辛辛苦苦地打老鼠，从来也没讲过价的，人家千方百计地想挖我去，我也不答应。再说，我又不是不还钱。

张小毛真是铁鸡公，不论董子怎么说，还是不肯松口，一脸的爱莫能助。董子气得只想骂娘，一转身，匆匆地走了。

王淑娟晓得张小毛不借钱，在家里大骂董子，说，你看你做的这事，人家钱都不肯借给你嘞。

董子再无办法可想，已被逼上梁山了，只好坐火车去向爷老倌借。其实，董子还有三个弟妹，而他觉得做哥哥的向弟妹借钱，实在是不好意思，还不如向爷老倌借。父母住在一座煤矿的生活区，那座煤矿的效益很差，也是摇摇欲坠了。

爷爷心痛孙子，颤抖地拿出钱来，说，董子，这是我的救命钱，你一定要还我。

董子点点头，愧疚地说，肯定要还的。

董子拿着钱又到一趟长沙，并且扎扎实实地守了崽两天，他想给崽多点安慰。董子那两天坚持只吃两餐，所以，到吃中饭时，他就走出去，在走廊上坐着，不断地抹着额头上的虚汗，估计崽吃完了，他才走进来帮着洗碗。

宝伢子说，爷老倌，你怎么只吃两餐？

董子笑着说，你不晓得，我在练气功，师傅说只需要吃两餐，吃多了对练气功有影响。

宝伢子突然默默地流下眼泪，他晓得家里并不宽裕，爷老倌其实是为了省钱。

董子倒是慌张了，问，宝伢子，你怎么哭了？是不是腿痛？

宝伢子摇摇头，说，爷老倌，你回去吧，我没有事的。

董子说，那你哭什么？

宝伢子说，我想娘老子了。

董子哦一声，说，那也怪不得你嘞，你刚离开家不久。只是好男儿四海为家，何况，你离家里也不远，放假就回来了。再说，你娘老子也用不着挂牵，她很好的。

董子从长沙回来之后，王淑娟劝他不要给张小毛打老鼠了，要打给别人家打。董子对张小毛不借钱的事耿耿于怀，想了想，觉得老婆的话也有道理。他娘的肠子，你张小毛做得初一，老子就做得初二。对不起，老子要跳槽了。

第二天，董子坦然地对张小毛说，张小毛，从今天开始，我不给你打老鼠了。张小毛一听，想哭，他明白因为借钱的事得罪了董子。张小毛哭丧着脸说，董子，我实在是借不出嘞，不然，我哪里会不借给你呢？你哪怕是要借我的婆娘用一下，我也会答应的。

董子不愿意多说，去意已定，不再打算回头了，说，以前的事情就算了。

旁边几家饭店的老板，听说董子不给张小毛打老鼠了，个个高兴得跳起来；然后，又一个个像特务样的往董子家里跑。

王淑娟对董子说，你现在不要再蠢了，给他们开价。谁开的价高,就到谁家。你现在晓得没有钱不行了吧?你爷老倌的那救命钱,你不可能不还吧?

董子很严肃地说,王淑娟同志,你说得很对。我听你的,无钱逼死英雄汉。

几家老板来找董子谈判时,董子说,我不能白给你们打了,你们说多少钱一只吧。

几个老板有的说两毛钱一只,也有的说三毛钱一只。

董子说,四毛,没有四毛老子坚决不答应。

那些人你望着我,我望着你,犹犹豫豫地半天没有作声。

终于,有个叫三三的人愿意出四毛,说,要亏就亏。三三也是厂里的,不跟董子在一个车间。

董子又加码说,那我丑话要说在前面,一手交货,一手交钱;另外,还要吃一餐。

三三硬着头皮说,要得。

从此,董子给三三打老鼠。三三饭店的生意立即好起来,张小毛的生意则一落千丈。董子的劲头也大了,他每晚都打到很晚才回家。打死一只老鼠,他就喃喃自语,四毛钱又到手了嘞。张小毛看到他再也不齿了,板着一副马脸。董子心想,你还不齿老子,老子还不想齿你呢。

男人每晚回来很晚,王淑娟很心疼,说,董子,你也不要太辛苦了,早点回家休息。

董子从口袋里拿出票子,说,我算什么辛苦?一不要像别人那样远走他乡,二不要听人家的指挥,既自在,又能赚钱,真是美事嘞。然后,又沾沾自喜地说,这叫艺多不压身。以前,你还骂我像个细把戏样的带着崽打麻雀,怎么样?现在用上了吧?

董子电视也看得少了,白天睡觉,晚上精神抖擞地打老鼠。他有时也能创造出奇迹,一晚上竟然打了四十只老鼠。

后来，董子出了一件事。

有天晚上，董子拿着气枪刚出来，老鼠还没有打一只，突然，被几个人冲上来抓住，把气枪夺走了，双手被人家狠狠地反扭着。

董子一时还没有弄清是怎么回事，急急地说，哎哎，你们这是做什么？

那些人是城区的联防队员，也不跟董子多说话，上来就凶狠地审问他，是想杀人，还是想抢劫？说，说！双双眼睛狠狠地盯着董子，流露出激动之情——如果真的碰到一个歹徒，那不是立大功了吗？

董子一听，忽然咯咯地笑起来，解释说，我在打老鼠嘞。

董子的回答显然出人意料，人家根本不相信，凶凶地说，打老鼠？打老鼠做什么？

董子说，吃呀，熏干好吃得很嘞。

人家又问，那你打的老鼠在哪里？

董子说，我刚出来，还没打到。又伸出一只脚，指了指地上的尼龙袋子。

那几个人互相看了一眼，觉得董子肯定在说谎。其中一个连腮胡子的说，你还是趁早说实话吧。不然，我们把你往民警那里一交，你就完蛋了！还是老实说吧。

董子又笑起来，我是老实说了呀，我是在打老鼠嘞。

对方吼他，不准笑。

董子不笑了，说，你们如果不相信，可以去问。我是机械厂的，帮三三的饭店打老鼠。

连腮胡子问，那家饭店叫什么？

董子说，好再来。

连腮胡子叫人立即到好再来饭店去。

没过多久，三三被人叫来了。人家指着董子问三三，这个人是不是帮你打老鼠的?

三三吓得直哆嗦,说是是是。

连腮胡子用怀疑的目光看着三三,说,那你为什么这样紧张呢?

三三摇晃着头说,我不紧张。

连腮胡子说,你不紧张,为什么老是打哆嗦?

三三如实地说,我突然想起了我叔叔。我叔叔在"文革"中也是被人叫去问话,哪想到,第二天就被打死了。

连腮胡子很不高兴,说,你不要把牛卵子插到马胯里,这根本不是一回事。又说,那也要罚款。叫手下人松开董子的手。

三三小心地说,罚多少?

三百块。

三三哭丧着脸,说,罚不起嘞哥哥,我是小本生意嘞。

连腮胡子威胁说,罚不起?那连你一起关到我们那里去。

三三急忙说,我认罚,我认罚。拿出三百块钱,说,没事了吧?

慢,连腮胡子指了指董子,说,刚才听他说,腊老鼠肉很好吃?

三三点点头,说,好吃好吃,请你们到我小店坐坐,如何?

连腮胡子跟旁边的人交换一下眼色,说,那也好,我们去品尝品尝吧。

三三带着他们走了,董子去打老鼠。董子想,这些人,也是心狠嘞。罚了人家的,还要吃人家的,真正是双赢哎。

董子本想这件事过去了,谁料第二天,三三却找上门来了。

三三说,董子,昨晚他们罚的款,我认为不应该由我一个人出钱。

董子心里一紧,脸色不好看,说,为什么呢?

三三说，这不是摆明的，他们抓的是你，又不是我，为什么由我出钱呢？

董子说，他们的确抓的是我，而我要问的是，我董子是帮谁打老鼠呢？

三三说，帮我。

董子说，那不对了！所以，钱应该由你出。

三三抽着烟，想想还是有点不对头，又说，你董子帮我打老鼠是不错，而我是给了你钱的。你呢，是需要钱才去打老鼠的。如果你昨晚不出去，他们能抓到你吗？

这时，董子有点生气了，说，三三，说话要凭良心嘞。你怎么不想想，当初是谁来求我的？是你呀。你苦口婆心地求，你滔滔不绝地求，你不惜高价地求，难道你都忘记了？你不来求我，我能去打老鼠吗？

三三固执得很，怎么也说不通，硬要董子也出点血。董子终于发火了，说，三三，你再胡搅蛮缠，老子就不客气了。

王淑娟也不高兴地说，三三，你要说话，请你出去说，你没有看见我带着嫩毛毛吗？如果吵醒了，那由你来带。

三三要董子出去说，董子不愿意。董子说，你不愿意出这个钱，那我就帮人家打。

一句话，就把三三说住了。三三怔了怔，终于叹口气，说，唉，算我背时。董子，你还是帮我打吧。

三三闷闷不乐地走了，王淑娟说，董子，你不要给他打了，换一家。

董子想了想，说，唉，三三也不容易，婆娘是病壳子，要钱用嘞。又说，我也是没有钱，不然，这钱我也认了。

从那天开始，董子有经验了。他首先在自己住房附近打一两只老鼠，然后，才到远一点的地方打；万一被什么人抓到了，就有话说了——袋子里的老鼠是最好的证据。

4

　　三三的饭店越来越火了，腊老鼠肉是一道不可多得的美味，所以，来吃的人很多，有时竟然坐不下了，还有些客人等不及了，只好遗憾地走人。现在的人，喜欢吃个刺激，一旦听说哪里有刺激的菜吃，简直像疯了一样，千方百计也要赶来尝一尝。
　　三三是个很精明的人，看生意火爆，地方又实在太窄，生生地跑了不少生意；所以，打起了隔壁张小毛的主意。这时，张小毛的店子恰好办不下去了，亏损不少。如果继续办下去，很可能会血本无归；所以，洗手不干了。三三立即租下那个门面，把一面墙壁打通，两个铺面连接起来，一共摆了八张桌子。这样一来，店铺宽敞了，生意更加好了起来。
　　这时，三三担心董子眼红，不再给他打老鼠了，或者被人家高价挖走；所以，主动提出来跟董子签合同。
　　董子觉得很新奇，说，签什么鬼合同？几个熟人签什么卵？
　　三三硬要签。三三说，正因为是熟人，又是一个厂里的，那更要签，不要到时伤感情。
　　董子终于拗不过，说，那你写吧。
　　三三伏在桌上写起来。合同一共有五条：一是一签五年；二是违约者罚款三千块；三是晚上出什么意外，由董子自己负责；四是一只老鼠由四毛钱改为五毛钱；五是要保证货源。
　　董子拿着那份合同，研究来研究去，觉得没有什么问题。回到家里，他又跟王淑娟仔细商量。王淑娟比董子精明，说，不等于这五年都卖给三三了吗？

董子说，话也不能这么说，我也是有事情做了。再一个，你想过没有？如果那些人吃腻了，不再想吃了，老鼠肉卖不出去了，那么，三三肯定不会要老鼠了。如果他不要我打老鼠了，那他违约了，他要赔我三千块。

王淑娟听董子这么一说，也来了劲，眼光顿时亮起来，说，有道理，有道理。

所以，董子把合同签了，然后，每晚上兢兢业业地打老鼠，不停地在黑夜中穿行。王淑娟呢，带着人家的嫩毛毛，心里却在想着那三千块钱——如何让三三早点违约呢？

王淑娟的脑子还是不错的，不多久，想出一个绝妙的主意。她对董子说，董子，我倒是有个主意，能够把那三千块钱马上拿回来。

董子一听很高兴，爷老倌还等着他还钱呢。

董子说，那你说说看。

王淑娟说，我们可以悄悄地放风出去，只说好再来饭店的老鼠是用毒药毒死的，吃了对身体不好。这一来，三三的生意就会垮，他一垮，那不……

董子没有听她说完，就发起脾气来，愤愤地说，王淑娟，我倒是没有看出来，你这个女人好毒的嘞。如果这样去搞那三千块钱，我宁愿不要。做人要有做人的原则嘞。

王淑娟冷冷地说，你还有个狗屁原则，你一个好钳工，每天打老鼠是讲原则吗？

董子说，打老鼠也是自食其力，我又不偷不抢。再一个，老鼠是有害的，我让它化害为利，于国于民于己都有好处，何乐不为呢？

王淑娟不再说什么了。

董子那晚上出了那件事，王淑娟是很担心的。她说，你一个人,又是黑灯瞎火的,我很不放心嘞。我如果不是带着嫩毛毛,我就天天去陪你。

董子嘿嘿地笑起来,你有什么担心的?我人一个,卵一条,怕什么怕?当然,我倒是愿意突然碰到一个寂寞的富婆,在她身上狠狠地卖一回力气,然后,再狠狠地宰她一刀。说不定,我爷老倌的账一下子还清了。

王淑娟伸手在董子脸上狠狠地掐一把,骂道,你这个短命鬼,不要脸,还说什么做人的原则嘞。

董子仍然笑着说,我也是说着好耍的,你当什么真呢?

其实,董子晚上也是很小心的。而他再怎么小心,还是出了事。

那天晚上,他在废墟里打老鼠。那里的老鼠多得很,像跑马一样。当时,董子心里很激动,心想,老子今晚上收获肯定是大大的。董子那晚上的枪法格外准,一枪一只,一枪又一只,而且,都是一些胖老鼠。

所以,董子打中一只,就要说一句,嘿,又打死一个贪官污吏。

正打得上瘾,只听见董子突然大叫一声,人掉进了大坑里。大坑里有许多老鼠,被董子突然一吓,都惊惶失措地乱蹦乱叫,纷纷争先恐后地从董子身上迅速地爬出去,把董子吓坏了。那个地方十分偏僻,董子大声叫喊,来人啦,来人啦,也没有人听见,想鸣枪,气枪又有什么卵声音呢?只好忍着疼痛往上爬。幸亏那个大坑还不太深,董子也是费了吃奶的力气才爬上来,想往起站,竟然站不起来了,一条腿似乎摔断了。

董子这下急死了,心想,坏了坏了,合同上明明写清楚的,一切意外由他自己负责。尽管如此,董子还是舍不得那些被打死的老鼠,他抓着尼龙袋子,用气枪做拐棍,咬紧牙关,一蹁一蹁地朝家

221

里走。董子觉得那种疼痛似万箭钻心,又想起崽摔断腿的事情来,崽的腿肯定也有这样疼痛。董子走一阵,歇一阵,浑身汗水流淌,家却像在千里迢迢之外,离他很远很远。

等到董子好不容易走到家里,已是深夜。王淑娟把门打开,看到董子那副狼狈的样子,脸上身上全是泥土,吓了一大跳,接着再看腿,不禁呜呜地哭起来,说,真是作孽嘞,董子你怎么这样不小心呢?

王淑娟急忙要送董子去医院,董子坚决不去。董子说,现在的医院哪是我们进得去的?没有一沓票子怕不行嘞。

王淑娟一时没有了主意,泪眼婆娑地说,那你说怎么办?

董子额头上冒着冷汗,躺下来,说,你先把眼泪擦干,再去做两件事。一件事是告诉三三,顺便把这些老鼠送去;然后,你马上喊药罐子来。

王淑娟听罢,赶紧去了。

三三没过多久匆忙赶来了,问董子的伤势如何。董子咧着嘴巴痛苦地说,可能断了骨头。

三三一听,急得团团乱转,说,这怎么得了?你这一摔,吃了大亏,我也会跟着你吃亏的。如果没有了老鼠肉,谁还来吃饭?

董子听了就来气,说,三三,我的腿如果治不好,一世就成了瘸子。你却担心有没有人来吃饭,你好没有良心呀你!

三三连忙说,我也不是那个意思,董子,你怎么这样不注意呢?

董子苦笑一声,自嘲地说,我是看见我家的钱太多了,无处可花了,所以,故意摔断的。

三三说,董子,你不要说鬼打墙的话了,你好好地养伤吧。说罢,走了。

三三刚走,药罐子跟着来了。

药罐子姓王，他的女儿生了一种怪病，医院治不好，钱倒是花了不少；而且，医院给他女儿判了死刑的，说不出半年小命就没有了。药罐子不服狠，把女儿从医院接回来，决心自己采药，给女儿治病。药罐子看了大量的药书，然后，学李时珍先生走遍青山，尝过百草——他也因此而得名药罐子。也是怪事，这么多年了，他女儿居然没有死，病情也没有恶化。药罐子就是这样慢慢地入了门，一些小伤小病的，也晓得治了。厂里人有什么伤病，害怕到医院，都让药罐子看，药罐子只收一点辛苦费。

董子龇牙咧嘴地说，药罐子，你看我的腿是不是断了？

药罐子轻轻地用手摸了摸，肯定地说，断了，我估计不是粉碎性骨折。

董子担心地说，你看要不要紧呢？多久能够治好呢？

药罐子说，你不要过于性急，我会给你想办法的。

药罐子给董子的伤处涂上牛屎样的草药，上了夹板，然后，又拿出牛屎样的草药丸子，叫董子按时吃。

王淑娟站在一边，哭哭啼啼的，说，董子，你如果成了一个跛子，又怎么得了？

董子说，那就好了你。

王淑娟一抹眼泪，说，怎么好了我？

董子说，以后我想打你，追你不上了。

王淑娟说，董子，你这副鬼样子了，居然还有心思说笑话？

董子说，不这样又哪样？难道投河上吊碰墙吗？难道吃鼠药撞火车割血管吗？王淑娟，我也不是说你，碰到大事情，还是我们男人挺得住些。你们女人呢，只晓得哭，哭，哭死。

三三倒是十分性急，看到腊老鼠肉一天天少了，几乎每天要到董子家，问董子好了没有，还说腊老鼠肉已经不多了，说他急得快要跳楼了。

董子说，三三，你以为我想躺在床上图舒服吗？我现在每天一没有收入，二要药钱，三呢，还要吃饭。难道我心里不着急吗？

三三虽然把合同签得很苛刻，意外之事由董子自己负责，但看见董子摔成这个样子，他还是提了东西来慰问。

董子说，你不要买东西了，合同上没有这一条。

三三说，合同上的确没有这一条，而我心里急嘞。如果没有这道菜，我不眼睁睁地看着票子丢掉了吗？

王淑娟说，三三，也亏你说得出口，我男人摔成了这副样子，你却只惦记着你赚钱。你如果真的焦急，那你就出钱送董子到医院。

三三一听，怔了怔，然后，拍拍脑壳，兴奋地说，我想起来了，我想起来了，我请个高手来。

三三没有说假话。第二天，他果真请了民间的高手来。这位老人长着一部很长的白胡子，家住在很远的乡下。老人解开董子腿上的夹板，扒掉敷的草药。他也不说药罐子的草药行不行，只对董子说，你要忍着点。俗话说，长痛不如短痛。

董子说，我能忍住。

这个老人很厉害，叫王淑娟端碗凉水来，他嘴里含了凉水，一根指头在伤处画了几个圆圈，然后，朝伤处猛喷一口水，紧接着，双手一顿猛揉——痛得董子咧开嘴巴喊娘喊爷。王淑娟吓得发抖，哭哭啼啼的。三三胆子太小，怕看，干脆把眼睛捂起来。

高手对董子的叫喊充耳不闻，拼命地揉着。揉了五分钟，他呼呼地出着气，说，行了嘞。然后上药，扎紧夹板，又给董子留下一些草药，说，人家说伤筋动骨一百天，我只要一个月。

大家都很高兴。董子感激地说，师傅，你吃了饭再走吧。

三三说，还是到我那里吃吧。董子，你付药钱。

5

那个民间高手不是吹牛皮，医术确实高强，董子的伤势果然一天天好了起来。其实，他巴不得立即好起来，像这样躺在床上十分难受。董子躺在床上，还在默默算账。他想，平均每天打二十只老鼠吧，就等于损失了十块钱，还有一餐饭。算起来，至少有十七八块吧？而这些钱，眼睁睁地看着从手里溜走了。

所以，每天看着窗外的太阳慢慢地落下，董子就要无奈地对王淑娟说，唉，今天又少了十七八块钱嘞。

王淑娟心疼地说，你好好养伤，不要想这么多。

董子说，我不想怎么行呢？我又不是得了脑膜炎。

王淑娟说，哎，要不要写信告诉宝伢子？

董子反对说，不要告诉他，免得他担心，人家要读书嘞。

三三仍然每天抽空来看董子，他伸手摸摸董子的腿，说，怎么样了？

董子高兴地说，不错，我很快可以打老鼠了。

董子又感激地说，三三，还是搭帮你请来了那个厉害的角色。

三三说，也是，如果不请高手，你的伤不知猴年马月才能好。

董子想了想，说，只是这样一来，药罐子肯定不会高兴的。

三三说，你还管他那么多？幸亏没有叫他继续诊，不然，你的伤就麻烦了。

董子伤好之后，继续拿起气枪，穿行在夜色中，跟老鼠们周旋。王淑娟每天叮嘱董子，董子，你要小心了嘞。你不像你的崽，他年轻，骨头好得快。你如果再摔一下，那真的会成个跛子的。

董子说，你放心吧。

此后，董子的确很小心了。他宁肯少打几只老鼠，也要先把脚下的路看个清楚。董子耳边总是响起王淑娟的话，如果再摔一下，那真的会成个跛子的。董子当然不想成为跛子，如果成了跛子，这辈子就很麻烦了。

有天下午，董子接到电话，电话是打到三三饭店的（董子家里没有安装电话，没有钱安装），说董子的娘老子去世了，要董子赶紧回去。董子的娘老子很可怜，风湿心脏病搞了好多年，诊也诊了，就是诊不好，就不再诊了，没有那么多的钱往医院堆。

王淑娟却为了难，她带着嫩毛毛，不可能跟董子去奔丧。董子一时想不通，说，我娘老子都死了，你还舍不得这几个钱吗？

王淑娟难过地说，我不是舍不得这几个钱。你不是不晓得，毛毛的娘老子到深圳她男人那里去了，谁来带毛毛？

董子一听，无可奈何地说，那我一个人去吧。说着，从抽屉里拿了八百块钱。

王淑娟看他拿这么多钱，不太高兴，嘟着嘴巴说，我爷老倌死的时候才拿多少？五百。

董子想了想，又放下两百块。这些钱都是董子打老鼠打来的，当然，也有王淑娟挣的钱。钱来得真是不容易，多拿一点都有点舍不得。

董子把钱放好，说，火车是晚上十二点的，我还可以打一阵老鼠。

王淑娟劝他不要打了，说，别人的老人死了，崽女哭都哭不赢，你怎么还有心思打老鼠呢？

董子伤心地说，你以为我心里不悲痛吗？我是一块木头吗？我是蠢吗？我是想，娘老子死了，我们还要活啊，我们还要吃啊穿啊用啊。你说，我是在家悲痛几个小时再去搭火车好呢？还是趁这个时间打一阵老鼠好呢？你看哪个合理、科学呢？

王淑娟说不过他，说，那你去吧，去吧。

董子天黑之后又去打老鼠。那晚上，董子的眼法怎么也不准。在平时，那些老鼠是绝对逃不走的，而那晚上他总是放空枪，双手颤抖。打了两个小时，尼龙袋子里还只有三五只老鼠。董子想了想，终于意识到是为什么了，突然往地上一坐，哇哇地大哭起来，一声一声地喊着娘老子。他哭着说，娘老子啊，你老人家在世，为崽的不孝。你老人家走了，为崽的还是不孝，他还在打老鼠嘞……

　　声音在夜里显得十分凄厉，一阵一阵的。董子坐在黑暗的地方失声痛哭，几个路人惊讶地望一眼，匆匆地走过去了。董子大哭之后，抹了抹眼泪，决定不打了。董子认为，这是娘老子的魂不准他打了。娘老子死了，崽还有心思打老鼠，那是不孝嘞。

　　董子把那三五只老鼠送给三三。三三惊讶地说，怎么只打了这几只？

　　董子悲伤地说，我娘老子死了。

　　四天之后，董子奔丧回来，背着两只很大的花格尼龙袋子。王淑娟问他是什么，董子没有作声，解开袋子，里面是人家送的六床毯子。董子有四兄妹，每人出的钱都比董子多，分的毯子自然也比他多。丧钱没有收多少，如今每家都好不到哪里去，哪还有钱送？无非是把那些不知转了多少人家的礼物又拿来送人。

　　王淑娟发愁了，说，拿这么多的毯子有什么用呢？

　　董子胸有成竹地说，我想好了，拿去卖掉。

　　王淑娟说，你蠢嘞，谁会要？

　　董子蛮有把握地说，我会有办法的。

　　董子一回来，连休息也顾不上，拿着一床毯子出去了。

　　董子首先找到三三，说，三三，你买一床吧。

　　三三一看，明白是人家送的丧礼。他苦着脸说，董子，我家里还有五床嘞，我卖给你一床要不要？

　　董子却很固执，说，你家里哪怕有一百床，我也不管，反正你得买我一床。人家是两百多块钱一床的,你就拿一百二吧。

三三哭笑不得,说,我家又不是毯子仓库。

董子威胁说,那你就不要怪我每天只给你打三五只老鼠了。

三三说,哼,合同签了的,你要保证我的货源,不然,就要罚款。

董子一听,拿起毯子就走,并愤愤地丢下一句话,罚你娘,老子每天只打它三五只,看你能把老子吃掉?

三三一听,急了,一把拖住董子,说,好好好,董子,我碰到你这个不讲道理的土匪,也没有办法。我买了,我买了。三三接过毯子,赶紧数钱。

董子回到家里,骄傲地把钱拿出来,高兴地对王淑娟说,怎么样,卖了吧?

王淑娟也很高兴,说,我猜测你一定是卖给了三三。

董子感到很奇怪,说,你怎么晓得?

王淑娟说,再蠢的人也猜得到的。问题是还有五床,怎么办?

董子劝说道,慢慢来,急什么急!

6

董子虽嘴上说不急,心里还是急着想把五床毯子全部卖出去——老是放在家里,毕竟不是个事。早卖掉,早变点钱出来。董子白天一家一家地问,看谁要买。董子几乎把厂里所有的人家都走遍了,居然没有一家人要。无论董子把毯子说得如何天花乱坠,如何便宜,也没有人买。董子想,还有哪家没有去过?想来想去,只有一个人,那就是牛胖子。牛胖子跟董子是有过节的,董子想,如果去找牛胖子,他说不定会给我一个冷脸呢。

为此，董子很犹豫，去还是不去？或许牛胖子需要呢？再说，牛胖子也有几个臭钱，说不定会买的。思考了很久，董子最后还是决定去一趟。而且，董子想起了谁说过的一句话：天下没有永远的敌人，也没有永远的朋友。牛胖子买便买，不买就算了。

董子提着一床毯子去牛胖子家，之前他没有进过牛胖子的家门。董子以前不喜欢这个人，后来他跟王淑娟跳舞，董子就更加不喜欢他了。

董子好不容易敲开了牛胖子的门。虽然是第一次来，牛胖子却没有叫董子进屋的意思。牛胖子靠着门边，剔着牙齿问，董子，有什么事？

董子微笑着说，我有床新毯子，是我亲戚刚送来的，可我家里有了，不知你要不要？

牛胖子微微地惊讶一下，然后说，当然要啊。

董子一听，高兴得简直要跳起来，急忙把毯子递给他，说，我就晓得你屋里需要嘞。

牛胖子说，那太谢谢你了。接过毯子，准备关门。

董子急忙伸出手，把门死死地顶着，仍然笑着说，我亲戚说，他是两百多块钱买的，我只卖一百二。董子用大拇指和食指，做一个数票子的动作。

牛胖子那张肥脸陡地阴沉下来，骂一句二百五，把毯子往门外一丢，砰一声把门关了。

董子差一点被门碰到了鼻子，只好快快不乐地走下来，恨恨地小声地骂一句痞子。走远了，觉得心里还不解恨，大骂一声，牛胖子是痞子——

虽说在牛胖子这里碰了一鼻子灰，但董子并没有屈服于挫折，更没有灰心丧气。他觉得骂了牛胖子，心里的那股气顺畅多了。当然，被牛胖子羞辱的情景，他没有对王淑娟说。有些事情，该对女人说的就说，不该对女人说的就不必说。家里的五床毯子，无论如何也要卖出去。可一时间他却又想不出什么好的办法来。

董子进屋问王淑娟，你有什么好办法吗？

王淑娟说，我有卵办法。

董子忽然放下毯子，抱起王淑娟往床铺上放。王淑娟以为男人想要那个了，叫道，我愁都愁死了，你哪里还有这份闲心？

董子也不管，一手揿着王淑娟，一手伸到王淑娟的胯下摸，厚着脸皮说，你哪里有卵？我怎么没有摸到呢？

两人躺在床铺上嘻嘻哈哈地大笑起来，笑着笑着，眼里冒出闪闪泪花。

当天晚上，董子打老鼠时，脑壳里还在想推销毯子的问题，所以，打老鼠有点心不在焉。董子干脆停下来，极力从脑壳里驱逐着毯子的事情。如果不集中注意力，搞不好老鼠也打不到手，岂不是两头无着吗？停了一阵子，董子觉得，毯子的问题不再在脑壳里转来转去了，才又专心致志地打起老鼠来。

打着打着，忽然，听见前面一栋灯火辉煌的屋子响起噼里啪啦的鞭炮声，又是敲锣打鼓，又是唱夜歌子，又是放流行歌曲。哦，一定是死了人。董子路过那里时，走过去看了一眼。他看见灵堂四周挂满了毯子，突然，一个灵感电光石火般的在他脑壳里闪耀起来。哎呀，我真是一个蠢卵子嘞，这么容易的办法也没有想出来嘞。

主意有了，主意有了。董子高兴地自言自语。

这时，有人从他旁边走过，看他一个人在自话自说，疑疑地看了他一眼。

那晚上，董子打老鼠打得特别多。他高兴，他不再为毯子的事绞尽脑汁了。回到家里，董子也没有对王淑娟说，他要给王淑娟一个大大的惊喜。

从第二天起，董子四处乱走。厂矿也好，农村也好，市区也好，董子通通地走一趟，好像是一个闲来无事观看祖国处处新面貌的人。董子究竟在做什么呢？原来，他要看哪里死了人——只要有人死了，他就不愁毯子卖不出去。可走了几天，董子也没有看到哪里死人。董子是个不灰心的人，他想，既然死人的事情是经常发生的，那么，绝不可能不再死人。

第五天，董子终于看到附近有户农家死人了——死去一个老妇人。

董子连忙回家，把五床毯子统统地拿去。董子不敢走得太近，以免被死者的亲人看见。他站在离灵堂大约一里路的地方摆开毯子，一边抽烟，一边很有耐心地等着生意。

果然没等多久，来了一个中年女人。那个女人既像乡镇干部，又像农村妇女，董子看不清她的身份。女人看了董子一眼，问，哎，毯子卖不？

卖的嘞，卖的嘞。董子非常客气地说。

女人走过来蹲下去，一床一床地看。

董子说，我这毯子好得很嘞，真羊毛的嘞，暖和得很嘞。

女人好像并没有听他的那些吹嘘，看了看毯子，又用怀疑的眼光警惕地看董子一眼，轻轻地说，你这不是在销赃吧？

董子连忙说，开玩笑，开玩笑，嫂嫂你看我是那种人吗？

女人却说，你脸上又没有刻着好人两个字，我哪里晓得呢？

董子仍然笑着说，嫂嫂，你真会说话。

女人问，多少钱一床？你给个实价。

董子早已想好了价钱。他至今还在后悔，卖给三三的毯子太便宜了。真正做生意的，首先要把价钱喊高一点，然后，再慢慢地降下来。

所以，董子开口说，一百八。

女人摇摇头，说，太贵了嘞，不能再少了？

董子耐心地说，嫂嫂，你也不靠这几个钱发财，我靠这几个钱也发不起财，好吧，再少二十。

一百五。女人坚决地说。

一百六。董子寸土不让。

一百五，不卖就算了。女人不耐烦地站起来，故意作出要走的样子。

董子急了，连声说，好好好，讨个吉利，这还是我今天头桩生意，你拿去吧。

女人这才转过身来数钱，然后，提着毯子朝灵堂那边走去。

董子拿着钱，高兴得差点跳起来。娘的脚，生意做得真有点意思嘞，稍微动点脑子，三十块钱就多出来了。董子到底还是精明，担心那个女人反悔，匆忙拿着剩下的毯子飞快地离开了。

董子高兴地一口气走到家里，不无骄傲地对王淑娟说，怎么样？我下面到底还是比你多了一点东西的，所以呢，办法也比你多一些嘞。

王淑娟骂一句痞子，看见果真少了一床毯子，惊喜地问，卖给哪个了？

董子故意卖关子，那我不说，等到我把它们全部卖光了，我才告诉你听。

王淑娟说，董子，还是你说得对，我们一不要离家打工，二来天天在一起。钱虽然赚得没有人家多，我也很满足了。

董子说，是呀，只要我们和崽平平安安的，不出事，钱少一点就少一点。人生在世，就是求个安稳。

这时，董子仔细地看了看王淑娟，发现她近段消瘦了许多，心想，她带个嫩毛毛也的确不容易嘞，日里夜里都要操心。他有点心酸，说，王淑娟，你也要注意身体。

王淑娟说，我倒是不要紧的，女人比男人经累一些。她又问董子的腿有反复没有，董子说，就是落雨天有点隐隐痛。

说起落雨天，那是最令董子咬牙切齿的，那等于他不给自己放假，天老爷却慷慨地放他的假，让他在家里像一只困在铁笼子里的巨兽，烦躁得团团转。事情是明摆着的，如果不出去，就少了收入。所以，他甚至连电视也无心看，烦躁地对王淑娟说，你看这个鬼天老爷，害人不看日子。它倒是落得痛快，却不晓得我心里急得出血。

王淑娟笑着说，这是天老爷看你实在太辛苦，有意放你的假嘞。

董子说，天老爷既然晓得我辛苦，那何不给我落点钱下来？那我就不用打老鼠了。

王淑娟说，你看你几十岁的人了，还讲这样的蠢话，不如给我抱毛毛。

平时，董子很少抱毛毛的，只有晚上落雨时，在他朝天老爷发一通牢骚之后，才会抱抱的。董子抱着毛毛说，如今这些做爷娘的想得开，连细把戏也不想带了。

王淑娟叹息地说，人家是有钱。再说，他们如果自己带，我哪里每月还能有三百块钱呢？

董子喋喋不休地说，有钱有钱，我看有钱也不是好事。黑社会绑架有钱人的崽女，就是要敲诈一笔。他说到这里，忽然想起什么，说，王淑娟，你要注意点，不要让毛毛被人抱去了，如果当了人质，那就麻烦了嘞。

王淑娟说，我平时不轻易开门的。

嫩毛毛还只有七个月，很可爱。王淑娟也带得细心，生怕毛毛生病。可其实哪有毛毛不生病的呢？有天夜里，董子打老鼠回来，发现家里没有人，毛毛也不见了。他很着急，以为真的出了绑架的案子；后来，看见桌上有王淑娟留下的纸条，说是毛毛生病了，去了医院。董子不放心，赶紧往医院跑，看见毛毛在打吊针。

董子忙问王淑娟，毛毛是什么病？

王淑娟显得很紧张，说是肺炎。

那时，已经很晚了，董子看到王淑娟很疲劳了，说，你先睡睡吧，我来守。

王淑娟不肯，说，你也太累了，你不如回去睡吧。

董子说，我怎么能回去呢？人家把毛毛放在我们家里，也是对我们的信任。毛毛真的有个什么三长两短的，我们怎么向人家交差呢？

王淑娟劝董子不了，不再劝了，两人轮流照看。

王淑娟说，董子，要不要给毛毛的爷娘打个电话？

董子想了想，说，不要打，免得人家担心，人家在深圳赚钱也不容易。我刚才问了医生，说只要消了炎，问题就不大。

毛毛住了六天院，董子累得团团转，搞饭菜，送饭菜，晚上还要打老鼠。出院的那天，董子去接他们，走出医院大门，董子突然想起什么，站住不走了。

他问王淑娟，发票都开好了么？

王淑娟说，都开好了。

董子不放心地说，千万不要弄丢了，等到毛毛的爷娘回来报账。

王淑娟瞟董子一眼，说，这还要你说？

7

自从崽上次摔伤腿之后，董子很不放心，要求宝伢子每月写封信给他,好让家里人放心。宝伢子的信是很准时的,每月五号就来了。所以,每到这天,董子要到厂传达室拿信,拿回来,念给王淑娟听。他一边高兴地念,一边埋怨崽,这个家伙,怎么越读书,字写得越差了呢?

这天,董子又像往常一样去取信,居然没有。

董子问传达室的老马,老马说,没有。又说,我就是贪官污吏,也不会贪你这封信。

董子摇摇头,自言自语地说,不可能的呀。

董子回到家里,对王淑娟说,是不是又出什么事了?

王淑娟不高兴地说,只你生了一张臭嘴巴,乱说。

董子不再作声了,心里却很担心。他好像有某种预感,崽肯定是出事了。到下午,学校果然来了电报,说宝伢子受伤了,要家长速去长沙。

王淑娟一听,哇哇大哭起来。董子拿着电报,一声声叹息,说,崽呀崽,你怎么这样不争气呢?他劝王淑娟不要过于伤心,然后,又把家里的存款全部拿出来,藏到内裤的小袋子里,匆匆地往长沙赶。

到学校,董子才弄清楚情况。原来,宝伢子是被黑社会的人打了,而且,打得很冤枉。那天夜晚,同学叫宝伢子去唱歌,一共有四五个人,其中还有一个乖态的女同学。宝伢子本来是不去的,说上次摔怕了,不敢出去了。同学老劝,又不要你走路,来回坐的士。宝伢子到底禁不住劝说,也就跟着去了。开始时,大家唱得好好的,唱着唱着,突然一帮子人冲进来,凶神恶煞的,抓住那个领头的同学就打,说他骗走了他们大哥的女朋友,也就是那个乖态的女同学。女同学一边拼命地扯架,一边哭着说,不要打了,不要打了。这时,如果有人打110,问题还不会闹得很大;遗憾的是,谁也没有想起来。宝伢子也跟几个同学劝架,谁知人家竟然连他们也打,打得个个血流满面。那个领头的王同学,还被打断了三根肋骨。

董子这次看到宝伢子,再也忍不住了,埋怨说,崽呀崽,我叫你再不要夜里出去了,你硬是不听我的话,你看你吃了好大的亏嘞。

宝伢子脑壳上缠着白绷带,低头不语。

董子一时怒发冲冠,又找到老师大发脾气,说,我把崽送到学校来,是来读书的,不是来受伤的。上次摔断了腿,我没有说什么。这次呢,又被人打了,你们到底是怎么管的?

老师解释说,我们不可能每天用绳子绑起学生,对吧?也不可能一个老师盯着一个学生,对吧?我们这里又不是牢房,对吧?

董子说,我不管是不是牢房,我崽是在学校出的事,那你们学校就要负责。

这时,那个老师沉下脸,说,我们当然会负责的,现在派出所将这事定性为聚众闹事。那么,按学校的规章制度,严重的要开除,其次是劝退。

董子一听,呆住了,半天没有作声。接着,他软了下来,突然双手作揖,哀求老师说,老师啊,你千万不能让我的崽回去啊,他是无辜的啊。他从小胆子很小的啊,看到老鼠都吓得起跳的啊。我的崽要是回去了啊,他娘老子肯定会气得跳楼的啊,或者会吃老鼠药的啊。你们做做好事啊,千万不能让他回去啊。董子的眼泪就要流出来了,要不是旁边有人走动,他很可能会给老师下跪的。

老师有点不耐烦地说,你先回去吧,至于如何处理,学校会决定的。

董子又跑到医院交钱,然后,对崽说了此事。宝伢子总是不作声。

董子说,如果开除了,你娘老子会气死的,我至少会气个半死。

董子气得牙齿格格作响，说，崽啊崽，你以为老子的钱多了，是不？老子的钱是一只只老鼠打来的，你晓得不？你倒好，像大象，嘴巴一张，就轻易地把钱吞掉了。你已经吃过一次亏了，你还不吸取教训？你哪怕把学校当成牢房，你也要给我老老实实地坐完这两年。

说罢，董子又匆忙往家里赶。

说起来也许任谁都不相信，虽然还不足四百里远，但董子以前从没有来过长沙。崽到长沙读书，为了省钱，他也没有送。当然，加上这回到长沙，他已经来了两回了，却都是迫不得已来的，都是匆匆来去。长沙真是不同一般，热闹得很，人啊，车啊，流水一样的。其实，董子很想到处看看。一想，多待一天，就要多花钱。即使只吃两个五毛钱一个的包子，那也等于吃了两只老鼠。更重要的是，少了一天打老鼠的收入。两头都亏，划不来。所以，他打消了看看热闹的念头，赶紧回了家。

王淑娟红着眼睛问崽的伤势，董子一一给予回答。他却没有说规章制度的事情，他怕说出来让婆娘更担心。董子说，崽是个好崽，看到同学挨打，就去扯架，只是受了一点轻伤，不要紧的；还说，学校还表扬了宝伢子，说他不做看客，很有正义感。

董子也不明白，自己怎么顺口编出了这么一套话来。其实，他担心得很，万一宝伢子被学校开除或劝退，那怎么得了呢？在长沙，董子临走时对崽说了，学校一旦作出什么处理，你要尽快地写信回来。所以，那几天，董子天天去传达室。

传达室的老马最爱开玩笑，说，董子，你是不是在盼情人的信？

董子苦笑一声，说，还情人？现成的婆娘都快养不活了。又说，哎，马师傅，我把王淑娟卖给你怎么样？我看你打了多年的光

237

棍，很可怜的。

老马笑着说，好啊，那你讲个价吧，两千块怎么样？我只有这一点存款了。

董子嘿嘿地笑起来，说，那太便宜了，你以为是买一头牛吗？那我还是留着自己用算了。

一直到第六天，宝伢子才来信，说学校只开除了那个领头的男同学，还有那个女同学，其他几个都是无辜的。董子看罢信，很高兴，不由得大大松口气。这封信，他没有念给王淑娟听，马上回信，要崽千万千万注意，如今社会上乱得很，一不小心就会吃亏的。

董子这封信竟然写了一页半。他从来没有写过这么长的信，一般都是寥寥几句；而这封信，董子却写得情真意切、苦口婆心、酣畅淋漓。董子还在结尾处破天荒地写上一句：祝愿老天保佑我们全家。

8

董子卖毯子的这一招，果然很灵，不出一个月，竟然全部卖完了。所以，当卖完最后一床的时候，董子一回家，居然抱着王淑娟上了床。

王淑娟挣扎着说，董子，你难道不要命了？昨晚上你也来了一回的，现在只隔几个钟头。

董子嬉皮笑脸地说，老子高兴嘞。

王淑娟说，有什么事值得你这么高兴的？

董子说，你的眼力也太差了，你没看见毯子全部卖掉了吗？

王淑娟长长地哦一声，说，我想起来了，你曾经答应过我的，说把毯子全卖光了，就把秘密告诉我。

董子兴味盎然地说出其中的秘密。王淑娟听罢，手一伸，狠狠地打了董子一下，然后，咯咯地笑起来，说，你这个没良心的，亏你想得出来，你这是在发死人财嘞。然后，由着董子急急忙忙地给她解衣服。

完事之后，王淑娟立即起床，还要给毛毛洗衣服。董子却没有起来，他还想好好地躺一下。董子双手枕着头，心情格外舒畅，觉得自己是个做生意的料子，脑子灵活，点子也多。

然后，董子大声地说，哎，王淑娟，我们也开个餐馆怎么样？

王淑娟说，哪里有本钱？

董子说，先借。又说，我给三三打老鼠，他赚了大钱，我只喝了一点米汤水而已，真是划不来。如果老子的餐馆开起来，专门吃腊老鼠肉，不如干脆叫老鼠餐馆。王淑娟，你说这个名字怎么样？

王淑娟立即泼冷水，你这不是讲废话？你欠你爷老倌的钱都还没有还掉，餐馆哪里办得起来？

董子的热情并没有被王淑娟的冷水泼下去，他自言自语地说，如果老子的餐馆办起来了，三三他们就没有老鼠肉了。那么，顾客都会涌到我们的餐馆来，我们肯定搞手脚不赢嘞。王淑娟，那我说，你也不要给人家带嫩毛毛了。他娘的肠子，这个责任心也太重了，这个钱不好拿。你呢，干脆给我收钱，我来招呼客人。另外，只要请个师傅炒菜就行了。如果客人实在是太多了，硬是招呼不过来，那我们再请一个妹子打下手。这个妹子，不请就不请，要请，就要请个乖态一点的，年轻一点的，腰身苗条一点的，嘴巴子甜一点的，手脚麻利一点的。哎，王淑娟，你要放心，我把话说在前面，我肯定不会打那个妹子的主意的，我董子这个人你还不了解？结婚这么多年，我有过拈花惹草的事情没有？没有吧？我绝对不会像三三那样，搞自己餐馆的戴妹子。现在，他已经脱身不得了，人

239

家死活要跟着他。他娘卖肠子的，看他有多少钱摆平。当然啰，这也怪三三不得，一个病婆娘秋年四季睡在床上，死又不得死，离又不肯离，拖得三三也是阿弥陀佛了。三三也不容易嘞！如果我要是他的话，干脆跟婆娘离婚，拿笔钱打发她。即使要跟戴妹子搞，也要光明正大地搞。像他这样偷偷摸摸的，没有什么卵味道。王淑娟你说是不是？哎，王淑娟，如果你要是像三三婆娘那样，我又有了钱，我要跟你离婚，你愿不愿意呢？如果你不愿意的话，那我就求你讲点人道嘞。你斗不得榫子了，我还斗得，对不对？你……

董子还想继续说下去，王淑娟却悄悄地走过来，把满手的肥皂泡往董子脸上一涂，大声吼道，董子，你这个没有良心的，我现在叫你做白日美梦。

董子顿时大叫，王淑娟同志，要文斗，不要武斗。

宝伢子放暑假回来，也跟着董子打了几天老鼠，其实呢，只是提提袋子而已。当然，董子也让他打了几枪，却没有打中一只。宝伢子觉得没有什么意思，不再跟着董子打老鼠了。董子说，你既然不愿意跟着我打老鼠，那你不如去看看你爷爷，你在爷爷家住个六天吧，然后呢，你再在姑妈和两个叔叔家里各住上六天吧。

宝伢子疑惑地说，为什么都住六天呢？

董子说，你真是一个蠢宝嘞，这个算盘你都不晓得打？看来，你那些书白读了。你算算，四六二十四，一个假期不是差不多了吗？

宝伢子认为，爷老倌的算盘真是打绝了，所以，就去了。虽然心里不怎么乐意，他却明白自己两次住院用了不少钱，爷老倌这样做也是无可奈何。

后来，进入秋季，董子每晚打得更勤快了——现在不抓紧多打几只，到冬天，老鼠就少了，老鼠也晓得怕冷。那么，这也就意味着自己的收入将会大大减少。三三也希望董子打得越多越好，反正是把它们烘干储存。

有天夜里,董子找到一个绝好的地方。那是一栋很大很高的楼房,大约是后来没有钱砌了吧,楼房就荒在那里,杂草丛生,黑灯瞎火,阴气森森,到处堆积着水泥板,还有断砖头、水泥和石灰。董子小心地走近楼房,侧耳一听,听见老鼠们在楼房像跑马一样,嘀嘀地一阵响过来,又嘀嘀地一阵响过去。董子高兴得不得了,心想,今晚上有好戏看了,老子不创造它一个天大的奇迹,把我董字倒过来。

然后,董子轻手轻脚地进入楼房。楼里空空荡荡的,他顿时感到毛骨悚然,生怕突然窜出来一个歹人,一刀把他放倒在地。他壮了壮胆子,怕什么怕?又没有鬼。稳了稳自己的心,一心一意地打起老鼠来。为了不惊动老鼠们,他决定从一楼打起,一层一层地消灭。那些老鼠也是太仗势了,竟然都不怕他,甚至一点惊慌也没有,真是嚣张得很;而且,也不溜走,在屋子里欢快地跑动。

董子高兴起来,一边轻轻地说,看你们高兴得了几天?等老子慢慢地收拾你们。他不慌不忙地打一只,然后,再上一粒子弹。董子想,可惜只有一个尼龙袋子,要是多带几个袋子,那就太好了。这一个袋子,即使装得再多,也不可能把这栋楼的老鼠全部装完。当然,那也不要紧,明天再来打么。董子估计,这栋大楼可以打它几个夜晚。

董子正打得上瘾,突然,听到楼房外面响起一阵慌乱的脚步声,还夹杂着惊惶失措的说话声。董子不知闯来了什么人,正疑惑着,看见一伙人像狂风一般闯进来。董子的手电光还在亮着,那伙人也吓了一大跳。有个声音沙哑的人凶狠地说,看来我们命大,赶快把他绑起来,做人质。

董子一时还没有反应过来,就被冲上来的人凶狠地扭住了胳膊。

他还有枪。来人惊叫道,然后,立即从董子手中抢走枪,看了看说,娘的肠子,是气枪。他赶紧熄灭了枪上的手电光,又砰地将枪丢在地上。

董子一脸恐惧,他真的呆住了,刚才还是好好的,自由自在的,突然就莫明其妙地被人绑架做了人质。

董子大叫起来,放开我,放开我——

那个声音沙哑的家伙看来是个头目,他凶狠地说,放了你可以,那也要等到警吊子先放了我们再说。他们不由分说地急忙把董子推着往楼上跑。

这时,董子听到楼外面响起警车刺耳的警笛声,明白警察已经紧紧地追来了。不多时,楼房被警察团团地围住了。一时车灯大亮,声音嘈杂。

肯定在楼房里——警察们在叫喊。

气氛显得相当的紧张。

董子吓得浑身发抖,汗水直冒。他想,这一下完蛋了,我这条小命死在他们手里了。我真是背时嘞,打个老鼠还碰到这号鬼脑壳事。此时,董子最害怕的是这些家伙会打死他。如果他死了,王淑娟和宝伢子今后的日子怎么过呢?董子的眼泪无声地流下来,而且,感觉到尿水也从裤子里流下来了,热乎乎的。

董子被他们抓着走到最高一层楼。这时,声音沙哑的头目急促地命令两个手下守住楼道口,然后,叫人把董子推到窗口。借着楼外的车灯光,董子发现这伙人有四个。

这时,警察在下面大喊,你们被包围了,快把武器丢下来,不然,我们要采取行动啦。

那个头目冷笑一声,说,这些警吊子可能还不晓得我们手里有个人质吧。然后,他对董子说,喂,兄弟,现在该你说话了。

董子战战兢兢地说,我说什么?

那个头目剃着光头,头上反射着一丝灯光,他说,你就说你叫什么,是哪个单位的。然后,他又对楼下大喊,你们听着——,我们手里有个人质,他现在要跟你们说话。他用力地将董子朝窗口推了一把。

董子清了清干涩的喉咙,紧张而又带着哭腔地喊起来,警察叔叔哎,别开枪啊——,我是董子,是机械厂的啊——,我是在打老鼠啊——!

楼下的警察们一下子静下来了。也许,他们根本没有料到情况会突然发生变化,楼里有一个打老鼠的人被歹徒当了人质。几束强烈的手电光一齐朝窗口射上来,似乎是想证实一下。手电光聚集在董子惶然不安的脸上。董子又大叫,别开枪呀,我是董子嘞,是机械厂的嘞——!

那时,还只有九点多钟,附近的人们闻讯后纷至沓来看热闹,又害怕歹徒放枪,所以,远远地站着观看。当然,也有不怕死的,想走近一点,却不时地引来警察的呵叱声,靠后靠后,你们不要命了吗?

显然,警察们为了不伤着董子,采取以柔克刚的手段,大喊,你们可以谈条件——!

那个头目歇斯底里地叫道,一、弄辆车子;二、你们的人要统统撤离。不然的话,我们先把他从窗口丢下来。

那个头目正说着,观看的人群突然乱了起来,只见人们让开一道缝,有个女人大哭着叫喊,董子啊——,董子啊——,你怎么弄到人家手里了呢?

董子的眼泪一耸,又流了出来,悲伤而绝望地喊,王淑娟——,我在这里嘞——!

董子看不清王淑娟的脸,模糊之中,似乎只看见有双手在空中乱摇。董子悲哀地想,这人啊,也真是想不到,这一楼之隔,这一

243

瞬之间,王淑娟跟那些人都是自由的,而自己却时时面临着死亡的威胁。即使那些跟他在一栋楼房的老鼠们,现在也比他自由。

这时,董子的头脑有点糊涂了,竟然歇斯底里地叫起来,我要当老鼠——!

那个头目惊诧地望他一眼,不耐烦地骂道,你癫啦?你如果当了老鼠,那不是做不成人质了吗?

董子不敢再叫了,全身发抖。他不晓得,今晚还能不能够回到家里。

楼下的警察沉默了一时,看来是在考虑歹徒们提出的条件;然后,大声回答说,你们听着,我们可以答应这个条件,那你们一定先要放掉人质。

那个头目当然不愿意,冷冷地哼一声,说,放人质?你们想得倒好,放了他,我们还有命吗?

这时,董子才看清楚他们个个都有枪。他心想,这些不要命的家伙,也不知是从哪里搞到枪的。如果用这枪打老鼠,只怕会打得稀烂,连尸体也留不住的。

警察又只好妥协,答应了歹徒的全部条件。没多久,一辆桑塔纳开了来,停了坪里。警察们开始撤离,那些观看的人们也通通地被赶走了。

一时间,楼房外静悄悄的,像什么事情也没有发生。

这时,有个歹徒说,大哥,我们走吧?

那个头目说,现在还不能马上走,万一他们埋伏在楼下呢?

那个歹徒又说,那怎么办?

那个头目想了想说,是啊,看来我们也只有马上走,如果天一亮,就更加不好办了。

他叫手下人把董子推到前面,然后,一行人慢慢地朝楼下面走去。走一层,看一层,小心翼翼的,生怕有埋伏的警察突然出现。

他们推着董子终于来到楼下，慌里慌张地迅速上车，然后，向马路急速地开去。

董子不晓得他们要把自己带到哪里，只是觉得这是一条死亡之路。他想起在电视里看到的歹徒最后把人质杀害的镜头，不由得害怕地说，各位哥哥，求求你们，放了我吧，我是上有老下有小啊。他浑身发抖，像打秋摆子。

闭嘴。坐在前面的那个头目凶狠地说。

董子赶紧闭上嘴巴。

汽车在夜色里急速地行驶，像一条疯狂逃窜的癞狗——冲开了好几道收费站。董子看到了守候在站口的警察，他们都没有开枪。唉，他们都是为了我嘞，不然，早就把这些家伙消灭在那栋楼房里了。这时，董子心一横，这些愣头既然不要命了，那我也不要这条小命了。

既然不怕掉这条小命，那我害怕什么呢？你们不准我说话，我偏要说。所以，他说道，各位哥哥啊，放了我吧。你们晓得我一个人在楼房里做什么吗？我是在打老鼠嘞。

你打老鼠？打老鼠做什么？那个头目似乎感到有点好奇。

董子可怜兮兮地说，我没有事做了，我婆娘也没有事做，崽又在读书，所以，我帮着人家的饭店打老鼠。打一只，只有两毛钱嘞。董子有意少说了三毛钱。

哦，就是好再来饭店吧？我们在那里吃过的，腊老鼠肉的味道的确不错。那个头目说。

董子紧接着说，那都是我一个人打的嘞。又说，你们不晓得，那楼房里有好多老鼠嘞。我想，我今晚可能会发财了，没想到……

那个头目抽着烟，哈哈地笑着说，这也是缘分。说实话，今晚上如果没有你，我们的命也就没有了。

车开了很远，四周一片漆黑。偶尔，也有车从对面唰地擦过

245

去。这时,董子多么希望车子突然翻到马路下的沟里,他好趁机逃跑;而车子虽然开得非常凶猛,却一点也没有翻车的迹象。

董子真是绝望极了。

车子又开了一阵子,这时,那个头目忽然说,我看你这个人也很不容易,现在你就下车吧,拜拜——!

车子停下来,那些人把董子从车里重重地推出来,也跟着说了一声拜拜,然后,大声地狂笑起来。

董子根本没有想到他们突然放了他,一时竟然有些不知所措,也有点恍惚。这整个过程,就像做梦似的。他不知说些什么,居然说,下次来吃老鼠。

车子呜地一飙,往前方冲去了。

董子看到车子终于离他很远了,他的胆量也跟着大起来,高声骂道,叫你们来吃屁,吃警察叔叔的花生米。

董子孤零零地站在马路边,四周黑沉沉的,一点声音也没有,世界寂静得让人害怕。他浑身那紧张的汗水,一下子凉了下来,使得衣服紧紧地贴着身子,夜风吹来,冷飕飕的。忽然,他看见后面有红色的警灯呜呜地紧追上来,董子突然来了勇气,双脚一跳,朝着歹徒逃跑的方向骂娘,然后大叫,以后我崽还打老鼠——,我孙子还打老鼠——!

骂着,喊着,他竟然哇哇地大哭起来。

9

董子总算是安然无恙地回来了。王淑娟急忙扶着董子朝家里走,左邻右舍都涌来看热闹。不知为什么,王淑娟老大的脾气,吼道,看什么看?看你娘。砰一声把门关了,然后,给董子洗脸,又端上一杯茶。

王淑娟流着泪水说,董子,你能够留一条命回来,就是天大的福气。你如果不在了,你叫我跟崽怎么过日子呢?

董子还是惊魂未定,脸皮惨白,坐在沙发里,猛猛地抽烟。抽着抽着,他深深地叹口气,苦涩地笑了笑,说,你说说看,我跟我崽的命怎么就这么相像呢?他摔断过腿,我也摔断过腿。他曾经冤里冤枉地被黑社会的人打了,我呢,也冤里冤枉地被黑社会的人绑架了。你说说看,世上这样的好事,怎么都往我家里跑呢?

你会不会出事

1

我的朋友胡丁之——我跟别人说起他时，总是这样开头，像半个世纪以前人们爱说我的朋友胡适之一样。

只不过胡丁之不是什么大名鼎鼎的学者，如果能让他安心读书，或许他会成为一个学者。他十六岁就插队了，一插插了六年。然后进了一个机械厂烧锅炉，一烧又烧了六年。再然后，调回那个不大的叫双月的城市（机械厂离双月三百里），在一个铁厂打铁，一打又是六年。所以这就注定他成不了他家门那样的气候了。

只是我的朋友胡丁之，不枉他出身在那个家门，也是个聪明人。他喜欢听音乐，这在那个时候是比较超前的。他从牙缝里省出钱来，买了台电唱机，然后自己动手做音箱，效果居然也不错。一九八一年他结婚时，几乎什么东西也没有，唯一显眼的是那对音箱，外观几乎跟买的一样，所以让来客们猜了半天，不知这到底是做的还是买的。那时候，至少在他那个小城市，像他这么喜欢音乐的人还不多。那天他把音量开到最大，让我们忘记了喝茶、抽烟、吃糖、聊天，一起沉醉在美妙动听的音乐之中，好像我们不是来参加婚礼的，而是来听音乐会的。

他老婆叫小洁，跟他是青梅竹马，人长得小小巧巧，眼睛喜眯眯的，似乎对这桩婚事极为满意。她紧紧地跟在胡丁之屁股后面，一一地招呼我们，音乐声跟在他俩屁股后面。当时我一边听音乐，一边产生一个很好的感觉，认为我的朋友胡丁之，不会一辈子做个铁匠师傅的。所以那天临走时，我握着他那双结实有力的手说，你不会打一辈子铁的。他笑起来说，哦，真的吗？

事实证明，我是个不可多得的预言家。

2

从胡丁之的经历来看，他好像属于一个安分守己的人；而只要稍稍注意一下，便知道他身上流动着不安分的血液。这一点，从他爱听音乐，以及自己动手做音箱上，便可以看出来，他跟一般人还是有些区别的。后来他可能意识到听音乐终究当不得饭，所以当海南开发时，他便停薪留职，跑到那个岛上去了。

我的朋友胡丁之，在那个美丽的海岛上待了一年多，几乎什么事情都做过，卖报纸、卖"人才饺子[1]"、卖偷来的单车、看相、擦皮鞋、拉皮条，等等。这就说明，他是个吃苦耐劳的人，虽然没有赚到钱，却也不灰心丧气。他想，老子总有一天会赚到钱的。再说，那时候中国的人才精英和人渣代表全都聚集在海岛上，叫他开了回眼界，这是有钱也买不到的生活经历。

所以在海南岛，我的朋友胡丁之没有赚到钱。有时候他从我这里转车回双月，便吃住在我家。那时他脸上和身上，透出一种浓浓的沧桑与疲惫，像一匹长途跋涉的老马，浑身汗水淋漓，两腿打跪，一下子倒在途中的驿站里。

我劝他，你在外面这么累，妻儿都丢在家里，这怕不好吧？

---

[1] 人才饺子：当年许多人去海南发展，一时没找到工作就靠卖饺子为生，故有此说法。——作者注

他说，有什么不好？这个不好只是暂时的。等老子赚到钱，我要叫老婆儿子躺在钱上面睡觉。这叫舍不得孩子套不到狼。

他虽说是转车，一般却要在我家住上十天八天，也从不出去走走，有些修身养性的意思，好像要把那些沧桑和疲惫消除后再回家。他每天把报纸翻来覆去地看，晚上七点便盯着新闻联播，似乎总想从上面嗅出一点什么来，像只嗅觉灵敏的猎狗。当然，他更多的是沉默，眼睛一转一转的，像在思考什么问题。这时我又觉得他像个随时可以冲锋陷阵的人——只要有钱可赚的话。

那时候，我老婆有点看不起他，当然表面上对他还是蛮不错的。她悄悄地对我说，我不知你怎么交了个这样的朋友，像条癞皮狗似的。我说，你不要乱说嘞，人不能只看一时，说不定哪天他就有了出息。老婆便嗤笑我，你好像是个狗卵天师。

我的估猜没有错。后来听说惠州炒地皮，胡丁之像只嗅觉灵敏、动作敏捷的猎狗，一飙，便飙去了。他说，这次机会再不能失去了，机不可失，失不再来。

他说对了，不到一年时间，他竟然赚了一大把，而且开了一部桑塔纳回来。回到长沙，他不再进我家门了，在五星级宾馆很牛地打个电话给我，说他请客，并且特别要我把妻儿带去。

他果然发了，手里拿着手机，一身金利来衣裤，皮鞋油亮，头发让摩丝也搞得亮亮的，脸色也不像以前那样苍白了，红润润的，鼻子上还撑着一副眼镜，让人根本看不出这是一个插过队、烧过锅炉、打过铁的人。一眼看去，斯斯文文的，很像他的家门胡适之。尤其是那双手，其变化相当惊人，已经不是劳动人民的手了，茧子也没有了，软软和和的，一握手，竟然给人一种大人物的感觉。

他给我们带来了礼物，送给妻子的是块手表，表是雷达表；送给儿子是个袖珍游戏机，机是日本机；送给我的是件名牌西服，牌是苹果牌。当时妻子用眼睛剜我一眼,那意思我明白,你看人家多有气派。我也回敬妻子一眼,我的话没有说错吧,我的朋友这不是出息了吗?

胡丁之把菜谱大方地往我们面前一丢,说,想吃什么菜,你们尽管点吧。我胡丁之不是过去的胡丁之了,只是我这个人还是记情的,过去麻烦了你们不少。

我笑着对妻儿说,你们也不要讲客气,狠狠地剁他一刀。妻儿便兴致勃勃地把菜谱研究来研究去。

我问胡丁之,你一分钱都没有,我不知你怎么能够赚得到钱。

他哈哈大笑,说,老兄,有钱能赚到钱的那不算狠,没有钱能赚到钱的才算角色。至于怎么赚到钱的,那是一本大书,一言难以道尽。他娘的脚,在那个地方,我算是开了眼界,钱已经不是钱了。朋友之间,借几十万,借条都不要一个。钱已经不是钱了,分明是水嘞。

不管发了还是没发,我的朋友胡丁之仍然不抽烟,不喝酒,始终保持了优良传统,这跟我形成了鲜明对比。我一边喝着五粮液,一边抽着大中华,一边担心地说,这不会出事吧?他说,出什么卵事?老子在那里算个屌,小巫一个,人家几千万上亿,那才是钱哩。当然他还是很得意地说,我早就晓得,我这一世命里注定还是会有点钱的。

我问,你能够给自己算命吗?

这时他伸出一只手,做了个标准的两头翘,并且不停地摇晃着,说,你看,我插队六年,烧锅炉六年,打铁六年,想当年是度日如年。如今一想,这都是大吉大利的数字,人家是六六顺,我是六六六大顺嘞。

吃罢饭,回到他房间,坐一阵子,我老婆说小孩明天要上课,便要先带着小孩回去。

胡丁之对我老婆说,嫂嫂,那我就不留你了,我跟哥哥还要扯扯淡。

我老婆居然说,胡老板,那谢谢了。我认为,妻子的俗气真正是从这一刻开始的。

胡丁之说,嫂嫂,你不要这样喊我。

我妻儿走了不久,他看了看表,说快来了。

我问,哪个?

他神秘地笑了笑,然后有滋有味地唱起儿歌来——

哪个?

蛇皮山咯。

蛇皮山的哪个?

李家坳咯。

李家坳的哪个?

黄陂桥咯。

……

不唱了,不唱了,他笑着说,来了你就晓得了。

果真没有过多久,门铃响了。胡丁之打开门,走进来一个二十多岁的女人,很乖态,又苗条,一身白长裙像白云似的,嘴里喊着胡哥,喊得甜甜的。

胡丁之大方地说,我来介绍一下,这是我最最最好的朋友,姓朱,朱大雨。这是小白。

小白朝我矜持地笑了笑,说,你好。放下袋子,然后进了卫生间。

我惊讶地说,你到底搞的什么鬼?

胡丁之说,搞什么鬼?你说男女之间还有什么鬼?她跟我很长时间了，这次送她回去。刚才吃饭时我把她打发走了，叫她去逛商店，不然嫂嫂晓得了不好。这个世界上的事，有些只能朋友之间晓得，不要让女人晓得，女人的嘴巴靠不住。我这样说，老兄不会见怪吧？

不会，不会。我还是担心地说，不会出事吧？万一小洁晓得了，肯定会有麻烦的。

不可能让她晓得。他说，男人连这点事都摆不平，那还叫男人吗？

接着，他对我说了小白的种种好处，说她如何体贴人，如何温柔，尤其是在床上如何媚态百生、发疯撒娇，让他神魂颠倒。

我指指卫生间，叫他小声点，小白听见了不好。

他说，没有关系。又继续说，我这人有个长处，那就是不嫖，害怕生病是一个，万一沾染上艾滋病，一条小命都没有了。另一个，我还是喜欢有点感情的，没有感情铺垫，那就没有什么意思了。你不晓得，这次要送她回去，她哭了三天三晚，舍不得我。唉，这也是不得已而为之，惠州现如今偃旗息鼓了，没有什么钱赚了，我还待在那里撞鬼？让我感动的是，她本来可以留在那里的，至少比她在家乡好赚钱些吧，或者还可以傍个大款，她却说我不在那里了，她也不准备留下，她说她回去开个店子。我凭她这句话，给了她十万。

我大约坐到十一点钟，才离开宾馆，他坚持要送我出来，我说，她跟你睡在这里不会出事吧？万一查夜……

他朝天大笑，那笑在灯光闪烁的夜空发出金属般的声音，老兄，你胆子哪里这么小？宾馆如果这样搞，它还要不要做生意了？以后谁也不敢来了。我告诉你，最保险是在宾馆。

我也笑着说，最不保险在哪里？

他十分干脆地说，家里。

3

就是从那时候开始，我喜欢说我的朋友胡丁之了。我说给同事们或不是同事们听的意思是，人一时没有发财不要紧，只要吃得苦，舍得钻，有忍耐性，一旦来了机会，就去紧紧地抓住，我说我的朋友胡丁之，就是这样发财的。说起他的辉煌与发达，我像说自己的辉煌一样，口气里不无得意。人家问我，你的朋友胡丁之到底赚了多少？我神秘地用手叉出一个大大的八，说，你们猜猜看吧。人家鼓着眼睛看，猜不透到底是八十万，还是八百万，抑或是八千万，问我到底是多少，我笑而不答。其实我也不晓得，我没有问过他。

老婆倒是问过我，胡丁之有点牛气，到底赚了多少钱？

我说，我不晓得，这样的事不好问。

老婆白我一眼，说，他又不比你聪明，你看人家一下就发了。当时你要是跟他去惠州，肯定也发了。

她这话也说得不错。当时胡丁之的确劝过我，说，老兄，这是一次绝好的机会，你不去，不要后悔嘞。他却不明白，我这个人不是三言两句就劝得过来的。我很留恋办公室的那种悠闲，那种稳当，那种舒服。夏天有空调，冬天也有空调。

老婆本来还不错，从来没有说过我只晓得拿死工资，即使外面有许多活生生的发财暴富的典范，她也权当没有看见。可自从胡丁之发达后，这个女人的心里便不平衡了，发生了很大的变化。她经常皱着眉头嘀嘀咕咕，说家里这也没有，那也没有。她那个时候的口头禅是，你看人家开的那部车。

我一般不跟老婆为这些事情争吵的，我觉得这没有什么意思。

我说,不要看他胡丁之很威风,其实也不晓得哪天就会进牢房的。我们这样的生活,还是很安稳的呀。

老婆说,那按你的说法,发了财的人都会进牢房。

当然也不是那么绝对,我说,只是这些人进牢房的概率要高些,金钱既可以使人进天堂,也可以叫人下地狱。

我在机关上班,是那种多一个不多、少一个不少的秘书,没有当官,拿点死工资。老婆在一家要死不活的工厂,工资还能够勉强发出来。我觉得这就很好了,那些贪污受贿的人,整天担惊受怕,没有睡一个好觉,不像我每夜睡得如此安稳。我还对老婆说,你没有看见那些发财的人,喂狼狗,请保镖,还不断地收到恐吓电话,或者崽女被人绑架,或者全家被杀害,那样的日子还有什么卵意思呢?倒不如像我们这样安安稳稳过一世。

老婆以前还听我的,现在却不听我这一套了。她说,收起你这一套陈词滥调吧,你也不看看这是什么社会了,你没本事就没本事,不要拿这些狗屁道理来说我。现在哪样都要钱,我们手里有几个钱?

我一听就火了,我没本事吗?没有本事也不能进机关呀,没本事也不能够从那个小县城调来长沙呀?胡丁之为什么一世还是个工人呢?

他现在不是工人了,是老板。老婆也大声地说,并且毫不客气地把一坨坨口水射到我脸上。你以为在机关上班就怎么样了——不知养了多少饭桶。那天他请我们吃饭,你和他坐在一起,你那副样子简直像个叫花子,我都为你感到丢脸。

我用手慌忙挡着她口水的攻击,说,你不要再说了,老子是没有本事,老子哪天脾气来了,抢次银行给你看看。

老婆却说,姓朱的,你要是去抢银行,我倒是佩服你,你要是被枪毙了,老娘给你守寡。你看你现在要死不活的,根本就不像个男人。

听她这一说,我突然没有了脾气,扑哧一下笑起来。我说,我倒是愿意变个女人,靠男人吃碗安然饭,或者我靠老婆你吃碗饭也可以。

老婆伸手戳着我的鼻子,说,你哪里还有点志气?哪里还像个男人?

我嬉皮笑脸地说,我怎么没有志气?我怎么不像个男人?那我问问你,崽是怎么生下来的?老婆说,你像三百斤的野猪,长了一张臭嘴巴。

胡丁之从惠州回来后,干脆连职也辞掉了。他后来告诉我,一个月拿三四百块钱,给我打汤吃也少了。老子在惠州,你猜猜一个月给小白多少零花钱?五千。另外,在单位还要受气,还要无休无尽地开会,做孙子一样。我要办个公司,老子说话算数。

胡丁之回到双月后,果真办了个公司,下面还办了一家小型工厂。他办公司的目的,一是不能坐吃山空,二是他肩上的担子还很重。他有三个弟弟,弟弟们跟他一样,读书也不是角色,而且天天在街上混。他害怕弟弟们学坏,所以他要把弟弟们带动起来。他老子死得早,长兄为父,胡丁之成了家里的主心骨,这说明他还是一个有责任心的人。

他经常往长沙跑,却再不住在我家里了,他说主要是不方便,况且他是带着那些客户来耍的。他每次来,总给我一个电话,然后我们在他下榻的宾馆见见面。

这次,他高兴地告诉我,他又搞到了一项工程,两百多万元,可以净赚四五十万元。

我说,我的朋友胡丁之,你真的不错嘞,我不知你是怎么搞到的,内地赚钱并不是那么好赚的。

他说,一个字,送。如今光请吃请喝请唱请跳请耍(他说到耍时，鬼鬼地朝我眨了一下眼睛，我明白了这耍的含义）还不行，还得送。

送些什么？我问。

米米，他的大拇指与食指中指朝我不断地搓动着。

我说，那些人也敢接吗？

胡丁之说，哪个都敢接。尽管抓出了很多人，而跟我打过交道的人，还没有不接的。当然对我来说，就怕他不接，不怕他会接。只是有些人接米米时还要客套几句，而有些人，恨不得从你手上抢过去。你以为我喜欢往长沙跑吗？我是吃饱了没事做吗？他娘的脚，是那些人带着情人来耍，我呢，既当司机，又要埋单。

我说，那你也太辛苦了。

他笑了一下，扫帚不到，灰尘不会自己跑掉。不辛苦点，米米就不会自己跑到口袋里来。他们是我的祖宗，老子变成了孙子。这还不算什么，不过是吃吃喝喝耍耍乐乐吧，最多是把米米不当米米用吧，还有更惊险的事情，如果搞得不好，就要流血。

他喝口茶，说，前不久我建的那栋大楼封顶了，突然来了三四十个人吵事，不准我施工，那是当地的农民，想趁机打油伙。我明白跟他们讲理是没有用的，我就叫我的弟弟们喊了一帮街痞子，五六十号人，拿着火铳、刀子、铁棒，一冲就冲了过来。

我说，那会不会出事？我眼前仿佛出现了刀光剑影、鲜血飞溅的画面。

胡丁之说，我当时也是气死了，想想，要出事就出事吧，他娘的脚，大不了是一条命。结果还好，他们毕竟还是贪生怕死的，还是老实的，还是好欺侮的。开始他们还是蛮凶的，一见这个来势不对头了，骂着骂着，就慢慢地退走了。你想，那些街痞子他们什么都不怕，一般都是三进宫四进宫了，打几个人，眼睛都不会眨的。

所以我在社会上混了这些年,最大的感受是,胆子大的怕不要命的。

我终于透口气,说,还好,还好,总算没有伤人。

胡丁之说,人是没有伤,那天我却是出了血的——在最好的饭店摆了七桌。当然,这个血我出得很痛快。

我觉得他做这些生意太过于凶险了,而且既要求人,又要讲好话,何苦来哉?想了想,说,你既然口袋里有些米米了,那不如炒股,那省了多少麻烦。

他说,老兄,你不明白,我这个人跟其他男人不同。比如说,我一不嫖,二不炒股。我觉得做生意有意思些,跟人打交道很刺激,同时也是在上人生的大课。

我说,你每天这么累,头发倒是没白一根。

我是染了的嘞,哥哥,他摸了摸脑壳,白了好多嘞,我心里痛嘞,哥哥。

他咧着嘴,流露出一副痛苦不堪的样子,惹得我禁不住笑起来。我说,你娘老子还好吧?小洁和崽还好吧?弟弟们还好吧?

我娘老子好,小洁和崽也好,两个小弟弟也好,就是朋伢子尽给我惹麻烦。

朋伢子是他的大弟。

我说,没出什么事吧?

出了点事,他说,上个月他在歌舞厅跟别人吵架。那边人多,打了他几拳,他也没有报复,忍了算了。没过几天,他无意之中跟几个朋友说,一个叫再伢子的人打了他。他那帮朋友一听,手就发痒了,要去教训对方,说不能看着朋哥吃哑巴亏。朋伢子说算了吧。那帮人说,不要你朋哥管。朋伢子看见堵不住了,就说,你们硬是要去,打几拳算了。那帮人说可以。谁料那帮人找到再伢子家里,抽出刀子就砍。这一来,惹了大祸。朋伢子跑来告诉我,我一听,心里的那股火就呼呼地往上蹿,我恨不得把他往公安局送。而这是我的弟弟呀,我记得我爷老倌去世前对我说过,丁之,你娘是个没用的女人,三个老弟全靠你了。当时我拿笔钱给他,要他和那帮朋友赶紧外出躲躲风口,这里的事由我去摆平。那一向,我在派出所、公安局以及再伢子家里跑,腿都跑断了,再伢子终于答应不起诉了。

你了不起嘞。我说。

我没有什么了不起的,我算个卵。他哼一声,将大拇指与食指中指搓动起来,是这个米米了不起嘞,没有这个,我狗屁不如。朋伢子太不争气了,这一下就搞了我八万。那些人你是没有跟他们打过交道,你如果求他们办事,都是狮子大张口,表面上又做得冠冕堂皇。我举个例子吧,有个姓王的,我第一次塞钱给他,他说你不要来这一套,我们该办的就会坚决办。我打听到他喜欢喝酒,就说下午我请客,喝几杯。他想了一下,说好吧。那天我请了两个喝酒的乖态小姐陪着。吃饭时他来了,却眉头紧锁,一副闷闷不乐的样子,酒不喝,菜也不拣。我问他是不是出了什么事,他犹豫好久才说,他刚才接到一个电话,说他姨妈得了肝癌,需要一大笔钱。我一听,心里暗暗高兴。为什么这么说呢?那你就不懂了,这意味着他决定收我的米米了。他说他姨妈肝癌,那纯粹是扯淡,他有个狗屁姨妈,不过是个美丽的借口而已。光他一人,我就塞了两万米米。再伢子只得了三万,我心里真是有点过意不去。

他重重地叹着气,沉默半天,又说,总的来说,这还不算出事。你想,要是朋伢子被抓去坐牢,判他几年,我怎么对得起我那死去的爷老倌?这叫作花钱消灾。

说罢,他眼睛呆呆地望着墙壁上的某一处,很是伤感。

我明白他对他父亲的感情很深。他父亲是个老实巴交的工人,做了一世的油漆工，五十出头就生病走了。他娘又不太管事，天天打麻将，打得天昏地暗，听说有一回疲劳过度，还昏死在牌桌下，被送到医院打吊针。回家后，她居然双手一伸，又坐在牌桌上，啪的一声发牌，大声喊道，来来来——杨白劳。

我想打破这沉闷的气氛，问那个小白来电话没有。他说，来电话了，第一个月每天来两个电话，哭兮兮的。第二个月每天只来一个电话，没有哭了，只说我好想你嘞胡哥。第三个月一个电话也没有了。女人就是这样，开始还有点伤心，哭着，说着，想着，一眨眼，就扑到另一个男人怀里去了。

我说，也好，也好，脱了手就好，反正远水救不了近火。现在你在女人方面应该收手了吧？他转过头看我一眼，眼神有点奇怪，说，收不住手嘞。在这个世界上，收得住手的只有一类半人。一类是阳痿，这是没有办法的。另外半类人，就是那些没了欲望的人。

他笑着说，我不知你老兄算哪类人，至于老弟我么，嘿呀，真是艳福不浅嘞。他说起这个，情绪显然又好了起来，脸上一片兴奋。真是好嘞，我现在的这个，比那个小白还好——依我看还是我们湘南人厉害。我现在的这个女人姓李，离了婚的，只有二十三岁，比老子小二十二岁，下次带来给你看看。

又说，这个小李本来是做服装生意的，赚了不少米米。她那个丈夫不争气，赌博吸毒，把她的钱花得差不多了，所以小李提出了离婚。那个男人说离婚可以，她手头的钱全部都要给他。小李一气之下，全部给了他，自己现在已是身无分文。

我说，即使要给，也是一人一半。

他说，这你就不懂了，有些人为财产争得你死我活，而小李是为了早点解脱，一分不要。作为女人来说，她也是狠了心的。所以，我就是看中了她这一点——不像有些女人，离婚时为了那点钱拼死拼活。她虽然没有钱，却从不问我要。有件事让我很感动。有一回我来长沙，她送我，我车开动了，她突然又叫我停车。我问她做什么，她半天不作声，眼泪流了出来。我以为她是舍不得我走，就说，我过两天就回来了。她说她不是为了这个，我说你有事就说吧。她这才把脸埋下来说，她下午要去跟男人离婚，却没有钱交手续费。我说多少，她说二百块。

我听了唏嘘不已，说，真是动人嘞，真是动人嘞。

他把声音提高说，这很感人吧！我是没有虚构的，像这样的女人，如今没有几个了。多乎者，不多也。依我看来，很多女人像土匪一样，恨不得把男人口袋里的钱全部抢光。

我说，你真是有眼力，她算得上是个上品的了。

嘿嘿，上品？他取下眼镜，得意地笑起来，哎呀，亏你老兄想得出来。

4

我始终没有看到那个小李，只闻其名，不见其人。

胡丁之每回来长沙，基本上都是来埋单的。我的朋友胡丁之在他那个城市搞了大约三年，突然有一天，他跟小洁一起来到我家里。我发现小洁保养得不怎么好，枯瘦了不少；另外，显得比较憔悴。

我不客气地对胡丁之说，你是怎么搞的呀？那么多米米，居然把小洁弄成这个样子。

小洁只是笑了笑。胡丁之说，老兄，我们哪有你们舒服？我们一分钱都要靠自己赚嘞，哥哥，好辛苦嘞，哥哥。

我老婆见他两口子来了，很高兴，一脸笑，对小洁一连说了上十遍的稀客稀客，又说了一句蓬荜生辉的文绉绉的话来，说得我都感到有点肉麻了，也不晓得他两口子是否有这个感觉。她不断地对小洁说，小洁，你好福气嘞，嫁了个好男人嘞，不像我，命太苦了嘞。然后搂着小洁，坐在一边说悄悄话。

我这个人，还是恪守朋友面前没有假、女人面前没有真的信条，从不对妻子说起胡丁之的那些秘密。如果我说了，不知她还会说小洁嫁了个好男人不。所以，我只是附和地笑一笑。

我问胡丁之这次来长沙做什么。他说，双月那个地方做事还是做不开，那些人都是井底之蛙，所以决定来长沙发展。

我不得不承认，我的朋友胡丁之办事效率高。不到几天，他便成立了一个公司，在东塘租了房子做办公室，还买了桌椅沙发，安起电话，雇了一个小姐守着。那个小姐是小洁亲自选定的，不丑也不乖态，只是一口普通话说得比较标准。这足可见，小洁还是很有心计的，防了一手，她肯定是担心男人吃窝边草。另外，她还在北门口租了一套两室一厅给胡丁之做住房，大约六十多平方米，也有电话。

胡丁之带我参观了一下，我觉得一切还蛮像那么回事。

小洁帮他安顿好后就回去了。胡丁之对我说，哥哥，你要帮我个忙。我说，我能帮什么忙？他说，你晓得我在长沙没有什么关系，你要带我去见见你所有认识的人，我请客就是了。我说，那你要花很多的钱嘞。他说，该花的还是要花。

所以在那十来天，我几乎没在家里吃过饭，我把我在政界的、企业界的、新闻界的、金融界的，反正我电话本上有的人，全部一一地请过来，又一一地介绍给他。我每次的开场白如下：这是我的朋友胡丁之。大家听罢，哈哈地笑起来，气氛很不错。我发现胡丁之花起米米来毫不心疼，他总是大方地说，请朋友们随便点吧，还说，我古月胡几餐饭钱还是没有问题的。我那些朋友都是嘴巴吃大了的，所以都是好烟好酒好菜地点，吃了饭，又去听歌，每天都搞得很晚很晚。

胡丁之一般吃得很少，他每次把名片慷慨地发出去，然后绝不会忘记问人家要名片，没有带名片的，他要把人家的电话记下来。他不喝酒，总是十分谦虚地说，请原谅，我不会喝酒，我请我老兄代我敬各位。

所以那一向，我像是他的公关先生。为了把气氛搞上来，我不遗余力地举杯敬酒。一杯一杯又一杯，一瓶一瓶又一瓶，一餐一餐又一餐，十几天下来，我觉得自己像个酒囊饭袋，或者说成了一个标准的腐败分子了，或者说有点像猪大哥。喝到最后，不是呕吐，便是醉话连篇，肝脏居然隐隐地有点沉重。我想，这不会出事吧？如果来个肝癌之类，那就完蛋了。

老婆却从来不指责我，似乎很高兴我每天跟着胡丁之在外面大吃大喝。我有时喝醉回来，她非常耐心地给我泡浓茶，给我抹身子，打扫呕吐的充满酒味的难闻的污秽，然后又小心地扶我上床，她甚至连句责备的话也没有说。

其实我心里还是有点厌烦的。好就好在，当我把我所有的关系介绍给胡丁之后，我的朋友胡丁之便不再喊我去陪酒了，他突然好像把我忘记了。我猜想，他肯定是跟那些人单线联系了，这样我也落了个轻松。也是很显灵的，我不喝酒了，肝脏也不沉重了。老婆却不时地问我，胡丁之怎么不叫你了？我说，我也不晓得。我不出去了，老婆的脸色难看起来。晚上我想跟她来一盘，还需要做很长时间的思想工作，直说得舌干口焦、欲火难耐，她才像是恩赐般的不耐烦地说，快点。然后居然拿起一本杂志看，任我在上面自作多情地辛苦劳动。

个多月后，一天夜里，我的朋友胡丁之突然打来电话，叫我去红宝茶馆喝茶。我想，只要不是喝酒，倒也没有多大问题，所以也就去了,同时也想问问他的生意做得如何了。

  茶馆里很安静,桌椅古色古香,灯光暗暗的,是那种暗红色。空气中飘荡着线香的气味,令人疑是来到了古代,音乐在低低回荡。

  我一去,只见他跟一个乖态的女人坐在一起。胡丁之介绍说,这是我以前对你说过的小李。

  我一打量,果然他说的不错,比起那个小白强:皮肤白些,嫩些,五官乖态些,笑得甜些,同时还有种小白不可能具有的质朴。这个家伙,真是艳福不浅。

  小李大约听他说起过我,大方地喊朱大哥。

  我问她来了几天,她说来了一个月。我笑,胡丁之,好呀,人家来这么久了,你居然金屋藏娇,瞒着我。

  胡丁之微微一笑,我没有空嘞,忙得人像只陀螺嘞。今天有点空闲,想来这里听听音乐,我好久不曾这样静静地听一回了。接着他叫小姐把音量稍稍地放大一点。那首曲子是德彪西的《月光》。看来这么多年了,他还是没有放弃这个爱好。

  我说,长沙怎么样?他说,机会当然多多了,只是这里的人吃得太咸。当然,我不怕他们吃得咸,只要他们为老子办事。

  我说,不会出事吧?我在考虑,这些人都是我介绍的,以后万一出事,公安局有可能把我也传去问话的,那就讨厌了,尽管我没有事,可这总算是件讨厌的事情吧。

  能出什么事?他们都不怕,我怕什么卵。

  我说,你没有看见,抓出不少人嘞,大贪小贪都有。

  他不屑地一笑,哎呀,这不算什么呀。抓出来的都是浮头鱼,真家伙都沉在水里。

  我觉得我的朋友胡丁之经常发表一些高论,这些高论很精彩,也道出了社会的某些本质性的东西。我想,这也是得益于他在江湖闯荡多年的缘故吧。

这时他手机响了,我感觉是小洁打来的。他说,我正跟大雨在喝茶,我明天下午回来。

果然是小洁。小洁肯定是来查岗的,而她也不能查到什么。现在有个女人就坐在她丈夫旁边,她也不能发觉。我有点为小洁感到悲哀。

胡丁之说,他一般是星期五下午开车回双月,星期天晚上来长沙。

我说,那你很辛苦嘞。

他笑笑说,我那边还有事情嘞,三个弟弟在做工,我不放心,我要回去打打招呼,不然怕他们乱来嘞。

小李是个很文静的女人,不太插嘴,静静地听我们说,间或喝口茶,或者拈一粒梅子慢慢地嚼。她的眼睛总是望着胡丁之,很专注。

我发现,胡丁之只要有自己带的女人在座,脸上就会泛出一种隐隐的得意(上次那个小白在他身边的时候,他也泛出过这种得意)。这种得意若不注意看,是难以被发现的。他当着小李的面说我,哥哥,你也可以把妹妹带来呀。然后和小李咯咯地笑起来。

我脸上涌出难堪、尴尬和自卑之色,我说我没有妹妹,我说我有了妹妹肯定会带来的。

他说,有就有么,不要米粉子肉藏在饭底下,只有自己晓得呀。

我自嘲地说,我没有什么米粉肉。

这时小李似乎有意回避,起身说去洗手间。我见她走开了,便说,老弟,也不是说我是正人君子,我主要是害怕出事。你以为我看见你老弟换了一个又一个,换了一个又一个,而且个个是天姿国色,我难道不眼红么?说到底,还是怕出事。

胡丁之说,你看我出过事没有?在惠州,小白跟了我一年多,出事没有?没有出事。小李现在天天和我在一起,也没有出过事。你老兄也太胆小了,你是有色心没色胆。

我说,我承认我胆小。

我不愿把话题往我身上扯,说,万一小洁打电话到你租房来,你就不好处理了。

他说,我跟小李说了,无论哪个的电话,她都不要接。

我说,万一小洁搞突然袭击,那你就死定了。

他说,那不可能,她要来的话,总要先给我打电话的。

我不知是出于什么心理,或许是嫉妒吧,我说,反正我有个预感,你迟早要出事的。你可以让小李住几天就回去,不要天天守在这里——你不要吃独食。

他会意地笑起来,接着又愤愤地说,他娘的脚,我一天到晚累得像崽一样,没有个女人陪着是不行的,哪怕就是一台机器也要加油么。

我说,那你加你的油去吧。

那天晚上,我们坐到十二点钟,然后便各自回家了。

5

我的朋友胡丁之来长沙这么久了,我还没有请他来家里吃过饭,很有点说不过去。我把这个想法跟老婆一说,她满口答应,说,我来准备吧,到时你只管陪着他就是,你和他定个时间吧。老婆的积极性显然很高,衣袖一卷,好像就要开始办菜似的。

有一天,我在办公室打他的手机,说了这件事。他说,那不好，我以前在你家吃得够多的了；再说，我也不可能丢下小李不管。我一想，他说的也有道理。他带小李来，我倒是没有什么意见，而我家里的那个女特务，可能会说闲话的，如果一个电话打给小洁，那真的就会出事了。那这样吧，我到饭店请你们，我说。他说，那好吧。我们约定了地点、时间。

老婆一直记着这件事，而且不厌其烦地列出菜单，并不断地进行修改，又征求我的意见，还说菜如果不好，胡老板肯定会不高兴的。

我说，你不要一口一个胡老板胡老板的，好不好？你像以前那样喊他丁之就是了。

老婆死不悔改地说，他就是胡老板么。

我气得无话可说。

老婆总是问胡丁之哪天来吃饭，我说他怎么也不愿意来，说是怕麻烦我们。老婆连连说，这不麻烦呀，这是我们应该做的呀。我说，我也是这么对他说的，他还是不肯来。老婆脸上显出一种失望。

至于胡丁之不愿意来家里吃饭的内幕，我没有对老婆说，我明白说不得；所以我说，他请我吃饭嘞。

老婆听见胡丁之又叫我出去吃饭了，高兴起来，说，他叫你了呀！那你去吧，好好喝吧。

我心里在说，只不过今天是喝我自己的。

那天我提早到了玉米峁，那里的土菜馆很有名气，平时去晚了还没有桌子。我占了个包厢，一边喝茶，一边等他们。时间超过了半个小时，居然还不见他俩来，我不知这是怎么回事。正纳闷着，只见他来了，走在他身边的却不是小李，而是一个更年轻乖态的妹子。这个妹子我看着很眼熟，可一下子又想不起来她是谁。

我不知他为什么不叫小李来。

我的朋友胡丁之在那个瞬间看出我眼中的疑惑，他似乎没事人一样，大大方方地向我介绍，这是小黄，共田八，电视台主持人，北京广播学院毕业的。

听他一介绍，我哦地恍然大悟，忙说，难怪这么眼熟嘞。

小黄嫣然一笑，很有种魅力，浑身散发着一种光泽，一条细小的金项链，贴在她白白的脖子上。她很有礼貌地伸出一只手，手掌直直的，等我的手在上面贴一下。要说素质，我公正地说，不管是那个小白也好，还是那个小李也好，都不能与眼前的这个小黄相比，读了书的人，毕竟还是有所不同。又想，看来胡丁之的本事还不小，把主持人都喊来了。

这个小黄先是用普通话说了一句你好，然后听我和胡丁之说的是家乡话，她倒是很随便，也说起了我们的家乡话。也不知是怎么搞的，土得掉渣的家乡话，从她嘴里说出来，居然格外好听，像一股山溪水清亮地流来，流过岩石，流过草地，叫人听了心里甜甜的。

我笑着说，小黄，你说家乡话真好听，像在唱歌。我说，湘北湘西还有湘南，属于北方语系，所以那里人一旦说起普通话来，都说得不错；而我们湘中人说的是纯粹的土话，说普通话九个有十个说不好的。可你说的居然那么标准。当然，我还是喜欢听你说家乡话。

小黄微笑着说，吃的是这碗饭，不说不行。

我一边吃，一边想，这个胡丁之怎么搞的，说好是叫小李一起来的，怎么又喊一个小黄呢？说不定，哪天又会拱出一个小曾。

我不停地朝胡丁之看，他像是没有看见我似的。小黄真是个吃嗓子饭的，酒肯定是不喝的，只要了一瓶椰奶，而且不吃辣椒，不吃咸的，很会保养。

我当然不蠢，闭口不提小李，心里却在想，这时不知小李又在哪里。我此刻很想大喊一声，小李，你在哪里？当然，我没有喊，即使喊了，她也听不见。

看样子，小黄跟胡丁之也不是一般关系，她居然当着我的面，撰菜送到胡丁之嘴里。胡丁之很高兴，一边嚼，一边说，小黄，你自己多吃点。

小黄毕竟比小白小李年轻点，所以还有些耍娇，说，我就是要你多吃一点嘞。

看着胡丁之商场得意，情场也得意，我心里居然涌出一股说不出的滋味——天下的女人都到哪里去了，怎么不见一个人来到我身边？

小黄在整个吃饭的过程中，小巧玲珑的手机不时嘀嘀地响起，看来找她的人很多。她的回话，很轻很柔软也很简单，你好！好的好的，一定一定。拜拜。

胡丁之好像对这个不太介意，很大度的样子。吃罢饭，胡丁之对我说，他先送她回去，再来接我。

我说，不必了，我打个的就是了。言下之意，我不想耽误他们的好事。

那你没有意思了，胡丁之好像有点不高兴，人家小黄晚上还有事。等一下我们喝茶去吧。

我没有什么好说的了。我想说的是，你们就这样分手了吗？那就太辜负这个美好的夜晚了。

小黄跟我打过招呼便走了，我只好等着，心想，这个胡丁之真是不嫌麻烦。

没过多久，胡丁之果然来接我了，带我到红玉茶馆。我说，我今天是请你和小李吃饭的，你怎么叫小黄来了？

他神神秘秘地一笑，这不是很好吗？让你看看庐山真面目，平时你只能在电视里看到的。喂,人怎么样?

我说,那是没有话说的,就是电话太多了。哎,小李呢?

等一下就来,他说,唉,看来人还是要多读书嘞,气质明显不同。你看这个小黄,那个气质,啧啧。所以我也并不是看不起小李,肚子里没有货,只是埋头喝饮料吃饭,没有什么意思,连插个嘴也插不上,给人家的感觉不好。小黄就不同了,见多识广,说什么都是一套一套的,那些男人听得眼睛一眨一眨的,一口一个地说太好了。

我说,你怎么认识小黄的?

他说,这太容易了。听说是家乡人,我就约她出来吃餐饭,这就认识了呀。

我说,没有跟她上床吧?

他不置可否地笑了笑,说,你不必问得这么仔细。他不像以前说起那些女人时眉飞色舞了,更没有说什么津津有味的细节了。我想,胡丁之居然变得含蓄起来了。

我们没有坐多久,小李就来了。她显然不晓得胡丁之喊了小黄吃饭,她只问今天的生意谈得怎么样。胡丁之说,还可以。

我心里暗暗发笑,我的朋友胡丁之,说起假话来,简直不要打草稿,面不改色心不跳,便不由得大叹,这个社会真是锻炼人嘞。

后来我又多次看见小黄跟胡丁之在一起,而且有几次我也坐在车子里,跟着胡丁之把小黄送到她的住处。所以根据我分析,胡丁之没有和小黄上过床。小黄不像有些女人,见了米米就松裤带,叫她的裤带松开,还是有一定难度的。我的朋友胡丁之,只是具备了一方面的优势,所以他只能花钱让她给他撑撑面子。他谈生意时叫上她,让谈判能够顺利点,合同签得有利点。没谈生意时叫上她,那只是男人的虚荣心在作怪:看看吧,朋友们,这么乖态、年轻、有气质、见多识广的小姐跟随我左右,你们没有吧?你们能有吗?

所以这一手也是比较厉害的,它可以叫许多富有自尊心的男人,受到空前的打击和损伤,从而在心里佩服他:胡老板真是厉害,这么好的妹子居然都叫他上手了。——这种效果,正是胡丁之所希望的。

我悄悄地观察过,只要小黄在座,胡丁之的脸上便有种不可言说的得意(这种得意,与小白小李坐他身边时的那种得意无法比拟),或者说是骄傲吧。这种得意使得他的脸泛出一种炫目的光泽,那光泽叫在座的男人有点抬不起头来。那些男人带来的女人,没有一个能够与小黄一比高低的。胡丁之说话不多,静静地听大家说,脸上微微地笑着,好像在独自欣赏着音乐,不时地让小黄在他嘴里塞一粒话梅什么的,惬意地咀嚼着。他很宽容男人们不断地在小黄脸上胸上扫荡的目光。他觉得这种目光实质上是对他的羡慕。而小黄,之所以配合得如此默契,表现得如此甜蜜、亲昵,也是有道理的;因为胡哥有米米,而且又不需要松裤带,何乐不为?

我当然对此佯装不知,对他说,老弟,你在这里有个小李,现在又有个小黄,不要出事嘞!尤其是小黄,公众人物,一旦出事,影响就大了,省城会闹得满城风雨。如果传到双月,也会满城风雨。

能出什么事?不会出事的。他摇摇头说,如今这个不算什么事,又不是强奸。

我说,哎,说说看,味道如何?

他笑了笑,说,就是那回事。

这说明我的猜测是对的,他根本没有跟小黄上过床,他只是希望给人的感觉是和小黄上过床。当然,我从不点破他,我觉得点破他对他来说是种残酷。

6

虽然我跟胡丁之的关系不一般,可在很长的日子里,我却不晓得他到底做些什么生意。有一回,我还是把心中的疑问说了出来。他说,告诉你老兄吧,我胡某人只有三件事不做,一是拐骗妇女儿童,二是走私毒品,三是倒卖军火。我到底做些什么,你可以去想想。

那天,很奇怪的,他主动打电话给我,说请我去一家蛇味馆吃饭,说那里的口味不错。我说,吃你的吃得太多了,不好意思嘞。

他在电话里有点不太高兴,老兄,你说这样的话,太没意思了,吃餐饭不算什么。

他这样一说,我只好按时赴宴。

我俩坐下后,我问他有什么事。他说,没事,只是听说这里的生意不错,请你来品尝品尝。

我说,就我两个吗?

他说,是呀。

我习惯地四周望望,说,她们怎么一个也没来?秤不离砣,公不离婆,不是出什么事了吧?真的,这对他来说,是少有的现象。

胡丁之拖长声音说,出什么事?都休假了嘞。一边说,眼睛一边向我鬼眨鬼眨。

我也长长地哦一声,会意地说,我的明白,休假的干活。

我和他相处这么久了,都是我说他的事,今天他却说起了我的事。他先是叹口气,我说,你叹什么气呀?

他娘的脚,公司一大摊子事,什么合同啦,策划书啦,都是由我亲自动手。他显得很烦躁。我说,这很容易呀,你招一个文秘就是。

他说，招了四个，来一个退一个。我只说一个例子。前天又招了个妹子——她刚来我还没叫她动手写东西——那天我亲自写了一个三百字的东西，叫她拿去录入电脑后仔细校对一下打印出来。没过多久，她拿来给我看，我一看，真是哭笑不得，居然有二十多个错别字。我先没有发火，改了改，让她再去打印。谁知再拿来一看，居然有三十多个错别字了。当时我心里的那股火，一冲就冲了出来，我朝门外一指，怒气冲天地说，滚。说罢，又大叹一声，摇摇头。如今这些人只认得一个钱字了，其他的字都不认得了。这时他的眼睛一动不动地看着我，有点怪怪的。

我喝着酒，说，你看着我做什么？像特务一样。

他伸手给我倒酒，然后说，老兄，有句话也不知当不当说。

说吧。我说。

他说，我想请你来我公司。你当秘书这么多年，我那些东西，对于你来说是小菜一碟。

这我倒是没有想到。我说，是兼职吧？

兼什么职？你去了，我又不会亏待你。

我犹豫地说，那怕不行嘞。

他说，又有什么不行的？我不是早已辞职了吗？不也是活得好好的吗？老兄呀，你要看清形势嘞，这个时候了还不抓紧捞一把，到时候只怕打汤都放不起盐嘞，嫂嫂喊一声就走人了。我不是危言耸听，这很有可能的。我也不是说你家穷——你给我说说，你家里有什么值钱的东西，有多少存款。当然，你不说，我也能够猜得到的。

我承认他说的不错，而要我断了后路跟他去做，我心里很不稳。吃皇粮虽然不怎么样，却是也饿不死。

我说，我没有这个勇气。

他伸出筷子指了指,你肯定会后悔的,皇粮经不起这么大吃大喝的,有一天终究会吃空的。

我说,如果我出来跟你做,那我这几十年不是白做了吗?

胡丁之说,你真是斤斤计较。那我问你,这几十年来有多少人死了,那不更是白做了吗?你老兄好歹还留下了一条命吧。而这几十年,你又得到了多少呢?依我看,还不如在我这里做两年。当然,你不肯出山,我也不勉强,只是以后不要吃后悔药。

我不想在我的问题上老是说来说去,我觉得我只有说他的什么事心里才舒服,而他一说起我的事来,我心里就不舒服,这不知是什么鬼在作怪。也就是说,只能我说他,而他不能说我。我的一切,包括生活、工作、家庭诸方面,都是稳稳当当的。他稳吗?我有什么值得他说的呢?他虽然有米米,却是动荡不安的,极其辛苦的,极其焦虑的。我虽然没有米米,我却在他面前总有种居高临下的感觉,这种感觉他肯定是没有的。

那天,胡丁之还对我说了件事。他说,小洁本来要求他每个星期天回去一次,现在看来这样太累了,于是他有时隔一个星期才回去;所以小洁有些不高兴,怀疑他在长沙有女人。

我插话说,那她的感觉很准的嘞。

他笑了笑,说,她如果打电话问你,你要给我保密。

我说,这一点我做得到,只是怕最终纸包不住火,会出事的嘞。

他说,那不可能的。

我说,有什么不可能的?世界上的事情,什么都有可能。

他充满信心地说,你放心好了,我可以打保票,我这方面是绝对不会出事的。

那天他好像有点讨好我(其实这全无必要),说今晚我请你去听歌,我说我不听,他说那去跳舞吧,我说我不会跳。他想了想说，那去洗脚，好吗？我说可以。

我的朋友胡丁之来长沙这么久了，除了请我吃饭，从来没有单独请我去过娱乐场所，也没有请我去过按摩院、洗脚房、桑拿室之类的地方，今天他不知为什么，居然盘古开天地了。

我们去了一家足道馆，我把脚放在热气腾腾的药水里泡着，脑壳里在想，估计是小洁对他有所觉察了，现在他至少要堵住我的嘴巴。

我一直有这么个预感，胡丁之肯定会出事的，不是生意上的，就是女人方面的。看来我的预感要在他身上应验了。我当然不希望他出事，虽然他出事对我没有什么好处，也没有什么坏处，但毕竟他是我多年的朋友。一个朋友出了事，另一个朋友的心里肯定是不太好受的。不然，我不会一直提醒他——你会不会出事？

7

那天晚上，我不经意地把胡丁之要我出山的事说给老婆听，老婆问我答应没有，我不屑地哼一声，说，我不会答应的。

老婆急了，说，你为什么不答应？他肯定不会亏待你的。

我说，不是亏待不亏待的问题，是我现在比他安然多了。

老婆说，你要想安然，那到庙里当和尚还安然些，喝点清汤寡水。

我不高兴了，说，我没有让你喝清汤寡水吧。

老婆一张刀子嘴巴，说，我看也差不多了，你看人家那车。

我说，你不要把车车车的挂在嘴巴上，烦死人。

老婆哼一声，说，你不要不敢面对现实，我看你这碗安然饭也吃不长久。

我嘲笑道，喊，你也有政治家的眼光了？我告诉你，我根本就不怕。中国这么多吃皇粮的，如果没得吃了，也不是我一个人，我怕个卵。

老婆大约见劝说无效，说，你不去我去，反正厂子看样子也搞不了多久了。

我看了她一眼，说，那你自己去对他说吧。我心里有句话没有说出来，是怕伤害她的自尊心，你这么一大把年纪的女人，不知去做什么。

老婆说，你不帮我说，是吧？你不帮，我自己说。

我说，那可以，我把他手机号码告诉你。

老婆煞有介事地把号码记了下来。她并没有当着我的面给胡丁之打电话，我却背着她给胡丁之打了电话。我说，我老婆想去你那里做事，你千万不要同意。胡丁之说，你不说我也不会同意。嫂嫂来做什么呀？这么大一把年纪了。我说，就是，这就叫老大一把年纪了还不懂味。

老婆一直没有对我说起过是否给胡丁之打电话，我后来问胡丁之我老婆打电话没有，他说没有打。我觉得有点奇怪，她不是说好要打的吗？为什么又不打呢？再后来，我又觉得不奇怪了，她大约把自己的出生年月查看了一遍，觉得打电话没有必要了。我当然装着忘记了这件事，一直不问她。

我一直提醒胡丁之提防出事，后来我又对自己的所谓预感怀疑起来，胡丁之一直没有出什么事，而且生意渐渐地做大了，每次碰到我就说，老兄，今天又有几万进了账嘞，明天还有几万来嘞。他说这些话的时候，脸上的那种得意，像天上的太阳一样，熠熠发光。我还发现，他有个最大的特点，那就是精力特别旺盛，在生意上采取多头并进策略，绝不放过一个机会。后来我当然也明白他在具体做些什么事了，比如给国有企业出光碟，比如给房地产出宣传画册，比如承包某家报纸的某个版面，比如跟有关单位联合拍片，比如出资包装某本杂志，比如转手买卖汽车，比如总代理某种保健品或某种化妆品或某种酒类，等等。我曾经看到过他的名片，正反两面印满了密密麻麻的头衔。我开玩笑说，我不知该怎么喊你了。他倒是很豁达地笑着说，我们之间没有什么讲究，你喊猪总狗总也没有关系。

大约过了半个月，一天晚上，他事先也没有打电话，突然来到我家里，说是来坐坐，感受一下家庭的气氛。

我老婆连忙上茶摆水果，并且一个劲地叫他吃，居然还是一口一个胡老板，喊得我身上起鸡皮疙瘩。胡丁之多次说过不要这样喊他，她就是不改，后来也懒得说她了。

胡丁之摆摆手，说，别急，先放个曲子听听吧。

我说，《月光》？

他点点头，然后把手机关上。

月亮悄悄地升起了，月光静静地照着万籁俱静的大地，它像水一样倾洒在树林上、田野里、屋顶上，又像风一样飘荡。仔细听，那月光似乎发出一阵细小的声音，像是那种夜色里的窃窃私语，像夫妻在诉说着甜蜜的话语，也像年轻的母亲对躺在怀里的孩子唱着的催眠曲，还像老牛在说着的梦话。或者说，更像热恋中的情人，在月光下相拥而行，在郊野里漫无目的地走着，滔滔不绝地说着的情话。他俩一直在绿色的草地上走着，说着，笑着，月光悄悄地伴随他俩。在月光将要黯淡的时候，这对情人终于疲乏了，双双倒在草地上……

这个时候，胡丁之是最安静的，他把眼镜取下来，闭上眼睛，静静地聆听着，他似乎想听清楚音乐中那些细小的声音。他疲惫的脸渐渐松弛了，有种感动慢慢地爬到他脸上，我发现泪光在他的眼缝里闪烁。

曲子放完了，他才睁开眼，戴上眼镜，说，真不错，你的音响也不错。又说，我真想什么事也不做，天天这样听点音乐。他开了手机。

我说，你抽身而出，就可以天天听音乐了，像我一样——现在感到最有意思的事就是听音乐。

我说的是事实。我家里没有什么值得炫耀的物件，唯有这个音响还不错，花了一万五买的。当时我还跟老婆吵了一架。老婆说，细把戏要读书，要买房子，要吃饭，听音乐不能当饭呀。我明白跟她说不清楚，固执地买回来，一有空，便坐下来听听，那种感觉真是妙不可言。

如实地说，正是胡丁之结婚时，我听了那一回扎实的音乐，便喜欢上了音乐。也可以说，对我而言，那是一堂音乐的启蒙课。

胡丁之苦笑一声，你说的真是比喝稀饭还容易。唉，人在江湖身不由己，我也是骑虎难下。

我开玩笑说，你今天是来忆苦思甜的吧？

他笑起来，说，你莫说废话，我当年在你这里卧薪尝胆，心里好苦的嘞。又说，其实我也没有什么苦好忆的，也没有什么甜好思的。过去是个劳动人民，现在依然是个劳动人民。

我说，现在你已经不是个劳动人民了。

他说，那你说我现在是什么？

老婆插嘴说，你现在是个老板。

他说，你们哪里晓得，当老板的其实还"劳动人民"一些，每天累得像崽一样。你不要看到一些老板威之武之，其实每天来逼债的，来绑架的，来恐吓的，方方面面来刮油水的，不计其数。老板们每天天亮要考虑的第一件事，不是做什么生意，而是今天老子躲到哪里去——手机不敢开，汽车不敢坐，脸也不敢露，简直是在做贼。一切事务都交给秘书挡着，那种滋味真是不好受。可问题在于，大家都明白这种滋味不好受，却偏偏要去韵这个味，你说这个世界是不是有点意思？

我说，那你现在还不至于如此。

他说，目前还不至于，谁晓得以后呢。

我说，如果到了那一天，你躲到我家里来吧。

他嘿嘿地笑起来，我不敢。

为什么？

我害怕你到时候出卖我。

我老婆慷慨激昂地说，胡老板，你放心，我谅他也不敢。

除了听音乐时关掉了手机，在后来的半个小时里，胡丁之的手机起码响了十来次，但每个来电都被他几句话就打发了。看来他的确是想好好地在我家里坐坐，而实际上也没有能好好坐坐。你想，半个小时来十来个电话，我们能说些什么呢？

我说，你干脆把它关了吧，像刚才那样。

他说，听音乐的时候，当然是要关掉的，现在却关不得，怕万一有什么信息。

他的话刚说完，手机又响了。他打开手机，喂一声，问，什么？人死了？死了好，死了好。好好，我马上赶回来。

他把手机放进包里，起身便说，我得赶回双月去。

我说，谁死了？

他说，没有事，等我回来再告诉你吧。

我说，你夜里一个人开车，要注意安全。

他匆匆地说，我晓得。

我的朋友胡丁之走了后，我想，他还是出事了吧！只是这事出得有点奇怪，一是他居然不怎么焦急，二是他居然还说好好好的。出事的人哪里有这样的？

我跟老婆议论半天，不知到底是谁死了，他居然还说死了好，该不是他那个每天沉醉于麻将中的老娘吧?老娘死了,也不会说死了好呀!我跟老婆打赌,谁猜中这个死者,谁赢一百块钱。我说,大约是他老娘或是同学或是同事。老婆说,大约是他的岳父或是邻居或是老师。可即使是这些人死了,也不会说死了好呀。这时我夫妻的思路一下子朝着一个方向走了——那么死的人一定是个仇人,只有仇人死了,才会说死了好。问题是仇人死了,他也没有必要连夜匆忙地赶回去呀。

  胡丁之那个令人匪夷所思的电话,让我和老婆一夜未眠,绞尽脑汁,也猜不出这个死者到底是谁。后来我夫妻还是一致把赌押在仇人身上,仇人一死,一是说死了好,二是赶回去放鞭炮以示庆贺。这样一解释,看似比较合理。我们说好了,下次见到胡丁之时,叫他先不要开口,我们先猜。如果猜对了,一百块钱就要他出,我夫妻每人拿五十。

  这一次,胡丁之回去算是比较久的,五天后才来长沙。我跟他通了电话,说有件事要他马上来我家。他说,你在电话里说吧。我老婆在一边着急了,说一定要他过来。我说,你来了才能说,电话里说不清楚。他答应马上过来,我夫妻高兴得跳起来,说,一百块钱到手了。当然,我夫妻也不是只为了这一百块钱,而是觉得这事有点小意思。

  大约半个小时后,他来了,一进门,便问有什么事。

  我夫妻一齐说,什么事我们先不说,你要答应我们,如果我们说对了,你要出一百块钱。

  胡丁之无奈地摇晃头,我忙得要死,你们还有闲心赌,你们太好过了嘞。又说,既然来了,那就赌吧。他抽出一张米米摆在茶几上。

  我担心他说话不算数,便对老婆说,你先把米米拿到手里。然后又对胡丁之说,首先声明,这一百块钱是小事,我们主要是试试我们的猜测水平。有一点，你必须说实话，对了就对了，错了就错了。

这时胡丁之站起来，学着西方人，若有其事地把手捂在胸口，居然用普通话说，上帝，在你老人家面前，我保证句句说的是实话。然后对我夫妻说，可以了吧？你们说吧。我对老婆眨眨眼，意思是要她说。她说，你上次在我家打手机时，说那个人死了好，你说了没有？

胡丁之点点头，说了。

我老婆说，我们猜测那个死者是你的仇人，对不对？

我夫妻把眼睛死死地盯着他，以防他说谎话。

哪料胡丁之突然哈哈大笑起来，一把飞快地从我老婆手里把钱拿回去，说，这钱你们是拿不到手了。我跟你们说吧，事情是这样的，我在家里还办了个小厂，厂房是租别人的，很破烂，下雨就漏。我老婆那天喊来一个捡瓦的人，说好是五十块钱。谁料那人的命也太不好了，屋子又不高，突然一下子就跌下来，摔了脑壳。那天上午，我老婆打电话来说怎么办，我说赶紧送医院。我和老婆担心的是，万一那人瘫痪了，或者成了植物人，那我们这一世不得完了！人家家人肯定会天天来吵着你要米米的，这个持久战，就不是几年的问题了，而是一辈子。搞得不好，我就会倾家荡产。那天我为什么来你家坐坐，我心里很乱，从来没有这么乱过。所以当小洁打电话说那人死了，我大大地松了口气，说死了好，小洁也连连说死了好。

我们问，死了怎么还好呢？

他说，这个你们就不懂了。人一死，可以一次性了结，不用打持久战了。那天在医院抢救花了一万八，赔了四万二，一共六万。如果人没有死，六万肯定是打发不了的。唉，他娘的脚，老子又白做了一两个月。

我说，那你愿人家死，也未免太残酷了吧？

胡丁之说，老兄，这件事要是摊在你身上，看你还说不说残酷。他如果活着，那不把你拖死才怪哩。为什么现在的司机出了事，伤者本来还没有死，是完全可以救活的，竟然还要故意压死人家？我说死了好，也是这个道理。

一百块钱没有到手，我心里还是有点不来神，说，那你还是出事了嘞。

胡丁之说，这算什么事？小事呀！只是退点小财而已，退财消灾。你如果那天也在现场，不把你吓死我就不姓胡——晓得来了多少人？起码三四百。那个架势谁看了都会害怕。不说打吧，就是每人吐口痰，也会把你淹死的。我害怕了没有？没有。老子挺身而出，站在斗争的最前列，我的理由是最充分的，这是他自己不小心摔死的，不能怪谁，我不过是背点时而已。

我和老婆无奈地叹息道，看来要想赢你这点米米，还真不容易。

8

我的朋友胡丁之在长沙如水中之鱼，不说呼风唤雨吧，也至少算得上春风得意。他那一摊子越铺越大，方方面面、角角落落的人都认得，好多还跟他成了拜把子兄弟。他对我数了数几个人，那都是如雷贯耳的人物。我说，你最好不要跟这些人来往，搞不好哪天要出事的。

他说，不会的，这些人你不晓得，其实是最讲义气的，我看比其他人还好打交道些，而且不会出卖你。我没有对你说过吧，有天夜里我车子莫名其妙撞了人。我不知撞得怎么样，本想赶快把人送到医院,而这人却不肯去。突然这时不知从哪里跑来了五六个人,气势汹汹的。我明白这是不得了的事,这些人肯定是来打油伙的。我赶紧给一个叫老五的人打电话,没有一分钟,竟然来了五辆的士,走下一帮人来,手里拿着家伙,一擂就擂了过来,凶狠地对那些人说,你们搞什么搞?也不看看这是谁?把那些人推来推去的。接着有人挥挥手对我说,胡哥,你走你的,这里由我们来摆平。我没有看见老五,却吓出一身冷汗,便赶紧开车走了。后来我问老五怎么没有去,老五说,这点小事就不用我去了。我说,你们到底是怎样摆平的?送伤者去了医院吗?赔了多少米米?赔了多少就告诉我,我撞的人还是由我来赔。老五笑起来,说,胡哥真是个不可多得的好人,心地竟然如此之善良,可以活一百二十岁嘞。老五又说,胡哥,你可能不相信,那家伙不敢要我们送医院,还马上请我们在大酒楼吃了一餐,五粮液嘞,十三瓶嘞,啤酒还不算。走的时候,还每人打了个红包。我问你们到底是怎么摆平的,老五神秘地说,那不要说了,总而言之,我们帮你胡哥摆平了。

  胡丁之对我说,以后如果有什么事,告诉我,我一个电话,叫老五他们摆平。

  我嘴上说,好好好。心里却在嘀咕,我即使出了什么事,也不敢叫这些人,万一出了什么事,肯定是脱不了身的,让单位晓得了影响也不好。人家会说,你没有想到吧,朱大雨跟那些人都有来往。

  胡丁之好像看透了我的心思,说,你不要看不起人家,人家也是混碗饭吃的。

  我说,你反正要把握一条,不要出事。你想过没有,你要是出了事,小洁会怎么想?小孩会怎么想?那你胡家的顶梁柱就垮掉了。

胡丁之突然嘎嘎大笑，伸出一根指头，不断地朝着我摇晃，你呀你呀，我看你好像还生活在古代嘞。

我疑惑地说，难道我这话说得不对吗？你不要学得油腔滑调了。

他惊讶地说，你说我油腔滑调？这让我太伤心了，其实无论男人还是女人，都说我是个少见的好男人。

我鼓大眼睛说，你还好呀？

怎么不好呢？每天辛辛苦苦，又不闹离婚，一不赌，二不嫖，你说我这样的男人到哪里找？现在好男人的标准，也跟以前不大一样了。他取下眼镜擦了擦。

我有点哭笑不得，说，你三妻四妾嘞你。

他双手向我一摊，你有什么证据呀？同志，法律是讲证据的，不是信口开河。

我说，那你没有找吗？

他没有直接回答我的话，只是说，不是有句老话嘛，说女人不偷几个汉，莫到世上站；男人不偷几回情，一世乱弹琴。

我说，那老话跟你所说的现代观念，居然是如此惊人的相似。

他说，人最终还是人，又没有变成其他什么东西。

我说，我是变成其他东西了。

他说，那我也没有什么办法。是不是要我教唆你，或者给你介绍一个情人？当然，这样一来，光这个罪名我也担当不起，这分明是腐蚀青少年么。说罢，哈哈大笑起来。

我连忙说，我不要你介绍，说心里话吧，我也很想，就是怕出事。

他说，我不明白你怕什么。

我说，假若老婆晓得，那完蛋了嘞。

他说，完什么蛋？大不了离婚。

我说，离婚？那不是一件轻松的事嘞，会搞得满城风雨。

他说，如今没有几个人管这样的闲事了。再说，这也不算什么事了。以前我们见面，总是问你吃了吗，现在总是问你离了吗，这就是中国人一个了不起的进步。

我说，不管进不进步，反正你最好不要出事。又说，你这样不会出事吧？

他笑起来，而且笑得很大声，仰着头，把笑声一直往天花板上送。

9

那天我老婆回来说，厂里要求每个职工入股，最少不低于三万块，三天之内要把钱交上去。我一听就他妈的来了脾气——一个稀烂的厂子还入什么股？这是叫大家把一点血本都拿出来呀！钱一进去，就会被那些人花天酒地地花光。

我说，不入行不行？

老婆说，不行。厂里说不交钱的，下月不开工资。

我说，我不知这是他娘的哪家的政策。

老婆说，土政策。你没有办法不让它搞吧？那么你就拿米米出来。

我说，存折在你手里，我们这房子也要买，大约要一万九。

老婆把存折拿出来一看，说，交了房子钱，还剩一十八块了，你看如何是好？又说，哎，你可以向胡丁之借呀。

我开不了这个口，要借，你去借。我说。

好啊，姓朱的，你是把老娘往绝路上逼嘞。老婆说这句话时，眼里有种锐利而凶狠的光射出来。

我以为妻子会向胡丁之借钱，因为这之后她没在我面前吵着要钱了。我问胡丁之，我老婆是否向你借钱了？他说没有。

我觉得这事有点可疑。

有一天，我拐弯抹角地问妻子，胡丁之借钱给你没有？

老婆说，不要你管，再说你也管不了。

我说，那你是向谁借的？

老婆却死活不说借钱人，只说，你随便我吧。

我说，你说说也没有关系吧。

老婆却硬是不肯说。

我一拍桌子，说，老子今天非让你说不可。我气得扬起一只手，愤怒地停在半空中，不断地颤抖着。

妻子怔怔地看我一眼，眼泪一涌，突然号啕大哭起来，发疯似的大声吼道，我——不——说——！然后冲进了卧室。

那只手没有扇过去，它从半空中忽然放了下来。

有人说，夫妻之间是最了解的，而我不这么认为，我觉得夫妻之间有很多东西一直到死也不会了解的。我突然感到一种淡淡的悲哀。

我的朋友胡丁之到底还是出了事，不是生意上的麻烦，也没有牵涉行贿之类，也不是偷税漏税。

有一回，小洁发现男人回家，在床上居然毫无表现，问他怎么了。胡丁之说，这一路开车回来太累了，然后便呼呼大睡。小洁是个体贴男人的女人，心想，男人的话也是有点道理的，几乎每星期让男人回来的确是太累了，不如自己去长沙。所以隔一个星期，小洁便来了长沙。她也没有打电话，要给男人一个意外的惊喜。到长沙后，她直接去了那套住房。一进屋，她呆住了，满屋子都是女人的东西，裙子皮鞋短裤乳罩化妆品，简直是个小小的妇女用品商店。她哭了起来，她万万没有想到，男人在这里跟一个女人同居了，难怪他回家在床上没有表现。

她马上给男人打电话。胡丁之接到电话时，跟小李正准备上楼，一看电话号码，心想，糟了，坏事了，小洁来了。他急忙要小李先去外面的茶馆坐一下，说他老婆来了（以上这些是后来小洁和胡丁之跟我说的）。

我晓得这件事，已经是几天之后了。胡丁之并没有主动对我说，小洁也没有对我说。那天胡丁之来我家，拿一份策划要我看看（他经常是这样，好像叫我给他把把关），这时他的手机响了。我感觉是小李打来的，胡丁之说，我老婆还在这里，脸色有些不那么好看。

我说，出事了吧？

他嗯一声，说，小洁来这里，也不打个电话。脸上很不自然。

这时我有了一种伟大预言家的感觉。我说我早就说过，迟早要出事的。

胡丁之没有对我说详细的过程，叹口气，说，晚饭请你去一下，那个房地产的叶总说，要你也去喝几杯。

在酒店，我发现小洁在极力地压抑着自己内心的痛苦。她从不喝酒的，那天她却举着杯子一杯一杯地喝，眼睛红红的，脸上一片苦笑。当然，这个只有我和胡丁之明白，那个叶总居然一点也没有发觉，埋头喝酒，简直像个蠢猪。我很是替小洁难受，生怕她突然大哭大闹。所以我等她喝了几杯，便不失时机地将她的杯子夺过来，说，你不能再喝了。她却说我还要喝。我说要喝明天我再陪你喝。她居然没有再犟了，胡丁之感激地朝我看了一眼。

大约半个月后，有天晚上七点多钟，小洁突然打来电话，说她到了长沙，要来我家坐坐。我忙问胡丁之呢，她说出去办事了。我估计她这次来，胡丁之并不晓得，所以我连忙给胡丁之打电话，说小洁来了，现在要来我家，让他也快来。其实我是在给他通风报信。胡丁之说,他等一下就过来。

那天我老婆恰巧不在家,去了娘家,细把戏也去学校补课了。

没多久,小洁来了,一坐下,便呜呜地大哭起来。我只有装宝,问她哭什么。她说,真是丢丑嘞,你难道一点都不晓得吗?

出了什么事?我假惺惺地问,又觉得问得既虚伪又残酷。

小洁显得有几分苍老了,泪水在她苍老而憔悴的脸上急速地流动。我明白苍老这个词本来不应该用在她身上的,我却很自然地用上了。

我倒杯水给她喝,她摇摇头说,不想喝。

朱大雨,他在这里跟一个女人同居嘞,我怎么也没有想到。当时我恨不得想杀人,或者大吵大闹一场。等到胡丁之来了后,我一句话也不晓得说了。我只是说,你去把那个女人喊来吧,叫她把东西搬出去。等到那个不要脸的女人来了,我也不晓得说什么好了;她居然把我叫到一边说,这是生理上的需要。你看这个脸皮厚的女人,居然说出这样的话来。当时我好蠢嘞,只是流泪,什么话也不晓得说了。要是放在现在,我就会对她说,你不是生理上的需要吗?那你可以去做鸡婆呀。大雨,你不晓得,这么多年来,我一直是相信他的。别人说男人都在外面吊膀子,我都没有怀疑过他。他常跟我说有几个女人和他耍得好,我也没有怀疑过。你哪里晓得,他居然在长沙跟女人同居。大雨,我是一肚子话无法跟别人说。我平时还笑那些女人,说她们的男人经常出事,哪里想到他也出事了。你说我怎么说给人家听?我问胡丁之,你说的爱情在哪里?你跟那个骚货睡觉的时候,你想过你的老婆没有?

小洁一路滔滔不绝地控诉胡丁之。我没有阻止她说话,我晓得这个女人肚子里汔了一箩筐的话。现在她有种强烈的倾诉欲,那么就让她尽情地倾诉吧。说句不太好听的话,其实当时我心里产生了一种倾听别人隐私的快感，我觉得这很刺激。当然，我脸上没有显示出来，还装着沉痛而又悲愤的样子，很耐心地听她诉说。我也真不好说些什么来劝慰她，只是说，原谅他一次吧，原谅他一次吧。

小洁不断地用纸巾擦着眼泪，声音嘶哑地说，我也只有这样了，不然我只有去死。我只是舍不得他这个人。现在我进不得那间屋子，我上次来，就是住在宾馆的。我把那间屋子的东西，床啊，被子啊，枕头啊，通通地丢掉了，重新买了一套。那个女人还有件衣服忘记拿走了，你看胡丁之怎么说？他说放到这里吧，以后给她带去。真是亏他说得出口，到这个时候了，他还在为她着想。我不管那么多了，丢进垃圾箱。大雨，你不晓得我心里好痛苦嘞，每天夜里一个人关在屋里哭，白天走路脑壳都是昏昏沉沉的、摇摇摆摆的。连我崽也说，娘老子你是怎么啦？你再这样下去，说不定哪天会倒下去的。

我说，你崽还在读书，千万不要对他说。

小洁哭泣道，我没有，我害怕崽受不了，平时我跟他开过玩笑，我说爷娘如果离婚了，你会跟谁？崽说那我要用刀子杀了你们。

她把湿透的纸巾放在茶几上，一团团纸巾像一个个大大的疑问号。大雨，你说人都变成这个样子了，我不知这个世界上还有什么可相信的。

我只是说，原谅他吧。

我发现自己在这样的场合，嘴巴竟然笨拙至极。我盼望胡丁之赶快来，而他迟迟不出现。

在这期间，我当着小洁的面，打了两个电话给他，催他快点来。小洁说，不要叫他来，我打的回去。我说，那不行。

也是怪，一直说着话的小洁，等到胡丁之进门，便立即闭上嘴巴，再不说话了，似乎跟我一直是这样默默无言地坐着。此时三个人都很不自在。我想驱逐这种令人不快的气氛,装着无事般的对胡丁之说,听曲音乐吧?

胡丁之摇晃着头说,算了。没坐两分钟,胡丁之又说,走吧。

小洁那夜控诉万恶的旧社会的活动,终于到此为止。

有意思的是,我的朋友胡丁之一直没有问过我,小洁在那个晚上对我说了些什么。他是一个聪明人,猜也能够猜到小洁对我说了些什么,如果再问我,纯属多余。

我也没有主动说起过这件事。

但有几次,我还是忍不住说了他,你不听我的,还不是出了事吗?

胡丁之淡淡地笑了笑,说,这样的事也算出事吗?老兄,我告诉你,这真不算什么事。

我明白他的意思,这样的事不算什么,大不了离婚,打发小洁一点米米。对他来说,那些事才算是事。我晓得有些人本来家产万贯,一出事,倾家荡产不说,还要吃花生米或坐牢。他胡丁之虽然不跟什么女人同居了,却仍然和小黄之类的女人出入社交场合。我劝他要注意点,他却说,狗不能改掉吃屎吧。我认为他的这个比如是无比正确的。也许在这个世界上,只有我能够看出他脸上不易觉察的忧郁,而这种忧郁,是因为小李不再在身边了(小李受了重挫后,安静了一些日子,但可能还会吵着来长沙,来到他身边),他和小李被小洁活生生地扯开了。

胡丁之好几次对我说,他舍不得小李。

10

我每天坐在办公室无所事事,脑子里在想,不知用什么办法才能让胡丁之脸上那种忧郁不再存在。想着想着，想出了一个好主意。我可以告诉胡丁之，他如果想让小李来长沙做常驻代表，其实是件很容易的事情，那就另外租间房子，让小李住在那里。当然，为安全起见，不要安电话，给她配个手机，这样小洁就无法查出来了。只是这样一来，我又觉得有些对小洁不起。

当然，活得最累的还是小洁。自从出现那件事后，她三两天便出其不意地来长沙，坐的是依维柯。那是快巴，却也要坐四个多小时。她再也不相信她的男人了，却从未提出过离婚。我不知她这样来来回回要走到何年何月，而且我还有个不好的预感，小洁搞不好哪天也会出事的。你想想，她隔三岔五要坐快巴，说不定哪天会出车祸的。

我记得胡丁之曾经说过一句话，说等他赚到钱了，要让老婆和孩子躺在钱上面睡觉。那意味着要让家人舒服，而小洁舒服了吗？

那一阵，我一直在考虑，要不要把我的这个好主意告诉我的朋友胡丁之——如果告诉他，又把小洁蒙在鼓里，那么小洁辛辛苦苦地坐车来来去去，也是白辛苦了，所以这是件叫人犹豫的事情。又想，难道聪明的胡丁之，连这样的主意都想不出来吗？

万万没有想到的是，我老婆提出了离婚，也就是说，她要休掉我了。据说，现在女人休掉男人也是一种时髦，我老婆也赶上了这种时髦。她说，她不愿意跟我过着这种不死不活的日子（这使我想起胡丁之曾经对我说过的一句话，到时候只怕打汤都放不起盐嘞，嫂嫂喊一声就走人了，所以我觉得他也是个了不起的预言家）。

我原来以为，她是说着好耍的，谁料在昨晚上，我听音乐听得有滋有味的时候，她递给我一张纸，说，签吧。

我不知她说的是什么意思，拿过来一看，竟然是《离婚协议书》。她逼着我签字，我胡乱地看了一眼，发现老婆的字写得不错,很清丽,而且居然不要一分钱家产,孩子跟谁让他自己决定。她跟那个小李一样有骨气。问题是,我没有赌博,我没有吸毒,我也不是一个街痞子。

我说,你来真的呀?

我认真地看老婆一眼,发现她虽然三十七八岁了,还残存着一种韵味,身材仍然苗条,不像她这般年纪的女人大都如冬瓜一般。而她这些不多的优点,需要一个有眼光的男人细细品味,才能韵出味来。所以哪怕是稍稍粗心的男人,都是无法接受她的。

她板着一张寡妇脸,你以为老娘跟你开玩笑的吧?

那你出去后住哪里呢?我说。

她说,这不需要你关心。

我把《离婚协议书》放在茶几上,坚决不签。我说,你要我签也可以,一、你要告诉我那个借钱给你的人到底是谁;二、你至少要等我考虑三年,我要看看是不是有男人在等你。

可能是后面这句话激怒了她,这时我突然听到叭的一声,声音惊天动地,在屋子里嗡嗡地响起来,拖着很长很长的余音。当时我有两个感觉,一是眼冒金星,二是脸上麻辣火烧。唯有德彪西的《月光》还在深蓝色的天空上,像水一样无声地倾泻下来,从我脸上轻柔地抚过。

有一天,我坐在办公室喝茶,眼睛望着窗外两棵生机盎然的槐树。我先望左边的那一棵,然后又望右边的那一棵,看着看着,我好像突然才悟出来,我的朋友胡丁之,原来是很忙很忙的,忙生意,忙应酬,也忙女人;我呢,却很无聊,无聊到极点,一没有生意可忙,二没有应酬可忙,三没有女人可忙,连个老婆也要坚定不移地闹离婚(当然,同事们暂时还不晓得我的家庭起了大火,我的朋友胡丁之也不晓得)。我上班无非是看看报纸,吹吹牛皮,喝喝开水,发发牢骚,拍拍马屁,下班无非是听听音乐,而且又没有什么本事,有点像那些讲黄段子的秘书,一旦无聊起来,便说些无聊的故事。

"悦书坊"书目

潘年英《青山谣》
谢永华《清风在上》
林家品《脖铃》
姜贻斌《你会不会出事》

// 集木工作室

投稿邮箱：jimugongzuoshi@163.com

微信公众号：集木做书

微信搜一搜

集木做书